T. A. WILLIAMS
Ein Sommertraum in Verona

Weitere Titel des Autors

Ein Sommertraum in der Toskana
Ein Sommertraum in Rom

Über den Autor

T. A. Williams wurde in England geboren und schloss ein Studium der Modernen Sprachen an der Nottingham University ab. Er ist Autor mehrerer romantischer Beziehungskomödien mit mediterranem Kolorit und hat in der Schweiz, in Frankreich und Italien gelebt und gearbeitet. Gemeinsam mit seiner italienischen Ehefrau lebt er in Devon.

T. A. Williams

Ein Sommertraum in Verona

Roman

Aus dem Englischen von
Angela Koonen

lübbe

Dieser Titel ist auch als E-Book erschienen

Die Bastei Lübbe AG verfolgt eine nachhaltige Buchproduktion. Wir verwenden Papiere aus nachhaltiger Forstwirtschaft und verzichten darauf, Bücher einzeln in Folie zu verpacken. Wir stellen unsere Bücher in Deutschland und Europa (EU) her und arbeiten mit den Druckereien kontinuierlich an einer positiven Ökobilanz.

MIX
Papier aus verantwortungsvollen Quellen
FSC® C014496

Vollständige Taschenbuchausgabe

Deutsche Erstausgabe

Titel der englischen Originalausgabe: »Dreaming of Verona«
Originalverlag: Canelo Digital Publishing Limited, London

Dieses Werk wurde vermittelt durch Johnson & Alcock Ltd., London
Umschlaggestaltung: FAVORITBUERO, München nach einer Vorlage von
© Michael Bhaskar unter Verwendung von Motiven von Shutterstock
Satz: hanseatenSatz-bremen, Bremen
Gesetzt aus der Adobe Garamond Pro
Druck und Verarbeitung: GGP Media GmbH, Pößneck
Printed in Germany
ISBN 978-3-404-18823-9

2 4 5 3 1

Sie finden uns im Internet unter luebbe.de
Bitte beachten Sie auch: lesejury.de

Wie immer in Liebe für Mariangela und Christina

Wohl wahr, ich rede von Träumen,
Kindern eines müß'gen Hirns,
von nichts als eitler Phantasie erzeugt,
die aus so dünnem Stoff als Luft besteht.
William Shakespeare

Prolog

Bestürzt saß Suzie da. Ihr floss der Wein über die Wangen und tropfte ihr von der Nasenspitze, aber sie war zu geschockt, um sich zu rühren. Geistesabwesend hörte sie die Restauranttür knallen, als Alexandra ihren dramatischen Abgang machte. Von da an war sie konzentriert darum bemüht, das niederschmetternde Gefühl der Beschämung zu überwinden. Ihr Gesicht glühte. Wahrscheinlich war sie so rot wie die Tomatenscheiben auf ihrem Teller.

Sie riskierte es, vom Tisch aufzublicken, und sah sich in ihren schlimmsten Befürchtungen bestätigt. In dem vornehmen Speiseraum waren alle Augen auf sie gerichtet. Einige schauten ungläubig, andere verwundert und manche ausgesprochen belustigt. Ein paar Gäste flüsterten miteinander. Es konnte kein Zweifel bestehen, dass sie der Gegenstand der Aufmerksamkeit war.

Je mehr sie die Blicke auf sich spürte, desto peinlicher wurde ihr die Situation, und sie war nahe daran, aufzustehen und hinauszulaufen. Nur der Gedanke, dadurch noch jämmerlicher zu wirken, hielt sie davon ab, ihren Platz zu verlassen. Sie senkte den Blick auf ihren Teller und versuchte, wenn auch vergeblich, sich unsichtbar zu machen. Sie wühlte in ihrer Handtasche nach einem Papiertaschentuch, als ein Schatten über sie fiel.

»Entschuldigen Sie, Signorina. Vielleicht hilft Ihnen das.«

Sie hielt sich weiter nach vorn gebeugt, sodass der Prosecco auf Tomaten, Mozzarella und Basilikumblätter tropfte, und sah auf. Vor ihr stand der adrette Kellner, der sie erst vor einer Viertelstunde in dem Hotelrestaurant begrüßt hatte. Mit neutraler

Miene hielt er ihr eine frische weiße Serviette hin. Vielleicht war es nicht das erste Mal, dass ein Gast ein Glas Wein ins Gesicht bekommen hatte.

»Bitte nehmen Sie sie. Ich fürchte, Sie verderben sich den Salat, wenn noch mehr Prosecco darauftropft.« Er ließ ein leises Lächeln erkennen.

Sie nahm die Serviette und rieb zuerst die Brillengläser trocken, bevor sie sich das Gesicht abwischte. Das Tuch wurde erstaunlich nass, obwohl der meiste Wein schon auf ihre Bluse geflossen war. Alexandras Glas musste noch voll gewesen sein, als sie ihn über den Tisch geschüttet hatte.

»Kann ich noch etwas für Sie tun, Signorina?« Sein Ton war förmlich, aber mitfühlend.

Suzie schüttelte den Kopf und betupfte sich das Dekolletee. Es war unangenehm zu spüren, wie der Prosecco unter dem leichten Baumwollstoff den Oberkörper hinunterrann, und sie errötete von Neuem. Mit aller Entschlossenheit erwiderte sie das Lächeln des Kellners.

»Danke, ich komme zurecht. Ich bin nur ein wenig geschockt, um ehrlich zu sein. Da habe ich wohl einen empfindlichen Nerv getroffen.« Und sie wusste sehr genau, welchen von Alexandras blank liegenden Nerven sie berührt hatte, doch sie sagte sich ein weiteres Mal, dass ihr keine Wahl geblieben war. Sie rang sich einen optimistischen Ton ab. »Danke für die Serviette. Das war sehr freundlich von Ihnen.«

Der Kellner quittierte das mit einer diskreten Verbeugung und überließ sie ihrem Salat – und der feuchten Serviette.

Während Suzie sich, so gut es ging, trocken tupfte, dachte sie über die Szene nach, die sich soeben abgespielt hatte. Der Wutausbruch markierte eine deutliche Verschlechterung ihres Verhältnisses. Sie seufzte. Es sah ganz so aus, als fände ihr Aufenthalt in Italien ein abruptes, vorzeitiges Ende.

1

»Seine Lordschaft wird Sie jetzt empfangen, Miss Cartwright.«

Suzie stand auf, strich sich den Rock glatt und ging zu der kunstvoll geschnitzten alten Tür. Dort zögerte sie und blickte noch einmal zu der Respekt einflößenden Vorzimmerdame in Twinset und Perlenkette, die an ihrem Schreibtisch saß.

»Sollte ich anklopfen?«

»Das dürfte nicht nötig sein. Seine Lordschaft weiß, dass Sie hereinkommen.«

Dennoch klopfte Suzie sanft an, bevor sie den Knauf drehte und die Tür aufdrückte. Mit einem tiefen Atemzug trat sie ein und blinzelte in die unerwartete Helligkeit. Lord Tedburns Arbeitszimmer war gewaltig. Durch hohe bleiverglaste Fenster strömte das Licht der späten Augustsonne herein, beschien die strengen bärtigen Gesichter auf den Ölgemälden an den eichengetäfelten Wänden und ließ das Parkett glänzen. Der große antike Schreibtisch stand der Tür genau gegenüber, sodass Tedburn die Sonne im Rücken hatte. Zögernd schloss Suzie die Tür hinter sich. Dabei hörte sie seine Stimme.

»Guten Morgen, Miss Cartwright. Gut, dass Sie kommen. Bitte, nehmen Sie doch Platz.«

Er wirkte nicht ganz so einschüchternd wie befürchtet. Sie setzte sich steif auf einen der samtbezogenen Sessel vor dem Schreibtisch und probierte mehrere Sitzhaltungen aus, bis sie nicht mehr von der Sonne geblendet wurde. Sein Gesicht war verschattet, und sie konnte ihn nur in Umrissen erkennen. Er hielt sich stärker gebeugt als in ihrer Erinnerung, aber natürlich war es an die fünfzehn Jahre her, seit sie ihn zuletzt gesehen hatte, und in fünfzehn Jahren mochte viel passiert sein. Sie kannte ihn zwar, wie jeder, der in dieser Gegend von Devon wohnte, doch sie hatte noch nie mit ihm gesprochen. Sie faltete die Hände im Schoß und wartete darauf, dass er mit Schreiben aufhörte.

»Sagen Sie mir, falls es Ihnen nichts ausmacht – wie alt sind Sie?« Er legte den Füller hin und blickte sie forschend an.

Beim Antworten spürte sie, dass sie errötete. »Achtundzwanzig. Im Februar werde ich neunundzwanzig.« Sie fragte sich, ob sie am Ende des Satzes ein »Sir« hätte anfügen müssen, doch nun war es dazu zu spät. Sie hatte sonst keinerlei Umgang mit Adligen.

»Laut Ihrem Vater sind Sie Anglistin.«

»Ja, ich habe in dem Fach promoviert … Sir.«

»Auf welchem Gebiet liegt Ihr Hauptinteresse?«

»Ich habe meine Doktorarbeit über Shakespeare geschrieben. Seine Dramen und Gedichte haben mich schon immer interessiert.«

Zu ihrer Überraschung schlug er einen herzlichen Ton an. »Sieh an, da haben wir etwas gemeinsam. Ich besitze in meiner privaten Bibliothek eine schöne Sammlung seiner Werke. Die muss ich Ihnen gelegentlich einmal zeigen.«

»Das würde mir gefallen, Sir.« Aus irgendeinem Grund hatte sie sich Lord Tedburn immer nur jagend, schießend und angelnd vorgestellt. Wahrscheinlich steckte mehr in ihm, als man auf den ersten Blick vermutete.

Er kam wieder zur Sache. »Soweit ich weiß, sind Sie gerade beschäftigungslos.«

»Ja, Sir. Bis zum vergangenen Monat habe ich für eine Stiftung in London gearbeitet. Deren Mittel wurden zurückgezogen, und sie musste ihre Arbeit einstellen.«

»Und Sie sprechen Italienisch.«

»Ja, recht gut. In der Schule hatte ich in dem Fach nur beste Noten, und während des Studiums habe ich die Sommerferien drei Jahre hintereinander an der toskanischen Küste verbracht und dort zehn- bis vierzehnjährige Kinder in einem Ferienlager betreut.« Sie hielt es für besser, das zu erklären. »Damit habe ich mir das Studium finanziert.«

»Gut, gut.« Sein Stuhl knarrte, als Lord Tedburn aufstand. Langsam ging er um die Ecke seines Schreibtischs, sah Suzie jedoch nicht an, sondern blickte durchs Fenster in den Wildpark, um ihr dann sein Angebot zu unterbreiten. »Miss Cartwright, es geht um meine Tochter Alexandra.«

Suzie war sich nicht sicher, ob eine Antwort erforderlich war, und deshalb sagte sie nichts. Es schien unwichtig zu sein. Ein paar Augenblicke später drehte er sich zu ihr um.

»Sie möchte für einen Monat nach Italien reisen, und ich sähe es gern, wenn jemand sie begleiten würde.«

Suzie begriff allmählich, warum er sie herbestellt hatte. Er wollte wohl aus ihrer Erfahrung bei der Kinderbetreuung Nutzen ziehen. Ihre Vermutung sollte sich bestätigen.

»Die Vorstellung, dass sie sich allein dort aufhält, gefällt mir nicht. Daher wäre ich Ihnen verbunden, wenn Sie ihr Gesellschaft leisten, falls Sie nicht anderweitig verpflichtet sind.«

»Wann wäre das, Sir?«

»Ich glaube, sie will Mitte September abreisen. Würde Ihnen das passen?«

»Ja, wahrscheinlich. Ich glaube schon. Das hängt auch von meinen Vorstellungsgesprächen und der weiteren Entwicklung ab. Ich habe mich um einige Stellen beworben.«

Er nickte bedächtig, bevor er darauf einging. »Ich möchte nicht, dass Sie finanzielle Einbußen erleiden. Deshalb hatte ich mich entschlossen, Sie gut für Ihre Zeit zu bezahlen. Darf ich fragen, wie hoch Ihr letztes Gehalt war?«

Sie sagte es ihm und wartete, während er stille Berechnungen anstellte, um ihr dann eine Summe zu nennen, bei der ihr die Luft wegblieb. Er bot ihr für den einen Monat in Italien so viel, wie sie bei der Stiftung in zwei Monaten verdient hatte, und dazu freie Unterbringung und Verpflegung sowie nicht näher bezeichnete Spesen. Das hob ihre Stimmung enorm. Viertausend Pfund auf dem Konto und einen Monat Italien waren nicht zu verachten, selbst wenn sie dabei auf einen eventuell schwierigen Teenager aufpassen musste.

Gerade wollte sie zusagen, als Lord Tedburn mit einigen Details aufwartete, die sie zwangen, ihren Entschluss zu überdenken.

»Sie sollten ein paar Dinge über Alexandra wissen.« Er wandte sich wieder dem Wildpark zu, und sie merkte, dass es ihm schwerfiel, darüber zu sprechen. »Obwohl sie fast sechsundzwanzig Jahre alt ist, legt sie mitunter noch ein sehr unerwachsenes Verhalten an den Tag. Sie scheint nicht fähig zu sein, sich längere Zeit mit etwas zu beschäftigen, ohne dass ihr langweilig wird. Sie ist ungehorsam, wird auch manchmal grob, und ich fürchte, sie ist ein Nachtschwärmer.«

»Ein Nachtschwärmer?« Diesen Ausdruck hatte Suzie schon ewig nicht mehr gehört. Als ihr die volle Bedeutung seiner Worte klar wurde, verfiel sie in Schweigen. Sie hatte angenommen, sie sollte ein junges Mädchen betreuen, keine erwachsene Frau. Wie konnte nur jemand von ihr erwarten, auf eine Frau aufzupassen, die nur zwei Jahre jünger war als sie? Sie hätte gern etwas erwidert, aber zurückhaltend, wie sie war, schwieg sie erst einmal. Und Lord Tedburn hatte zu dem Thema ohnehin noch mehr zu sagen.

»Sie hat nichts weiter im Kopf als ihre Freunde, ihre Kleider und ihr Vergnügen.« Er schaute kurz über die Schulter. »Und ich fürchte, mit ihren Männergeschichten ist es nicht besser.

Ihr Geschmack lässt einiges zu wünschen übrig. Anscheinend fühlt sie sich zu den Unangenehmen, Unpassenden hingezogen. In erster Linie verlasse ich mich darauf, dass Sie ein Auge auf sie haben, wenn plötzlich irgendwelche Italiener aus der Versenkung kommen.« Er schüttelte kläglich den Kopf. »Und das werden sie.«

Je mehr sie hörte, desto weniger gefiel es ihr. Zwar war es anständig von ihm, sie über die wahren Verhältnisse aufzuklären, doch es wunderte sie auch, wie abfällig er sich gegenüber einer fremden Person über seine Tochter äußerte. Das weckte ihr Mitgefühl für die junge Frau. Was mochte Alexandras Mutter wohl davon halten?, fragte sie sich, und im nächsten Moment fiel ihr ein, vor einiger Zeit gehört zu haben, dass Lady Tedburn verstorben war.

Sie räusperte sich und wandte einiges dagegen ein, doch er blieb unnachgiebig bei seiner Haltung.

»Kennen Sie Italien gut, Miss Cartwright?«

»Eigentlich nur eine bestimmte Region. Ich bin ein paar Mal mit dem Zug nach Florenz gefahren, als ich in dem Ferienlager gearbeitet habe, und natürlich habe ich mir Pisa und Lucca angesehen, aber darüber hinaus kenne ich Italien kaum. Ich hatte dort sehr wenig Freizeit.«

»Also sind Ihnen Venedig und das Umland unbekannt? Verona, Padua, die Seen?«

Trotz ihrer Zweifel, ob sie den Auftrag annehmen sollte, schlug ihr Herz höher. Die Vorstellung, das märchenhafte Venedig zu sehen, war sehr reizvoll, doch was sie vor allem lockte, war Verona. Sie blickte auf und äußerte sich dazu.

»Den Nordwesten kenne ich überhaupt nicht, aber ich träume schon seit Jahren davon, Verona zu sehen. Seit ich mich mit Shakespeare befasse.«

Im Gesicht seiner Lordschaft erschien ein Lächeln. »Natürlich. Die Stadt von Romeo und Julia. Nun, Sie sollten reichlich Zeit haben, sie nach Belieben zu erkunden.« Er kehrte zu seinem Schreibtischsessel zurück und griff zum Telefon. »Alice? Würden Sie Alexandra bitten herzukommen? Danke.«

Als er aufgelegt hatte, wandte er sich Suzie wieder zu. »Ich werde es meiner Tochter unmissverständlich darlegen. Sie werden meine volle Unterstützung haben, das versichere ich Ihnen. Ich verlange von Ihnen nur eins: dass Sie mich informieren, sobald Sie Alexandras Verhalten beunruhigt. Das ist nur zu ihrem Besten.«

Mittlerweile fühlte Suzie sich hin- und hergerissen. Auf der einen Seite die Verlockung, Verona zu sehen, auf der anderen Seite ihre ernsten Vorbehalte. War es wirklich zum Besten dieser jungen Frau, wenn sie sie begleitete? Ihr klang es eher danach, als mischte sich ein kontrollsüchtiger Vater in das Leben seiner erwachsenen Tochter ein.

Sosehr sie den All-inclusive-Monat in Italien genießen würde, dachte sie bereits darüber nach, wie sie ihre Absage am höflichsten formulieren konnte. Währenddessen ging die Tür auf, und eine schlanke junge Frau mit kastanienbraunen Haaren kam hereingeschlendert. Ihre Körpersprache schrie ihnen beiden Trotz und Ablehnung entgegen. Noch bevor ein Wort gesprochen wurde, war vollkommen klar, dass Alexandra nicht bei ihnen sein und sicherlich auch nichts mit Suzie zu tun haben wollte.

Ihr Vater blickte auf und schien davon nichts zu bemerken. »Ah, gut, Alexandra, ich möchte dich mit Suzanne Cartwright bekannt machen … du weißt schon, die Tochter des Pfarrers.«

Sie kam zu Suzie und gab ihr so begeistert die Hand, als nähme sie einen verfaulten Apfel aus der Obstschale. »Guten Morgen.« Mehr sagte sie nicht.

Suzie versuchte, möglichst souverän zu klingen, und lächelte sie an. »Guten Morgen, Alexandra. Schön, dich kennenzulernen.«

»Suzanne wird dich nach Italien begleiten. Ich bin mir sicher, ihr werdet euch blendend verstehen.«

Nach Alexandras Miene zu urteilen, wünschte sie sich, Suzie möge vorher auf dem verfaulten Apfel ausrutschen und sich ein Bein brechen. Einen Moment lang schien es, als wollte sie etwas erwidern, stattdessen senkte sie jedoch den Blick und nickte. Dabei sah Suzie noch einen anderen Ausdruck über ihr Gesicht huschen. Sie hatte Empörung und Abwehr erwartet, doch was sich kurz zeigte, war Traurigkeit, dessen war Suzie sich sicher. Trotz ihrer Vorbehalte dachte sie erneut über ihre Entscheidung nach. Lord Tedburn, der das Unglück seiner Tochter nicht wahrnahm oder aber ignorierte, sprach weiter.

»Nun, Alexandra, du sollst hören, wie meine Instruktionen an deine Begleiterin lauten, damit es keine Missverständnisse gibt.« Er wartete nicht ab, ob sie zustimmte, und gab auch Suzie keine Gelegenheit, darauf hinzuweisen, dass sie den Job noch nicht angenommen hatte, sondern wandte sich ihr sofort zu:

»Suzanne, während der Zeit in Italien sehen Sie sich bitte effektiv an Eltern statt. Es wird Ihre Verantwortung sein, mich jederzeit zu informieren, wenn Sie Alexandras Verhalten in irgendeiner Weise für unpassend halten. Vor allem muss ich es erfahren, wenn sie sich mit unerwünschten Leuten einlässt, insbesondere mit Männern. Ich muss mich in der Hinsicht auf Sie verlassen können. Das ist Ihnen hoffentlich klar, und auch dir, Alexandra.«

Suzie spürte Alexandras Blick auf sich und beschloss, erst einmal auszuweichen. Konfrontationen waren nicht ihre Stärke, doch sie holte tief Luft und versuchte es. »Ich frage mich, ob es wohl möglich wäre, mich eine Weile mit Alexandra zu unterhalten, damit wir uns kennenlernen, bevor ich den Job annehme. Ich möchte nicht, dass sie sich gezwungen fühlt, ihre Ferien mit jemandem zu verbringen, der ihr unsympathisch ist.« Sie schaute zu Alexandra und fing einen Blick auf, in dem sie Überraschung las.

»Ja, natürlich, Suzanne.« Auch Lord Tedburn wirkte überrascht, überspielte es aber besser. »Wie wär's, wenn Sie sich dort drüben hinsetzen und plaudern, während ich mich mit meiner Korrespondenz befasse?« Er deutete vage auf das elegante Ledersofa, das ein paar Schritte entfernt stand.

Das hielt Suzie für eine schlechte Idee. Was für ein Gespräch wäre wohl möglich, wenn Alexandras Vater dabei zuhörte? Sie nahm ihren Mut zusammen und machte einen Gegenvorschlag. »Ich frage mich, ob etwas dagegenspricht, wenn wir einen kurzen Spaziergang vor dem Haus unternehmen. Es ist herrliches Wetter, ein viel zu schöner Morgen, um drinnen zu bleiben.« Im ersten Moment schien es ihr, als wäre sie zu weit gegangen.

Lord Tedburns Gesichtsausdruck verriet deutlich, dass er es nicht gewohnt war, Leute um sich zu haben, die sich seinen Anweisungen widersetzten. Doch er beherrschte sich und nickte schroff. »Also gut. Warum nicht? Und anschließend kommen Sie bitte wieder zu mir, Suzanne, damit wir das Vertragliche erledigen können?«

Suzie folgte Alexandra aus dem Arbeitszimmer auf den Gang und schließlich durch den prächtigen Eingangsflur nach draußen. Erst als sie im Freien waren und sich ein Stück von dem Herrenhaus entfernt hatten, ging Alexandra langsamer und wandte sich ihr zu. Sie war eine hübsche junge Frau, aber mit dieser mürrischen Miene ganz bestimmt nicht attraktiv.

»Worüber willst du reden?« Sie klang eher resigniert als streitlustig, jedoch keineswegs freundlich.

Suzie beschloss, möglichst ehrlich zu sein. »Hör zu, Alexandra, es ist mir unangenehm, dass ich gebeten werde, die Rolle der Petze zu übernehmen. Ich habe keine Ahnung, warum dein Vater es für nötig hält, seiner erwachsenen Tochter eine Aufpasserin mitzugeben, und offen gestanden gefällt mir das überhaupt nicht. Ja, der Gedanke, nach Italien zu reisen, in mein Lieblingsland, ist sehr reizvoll, aber nicht, wenn zwischen uns ständig die Fetzen fliegen. Dann solltest du dir besser eine andere Begleiterin suchen, vielleicht eine deiner Freundinnen.«

»Eine Freundin?« Alexandra klang missmutig. »Mein Vater würde nicht im Traum daran denken, mich mit einer Freundin verreisen zu lassen.«

»Das tut mir leid. Dann vielleicht einen Angestellten? Es wird doch sicher jemanden geben, dem er vertraut und den du leiden kannst.«

Alexandra schüttelte den Kopf.

Mit Bedauern kam Suzie zu dem Schluss, dass ihr nichts anderes übrig blieb. »Tja, dann, so leid es mir tut, Alexandra, ich möchte mich da lieber nicht reinziehen lassen. Es wird das Beste sein, wenn ich deinem Vater absage.«

Zu ihrer Überraschung langte Alexandra zu ihr herüber und hielt sie am Arm fest. »Tu das nicht. Bitte sag, dass du mitkommst.« Ihre Stimme hatte einen unerwartet flehenden Beiklang.

»Du möchtest das?« Suzie hörte selbst, wie ungläubig sie klang.

»Ja, bitte.« Alexandra ließ Suzies Arm los. »Wenn du ablehnst, wird mich mein Vater gar nicht verreisen lassen. Ganz einfach. Das hat er schon gesagt. Er vertraut dir, weil dein Vater der hiesige Pfarrer ist, und es gibt niemand anders, den er für geeignet hält. Bitte sag Ja. Damit würdest du mir einen Riesengefallen tun.«

Suzie blieb stehen, um darüber nachzudenken. »Und du hättest keinen Groll gegen mich? Du hast ihn gehört. Ich soll als sein Spitzel fungieren. Das ist widerlich.« Sie hielt Alexandras Blick noch einen Moment lang fest. »Und wenn ich den Job annehme, werde ich tun müssen, was er verlangt. Schließlich bezahlt er mich dafür. Du verstehst, was das bedeutet?«

»Ja, und ich werde dir das nicht übel nehmen. Versprochen. Ich kenne meinen Vater nur zu gut und weiß, dass ich einzig zu seinen Bedingungen von hier wegkomme. Ich gebe dir mein Wort, dass ich mich gut benehmen werde.«

Einen Moment klang sie wie ein kleines Mädchen, und Suzie empfand auf einmal Sympathie und hatte sogar Mitleid mit ihr. Nach kurzem Überlegen kam sie zu einem Entschluss.

»Also gut, ich werde zusagen. Und bitte versuche, immer daran zu denken, dass ich nur tue, was dein Vater von mir verlangt. Mir gefällt das auch nicht, aber ich werde es tun müssen.«

2

Knapp drei Wochen später brachen Suzie und Alexandra nach Italien auf – oder vielmehr erst einmal nach London. Ein Chauffeur holte sie mit einer Luxuslimousine in Devon ab und brachte sie zum *Ritz* am Piccadilly.

Suzie war oft an dem weltberühmten Hotel vorbeigelaufen, hätte sich aber nie träumen lassen, jemals einen Fuß über die Schwelle zu setzen. Als die Limousine hinter einem glänzenden schwarzen Bentley vorfuhr, kamen zwei livrierte Portiers heraus und machten sich daran, die Koffer auf einen Gepäckwagen zu laden. Während Suzie sich noch bei ihrem Chauffeur bedankte, verschwand Alexandra wortlos ins Hotel. Der Chauffeur nickte ihr zu, und die Limousine fädelte sich bereits in den Verkehr ein, als Suzie der Gedanke kam, dass sie ihm ein Trinkgeld hätte geben sollen. Sie würde wohl noch lernen müssen, was ihr Job alles mit sich brachte. Im Augenblick hielt sie es für das Beste, sich um die Koffer zu kümmern.

Einer der Portiers deutete auf die Glastür. »Gehen Sie ruhig hinein, Miss. Wir sorgen für das Gepäck.«

Suzie stieg die Handvoll Stufen hinauf. Sie wagte es nicht, den glänzenden Messinghandlauf anzufassen, aus Angst, unschöne Fingerabdrücke darauf zu hinterlassen. Als sie durch die Glastür ins Foyer trat, kam sie sich vor wie eine Hochstaplerin. Ihre Eltern hatten ihr Leben lang sparen müssen, und sie selbst hatte ihr Aufbaustudium mit zwei Jobs finanziert.

Ihre Arbeit in der Stiftung war befriedigend gewesen, aber mit dem Gehalt hatte sie wenig mehr als ein kleines Zimmer in einer überfüllten Wohnung bezahlen können, das sie zudem mit drei Studentinnen teilen musste, denn die Mieten in London waren exorbitant. Und nun begann für sie ein kostenloser Urlaub mit unbegrenztem Luxus in diesem Fünf-Sterne-Hotel. Die Portiers und das Personal an der Rezeption durchschauten sicherlich sofort, dass sie nicht hierhergehörte. Sie war kein Mitglied der feinen Gesellschaft, und dafür hatten diese Leute ein geschultes Auge.

Alexandra hingegen gehörte definitiv hierher und war es gewohnt, ihren Willen zu bekommen. Sie verhandelte bereits aufgebracht an der Rezeption, als Suzie zu ihr trat. »Nein, wir werden uns kein Zimmer teilen. Die Reservierung lautet auf zwei Einzelzimmer.«

Ein Herr im dunklen Anzug mit einem Namensschild am Revers, das ihn als Assistant Manager auswies, neigte respektvoll den Kopf zu ihr. »Wenn Sie mir einen Moment Zeit geben wollen, Lady Tedburn, ich werde das gleich beheben.« Sobald er Suzie neben Alexandra bemerkte, nickte er ihr zu. »Doktor Cartwright, nehme ich an. Willkommen im *Ritz*.«

Suzie war mächtig beeindruckt, weil sie mit ihrem akademischen Titel angesprochen wurde. Vermutlich hatte Lord Tedburn seine Privatsekretärin gebeten, die Zimmer zu buchen, und sie über Suzies Qualifikationen informiert. Sie fasste Mut. Ein Doktortitel war nicht so gut wie ein »Mylady«, aber besser als das schlichte »Miss« Cartwright. Sie nickte bestätigend und lächelte ihn an, Alexandra verzog dagegen keine Miene.

Während drei Rezeptionisten vor dem Computerbildschirm die Köpfe zusammensteckten, schaute Suzie sich erwartungsvoll um. In der Nähe stand ein untersetzter, kahlköpfiger Mann mittleren Alters mit einer umwerfend schönen jungen Frau zusammen. Er schien sich mit ihr auf Russisch zu unterhalten. War sie seine Tochter, seine Assistentin oder etwas anderes? Um nicht weiter in diese Richtung zu spekulieren, musterte Suzie nacheinander die leicht gewölbte Decke, die Stuckornamente, die Marmorsäulen und das tadellos gekleidete Personal. Dies war eine andere Welt.

Obwohl in einem Pfarrhaus aufgewachsen, war sie kein religiöser Mensch – wahrscheinlich weil sie solchen übermäßig ausgesetzt gewesen war –, doch sie hatte feste moralische Grundsätze, und so angenehm es für manche Leute sein mochte, sich von vorn bis hinten bedienen zu lassen, sie fand diesen Lebensstil nicht richtig. Jedenfalls solange ein erschreckend hoher Prozentsatz der Weltbevölkerung nicht wusste, wo er die nächste Mahlzeit hernehmen sollte.

Wohin sie auch blickte, sah sie opulenten Luxus, und dabei war dies erst Tag eins ihrer vierwöchigen Reise. Hoffentlich würde sie an einen Punkt gelangen, wo sie das alles nicht mehr befremdete. Andererseits dachte sie, sie sollte sich besser nicht daran gewöhnen, da solch ein Leben für sie selbst unerreichbar bleiben würde.

Nach ein paar Augenblicken war das Problem gelöst, und die Formalitäten waren erledigt. Suzie bedankte sich lächelnd, Alexandra kehrte dem Empfangspersonal kühl den Rücken zu, und eine schicke junge Angestellte, die laut Namensschildchen Anna hieß, geleitete sie zum Aufzug. Auf dem Weg nach oben erklärte sie, dass sie auf verschiedenen Etagen untergebracht seien, und führte zunächst Alexandra zu ihrem Zimmer im dritten Stock. Dort angelangt, drehte Alexandra sich zu Suzie um.

»Wir treffen uns um acht im Restaurant. Wenn wir gegessen haben, fahren wir mit dem Taxi zur Party. Ich möchte da nicht zu früh auflaufen.« Mit einer wegwerfenden Geste wandte sie sich ab. Angesichts ihres Tons stellten sich Suzie die Nackenhaare auf, aber sie biss sich auf die Zunge und nickte nur. Vielleicht würde ihre übellaunige Reisegefährtin mit der Zeit freundlicher werden. Zumindest hoffte sie das.

Am Abend sollte Alexandras Abschiedsparty mit einigen Freunden stattfinden. Lord Tedburn hatte darauf bestanden, dass Suzie auch eingeladen wurde, damit sie seine Tochter im Auge behalten konnte, und Suzie fürchtete sich schon davor. Alexandra machte mit ihrem Benehmen deutlich, dass sie sich durch sie gestört fühlte, und während der Fahrt nach London hatten sie kein Wort miteinander gesprochen. Suzie vermutete, dass diese Freunde nicht in Lord Tedburns Kategorie der »Unpassenden« fielen, und daher fragte sie sich, warum er ihre Anwesenheit für nötig hielt. Seine Tochter stellte sich offenbar die gleiche Frage.

Die Party sollte in einem Weinhaus in Knightsbridge stattfinden. Suzie machte sich keine Illusionen, was es kostete, solch ein Lokal anzumieten. Wahrscheinlich stammten die Freunde aus einem genauso privilegierten oder vielmehr überprivilegierten Elternhaus wie Alexandra. Seufzend betrat Suzie ihr Zimmer. Sie war nicht mehr ausgegangen, seit Rob sich vor einem Jahr aus ihrem Leben verabschiedet hatte, und freute sich nicht darauf, sich als einzige Fremde unter lauter Freunde zu mischen. Dass die außerdem in einer ganz anderen Welt lebten, trug zu ihrer Unlust bei.

Da sie nichts zu Mittag gegessen hatte, war sie um acht Uhr enorm hungrig. Das Dinner im *Ritz* hätte wunderbar sein können, wäre ihre Begleiterin nicht gewesen. Alexandra erschien in einem bemerkenswert festlichen schwarzen Abendkleid, dem man sofort ansah, dass es sündhaft teuer gewesen war. Was man ebenfalls sofort sah, war die Tatsache, dass Alexandra keinen BH trug, und der Ausschnitt reichte fast bis zum Bauchnabel.

Neben Alexandra kam sich Suzie in ihrem einzigen passablen Kleid definitiv ärmlich vor – wenn auch schnitttechnisch sicherer –, und der Blick, den sie von Alexandra erntete, bestätigte ihr Empfinden nur. Zwar bemerkte Alexandra nichts dazu, und tatsächlich redete sie während des Essens kaum ein Wort mit ihr, doch ihre Geringschätzung für das Outfit war offensichtlich.

Suzie versuchte ein paar Mal, sich mit ihr zu unterhalten, und musste ihr Beef Wellington mit Sellerie und Périgord-Trüffeln am Ende doch schweigend verzehren. Selbst die exquisite Weiße-Schokoladen-Kokos-Mousseline zauberte kein Lächeln auf das Gesicht ihres mürrischen Gegenübers, und Suzie war erleichtert, als sie vom Tisch aufstanden, um zu der Party zu fahren.

Schließlich lächelte Alexandra doch noch, nämlich als sie das Weinhaus erreichten. Drinnen war es rappelvoll und der Lärmpegel hoch. Kaum betrat Alexandra das Lokal, wurde es noch lauter, da sich von allen Seiten Freunde auf sie stürzten und sie mit Wangenküsschen überschwänglich begrüßten. Ein paar begrüßten sogar Suzie, aber da Alexandra sich nicht die Mühe machte, sie jemandem vorzustellen, stand Suzie kurz darauf allein da. Sie nahm sich ein Glas Sekt vom Tablett eines Kellners und setzte sich in eine Ecke, völlig zufrieden damit, das Treiben nur von Weitem zu beobachten.

Sie sollte nicht lange allein bleiben. Es waren kaum zwei Minuten vergangen, da tippte ihr jemand auf die Schulter, und als sie sich umdrehte und hochblickte, sah sie in das Gesicht eines großen Mannes mit kurzen blonden Haaren.

»Hallo. Du sitzt hier so allein. Ich hoffe, du hast nichts dagegen, dass ich zu dir komme und mal Hallo sage.«

»Überhaupt nicht. Gehörst du zu Alexandras Freunden?« Sie betrachtete ihn näher. Er sah aus, als wäre er Ende zwanzig, also in ihrem Alter, und er war nicht nur groß, sondern auch unbestreitbar attraktiv. Sehr sogar. Als er sich zu ihr neigte, fiel auf, dass er auch enorm betrunken war.

»Wir sind alle mit Alex befreundet. Ich bin Tommy. Wer bist du?«

Die Komponenten des Alkoholcocktails in seinem Atem waren schwer zu bestimmen, aber hochgiftig. Mit solch einem Atem konnte man höchstwahrscheinlich Tapeten ablösen. Suzie wich einen Schritt zurück, stieß jedoch gegen die Wand und sah sich in der Ecke gefangen. Während sie den Kopf ein wenig zur Seite drehte und tief die unverpestete Luft einatmete, setzte sie ein Lächeln auf.

»Freut mich, dich kennenzulernen, Tommy. Ich bin Suzie.«

»Hi, Suzie.« Eingeengt wie sie war, konnte sie nicht ausweichen, als er sie auf die Wangen küsste, aber zum Glück wurde er nicht noch zudringlicher. Schwankend trat er einen Schritt zurück und sah ihr direkt in die Augen. »Du bist hinreißend.«

Sie spürte, wie ihr die Röte ins Gesicht stieg. In gesellschaftlichem Umgang war sie noch nie besonders selbstbewusst gewesen, und sie hatte auch wenig Erfahrung mit großen, attraktiven – und sturzbetrunkenen – Männern, die sie »hinreißend« nannten.

Suzie fing an, sich zentimeterweise aus der Ecke hinauszuschieben, um ihre Flucht vorzubereiten, doch bald wurde ihr klar, dass sie von Tommy wenig zu befürchten hatte. Er war derart blau, dass er taumelte und vermutlich über kurz oder lang umkippte. Trotz seines Zustands wirkte er recht freundlich, und sie wollte nicht, dass er sich wehtat. Daher machte sie einen praktischen Vorschlag, als sie einen unbesetzten Tisch entdeckte.

»Möchtest du dich vielleicht setzen, Tommy?«

»Gute Idee …«

Er drehte sich zu dem Tisch um, wobei er erfolglos versuchte, einen Rülpser zu unterdrücken, und stand leicht schwankend da. Skeptisch blickte er dorthin, als schätzte er ab, ob seine Beine in der Lage waren, ihn hinzutragen, oder ob der Tisch wie von Zauberhand zu ihm kommen würde. Sie erbarmte sich und nahm ihn beim Arm, um ihn hinzuführen. Schließlich konnte sie ihn auf einem Stuhl mit Seitenlehnen abladen.

Schwer seufzend sackte er darauf zusammen und schloss die Augen. Sie überlegte, ob sie ihn sich selbst überlassen oder sich auf den Platz gegenüber setzen sollte, als sie überrascht aufhorchte, weil jemand ihren Namen rief. Sie drehte sich um. Alexandra kam von der Theke auf sie zu, ein Glas Sekt in der Hand und ein unerwartetes Funkeln in den Augen. Es war das erste Mal, dass Suzie sie glücklich und entspannt erlebte, und damit hatte sie eine ganz andere Ausstrahlung.

»Wie ich sehe, hast du Tommy kennengelernt.« Sie gluckste. »Irgendwie glaube ich, dass es ihm morgen früh furchtbar gehen wird.«

Suzie lächelte sie an. »Er scheint ein netter Kerl zu sein, aber er ist sternhagelvoll.«

Alex nickte. »Er hat Geburtstag. Wahrscheinlich haben die Jungs seine Drinks aufgepeppt. Ich denke, er muss seinen Rausch ausschlafen.«

Beide schauten zu Tommy, und es war klar zu erkennen, dass er damit schon angefangen hatte. Seine Augen waren geschlossen, und er sah so friedlich aus wie ein sattes Baby. Dann überraschte Alexandra sie zum zweiten Mal.

»Komm, ich will dich ein paar Freunden vorstellen.«

Suzie staunte. »Natürlich. Sehr gern.« Als sie mit ihr den Tisch verließ, wagte sie eine direkte Frage. »Sind das in den Augen deines Vaters passende oder unpassende Freunde?«

Alexandra lächelte ironisch. »Passende, muss man wohl sagen.« Dann senkte sie die Stimme. »Mein Vater kennt wahrscheinlich von allen die Eltern, und die, auf die das nicht zutrifft, sind Freunde, die von meinem großen Bruder genehmigt wurden.« Ihr Lächeln wurde grimmig. »Handverlesen, extra für mich.«

Inzwischen kamen sie zu einem Pulk von zehn oder zwölf jungen Leuten. Die Männer trugen die verschiedensten Kombinationen von Jeans und T-Shirt bis zum Straßenanzug; die Frauen hatten sich nach allen Regeln der Kunst aufgebrezelt, und zwei oder drei zeigten tatsächlich noch mehr Haut als Alexandra.

Suzie fand sich kurz darauf mitten in der Runde wieder. Alexandra stellte sie als »meine Freundin aus Devon« vor. Natürlich wollte sie nicht ausposaunen, dass ihr Vater für sie eine Aufpasserin engagiert hatte. Suzie verstand das. Lächelnd schüttelte sie ein paar Hände und bekam sogar einige Wangenküsse, und das nicht nur von Männern.

Der Abend wurde nicht so schrecklich wie erwartet, und Alexandras Sinneswandel war ebenso verblüffend wie willkommen. Die neu entdeckte gute Laune hielt den ganzen Abend an. Erst gegen Ende wurde sie getrübt. Es war kurz vor Mitternacht, und Tommy war zu Suzies Verblüffung noch mal in Schwung gekommen, sodass er pausenlos an ihrer Seite blieb wie ein Schoßhündchen. Er hechelte ihr seine Alkoholfahne ins Gesicht und sagte immer wieder, wie hinreißend sie aussah.

Die Komplimente hätten mehr Gewicht gehabt, wenn sein benebelter Verstand auch mal ein anderes Adjektiv ausgespuckt hätte. Am Ende war sie das ständige »hinreißend« derart leid, dass sie sich entschuldigte und eine Auszeit auf der Damentoilette nahm. Während sie sich dort im Spiegel betrachtete und ihr durch den Kopf ging, dass es höchste Zeit war, ihr frisch verdientes Geld für einen Friseurbesuch auszugeben, wurde die Tür geöffnet, und Alexandra kam hereingestampft. Oder jedenfalls gab sie sich Mühe, mit ihren High Heels zu stampfen.

»Hey, was ist los?«

Alexandra stöhnte. »Nur das Leben ...«

»Möchtest du über etwas reden?«

Nach kurzem Zögern schüttelte Alexandra den Kopf, und der vertraute mürrische Gesichtsausdruck kehrte zurück.

»Nein.« Noch einmal hielt sie inne und machte Suzie eine Freude, indem sie ein Wort hinzufügte: »Danke.«

Noch kein Durchbruch, dachte Suzie, aber ein klares Zeichen, dass die Eisprinzessin auftaut.

3

Am späten Nachmittag des folgenden Tages landeten sie auf dem Marco-Polo-Flughafen Venedig. Als die Maschine über das ruhige graugrüne Wasser der Lagune flog, schaute Suzie fasziniert aus dem Fenster. Die Stadt war klar zu erkennen, und sie konnte den Canal Grande, den Markusplatz und den Lido, die lange, schmale Insel zwischen der Lagune und der Adria, mühelos ausmachen.

Alexandra, die neben ihr saß, warf nur ab und zu einen Blick hinaus und kehrte wieder in dieselbe mürrische Haltung zurück, die sie schon den ganzen Tag zur Schau stellte. Während des Fluges hatte Suzie sie einmal gefragt, was am Ende der Party vorgefallen sei, hatte aber nur frostiges Schweigen geerntet und nach dem einen Versuch aufgegeben. Hoffentlich würde Alexandra in bessere Stimmung kommen, wenn sie erst mal italienische Luft geschnuppert hatte! Sie selbst dagegen empfand eine wachsende Vorfreude, denn sie würde zum ersten Mal Venedig und danach ihr lang ersehntes Verona sehen.

Ein auf Hochglanz poliertes Wassertaxi brachte sie vom Flughafen zum Hotel. Das lag mitten im Zentrum am Canal Grande, und soweit Suzie wusste, war es international berühmt, weil da lauter Prominente logierten, vom Hollywood-Adel bis zum echten Adel. Und nun würde auch Suzanne Cartwright aus dem tiefsten Devonshire dort übernachten.

Je mehr sie darüber nachdachte, desto unwirklicher erschien es ihr. Ihr Zimmer lag neben Alexandras und bot eine Aussicht über das Wasser zur gegenüberliegenden Insel und zum Turm von San Giorgio Maggiore. Die untergehende Sonne überzog den Himmel mit einem zarten Rosa. Als der Portier, der ihren Koffer heraufgebracht hatte, die Tür hinter sich zuzog, ging Suzie ans Fenster und betrachtete das Panorama. Das war zweifellos ein höchst romantischer Ort, wie geschaffen für Liebespaare.

In ihrem Leben allerdings glänzte die Liebe bisher durch Abwesenheit. Während des Studiums und auch danach hatte sie ab und zu einen Freund gehabt, aber da sie von Natur aus zurückhaltend war und sich aufs Lernen und später auf die Arbeit konzentriert hatte, waren gesellige Kontakte auf ein Minimum beschränkt gewesen.

Die einzige Beziehung von Dauer war die mit Rob, dem einzigen Mann, für den sie echte Zuneigung empfunden hatte, doch die war abrupt zu Ende gegangen, als man ihm in Kanada eine Stelle angeboten hatte. Er hatte sie nicht gefragt, ob sie mitkommen wollte, und sie hatte es ihrerseits nicht angeboten. So war ihre Beziehung einen plötzlichen Tod gestorben. Das war im vergangenen Jahr zu Ostern gewesen, und Suzie hatte eine Weile gebraucht, um über ihn hinwegzukommen. Sie könnte nicht behaupten, dass er ihr das Herz gebrochen hatte – so tief waren ihre Gefühle dann doch nicht gegangen –, trotzdem war es hart gewesen.

Alexandra und sie hatten sich für sieben Uhr an der Hotelbar verabredet, und Suzie stellte überrascht fest, dass Alexandra schon da war. Sie unterhielt sich angeregt mit einem dunkelhaarigen Italiener – einem öligen, glattzüngigen Latin Lover in elegantem Anzug, der Alexandra lüstern ansah. Überzeugt, dass der erste Eindruck selten trog, fasste Suzie eine spontane Abneigung. Er musste mindestens zehn Jahre älter sein als Alexandra, und Suzie fand ihn widerlich. Alexandra war offenbar von ihm angetan. Sogar sehr.

Obwohl Suzie ihre Überredungskünste einsetzte, lehnte Alexandra es rundheraus ab, mit ihr im Hotelrestaurant zu Abend zu essen, und stolzierte am Arm des Italieners hinaus, ohne sich noch einmal nach ihr umzudrehen. Suzie konnte nur hoffen, dass sie nichts Dummes tat. So nahm sie allein eine leichte Mahlzeit zu sich und kehrte auf ihr Zimmer zurück.

Am nächsten Morgen frühstückten sie gemeinsam auf der spektakulären Terrasse, von der man über die Dächer und Kanäle der Stadt blickte. Suzie tat ihr Bestes, um Alexandra vor dem Mann zu warnen, und bekam schließlich den Eindruck, dass sie zu ihr durchdrang.

Umso größer war ihre Enttäuschung, als sie sie am Abend mit demselben Italiener händchenhaltend in der Bar sitzen sah. Das war eindeutig ein romantisches Tête-à-Tête. Suzie ging hin und setzte sich zu ihnen, in der Hoffnung, ihre Anwesenheit würde die Atmosphäre zwischen den beiden abkühlen. Leider bewirkte ihre Störung lediglich eine unschöne Szene mit ein paar harschen Worten von Alexandra, nach der sie und ihr Italiener aufstanden und gingen.

Suzie verbrachte einen weiteren einsamen Abend und eine unruhige Nacht, in der sie mit ihrem Gewissen rang. Am nächsten Tag appellierte sie noch einmal an Alexandras Vernunft. Als auch das nichts bewirkte, blieb ihr keine andere Wahl: Sie musste Lord Tedburn informieren, dass seine Tochter sich augenscheinlich mit einem unpassenden Mann einließ. Schweren Herzens sandte sie die Nachricht ab, doch sie fand tatsächlich, dass an dem Kerl etwas faul war. Wenn er ihr sympathisch gewesen wäre, hätte sie vielleicht Alexandra einen Vertrauensbonus gewährt und auf eine E-Mail an ihren Vater verzichtet, aber nicht in diesem Fall.

Auf ihre Textnachricht folgte ein Anruf, nicht von Lord Tedburn selbst, sondern von Alexandras Bruder Rafe. Als sie den Anrufer erkannte, durchlief sie ein Schauder. Als Teenager war sie in ihn verknallt gewesen, seit sie ihn bei einem Gottesdienst in der Kirche ihres Vaters gesehen hatte.

Natürlich war ihr Gefühl, wie so oft bei ihr, unerwidert geblieben, nicht zuletzt weil er gar nicht geahnt hatte, dass es sie gab. Abgesehen von seiner hohen Stellung als künftiger Herr des Familiensitzes war er mindestens drei oder vier Jahre älter als sie und an der chronisch schüchternen Pfarrerstochter mit der Brille und der Zahnspange nicht im Geringsten interessiert. Nun hatte sie ihn seit Jahren nicht gesehen und fand es sonderbar, plötzlich seine Stimme zu hören.

»Suzanne, wir haben Ihre Nachricht erhalten.« Er klang ernst und definitiv verärgert. »Vater und ich haben das besprochen. Ich werde mich morgen in ein Flugzeug setzen, um mit Alexandra zu reden. Vater ist aufgebracht.«

Er selbst klang nicht weniger wütend, und Suzie verspürte einen Anflug von Mitgefühl für seine Schwester. »Bitte seien Sie nicht zu streng mit ihr. Ich war verpflichtet, es Ihrem Vater mitzuteilen, aber sie hat den Mann gerade erst kennengelernt. Vielleicht wird auch gar nichts daraus.«

»Vater wird entschlossen dafür sorgen, dass nichts daraus wird.« Sein Ärger war nicht zu überhören. »Nun erzählen Sie mir alles, was Sie über den Mann wissen.«

Suzie seufzte und tat, was er verlangte. »Er ist Italiener, heißt Carlo Moretti. Er sagt, er lebt in Parma und hat eine Firma, die hochwertige Handtaschen, Gürtel und dergleichen herstellt. Angeblich ist er dreiunddreißig, aber meiner Ansicht nach kann man zehn Jahre draufrechnen.« Sie überlegte, welche Details sie noch über ihn erfahren hatte. »Sie sind sich gestern Abend in der Bar unseres Hotels begegnet, doch er hat hier kein Zimmer. Ich fürchte, mehr weiß nicht.«

»Gut. Ich schreibe Ihnen, sobald ich meine Ankunftszeit

weiß. Richten Sie Alexandra aus, dass sie den Mann nicht wiedersehen darf, bis ich bei Ihnen bin.«

Und das war natürlich der Tropfen, der das Fass zum Überlaufen brachte. Alexandra bekam beim Abendessen einen Wutanfall und schüttete ihr den Prosecco ins Gesicht.

Dennoch, trotz Ausraster und Beleidigungen, fühlte Suzie mit ihr. Vielleicht wollte sie sich mit den extravaganten Kleidern und Aufenthalten in Fünf-Sterne-Hotels nur für ihr Unglück entschädigen. Und da sie noch als Kind ihre Mutter verloren hatte, waren die vielen »unpassenden« Männer in ihrem Leben sehr wahrscheinlich der Versuch, Zuneigung zu finden. Ein Psychologe würde zweifellos alles Mögliche aus der Tatsache herauslesen, dass dieser Mann, mit dem sie sich gerade einließ, so viel älter war als sie. Alexandra tat ihr leid, weil sie in ihrem Leben alles bekam, was man sich wünschen konnte, außer Liebe.

Am nächsten Vormittag ging Suzie allein in Venedig spazieren und bestaunte ein architektonisches Juwel nach dem anderen. Erst zur Mittagszeit erhielt sie eine Nachricht von Alexandra.

Komm um eins ins Foyer. Ich muss mit dir reden. A.

Um zehn vor eins begab sich Suzie ins Hotelfoyer und musste zwanzig Minuten warten, bis sie Alexandra aus dem Aufzug kommen sah. Heute trug sie ein winziges, freizügiges Sommerkleid – noch eines aus ihrer offenbar unerschöpflichen Sammlung von Designerklamotten –, und der ältere Mann, der hinter ihr den Fahrstuhl verließ, machte Stielaugen. Seine grauhaarige Gattin missbilligte das sichtlich. Als sich die Aufzugtüren leise hinter ihnen schlossen, hakte sie sich bei ihrem Mann unter und schob ihn auf diese Weise zum Ausgang. Ohne wahrzunehmen, was ihre Aufmachung bei anderen hervorrief, kam Alexandra auf Suzie zu, die sich neben eine große Topfpflanze gestellt hatte.

»Du hast wahrscheinlich gehört, dass mein Bruder heute Abend herkommt?« Kein Wort zur Begrüßung, doch das überraschte Suzie nicht. »Das ist nur deine Schuld!«

Suzie musste dem zustimmen, fand jedoch, sie sollte etwas klarstellen. »Was hätte ich anderes tun sollen? Ich musste das deinem Vater sagen. Dafür bezahlt er mich schließlich, und ich habe es ihm versprochen. Du wusstest das. Und ich habe dich zweimal gewarnt, ehe ich ihn angerufen habe.«

Sie redete rasch weiter, um einer wütenden Entgegnung zuvorzukommen. »Versetz dich doch mal in meine Lage, Alexandra. Er hat mich eigens angestellt, damit ich auf dich achtgebe, und er bestand ganz besonders darauf, informiert zu werden, wenn du dich mit unpassenden Männern abgibst. Du hast ihn das selbst sagen hören.« Suzie holte tief Luft. »Und um ganz ehrlich zu sein, ich finde Carlo unpassend. Bei einem anderen hätte ich vielleicht nichts unternommen, aber es tut mir leid: Er hat etwas an sich, was mich misstrauisch macht.«

Alexandra wurde weder laut noch aggressiv. Stattdessen sah sie zu Boden und sagte eine volle Minute lang kein Wort. Als sie dann aufblickte, hatte sie Tränen in den Augen. »Hast du schon etwas gegessen, Suzie?«

Verblüfft über ihren sanften Ton schüttelte Suzie den Kopf, und Alexandra deutete zur Bar hinüber.

»Wollen wir mal sehen, ob es dort Sandwiches gibt? Wie ich Rafe kenne, wird er heute Abend ein großes Essen mit allem Drum und Dran haben wollen. Doch ich habe seit gestern Mittag nichts mehr gegessen und kippe gleich um, wenn ich nichts in den Magen bekomme.«

Suzie war einverstanden und folgte ihr durchs Foyer. Die

elegante Bar war fast leer, und sie setzten sich zusammen auf ein Ledersofa, weit weg von anderen Tischen. Kaum hatten sie Platz genommen, kam ein Kellner, und Suzie erkannte ihn wieder. Es war derselbe, der ihr im Restaurant die Serviette gebracht hatte, damit sie sich das Gesicht trocken wischen konnte. Falls er überrascht war, sie so friedlich zusammen zu sehen, so ließ er sich das nicht anmerken.

Alexandra bestellte sich Schinken-Käse-Sandwiches und eine Flasche Mineralwasser, und Suzie folgte ihrem Beispiel, um sich dann still zurückzulehnen und zu warten, bis ihre Gefährtin zu reden begann.

»Es tut mir leid, dass ich dir den Prosecco ins Gesicht gekippt habe. Das ist unentschuldbar.« Alexandra schien das ernst zu meinen. »Ich war nur furchtbar wütend, aber nicht deinetwegen. Sondern wegen allem.«

Suzie glaubte nicht, dass Alexandra sich oft entschuldigte, und deshalb war sie bereit, den Vorfall mit einem Schulterzucken abzuhaken.

»Mach dir deswegen keine Gedanken. Es war sowieso nur Weißwein. Der ließ sich gut rauswaschen.« Sie zögerte. »Aber sag mal, was wird denn passieren, wenn dein Bruder hier ist? Wird er ausrasten?«

»Wahrscheinlich nicht. Das ist das Vorrecht meines Vaters. Doch er wird auch nicht gerade freundlich sein.« Sie schaute eher bekümmert als wütend drein – fürs Erste. »Ich weiß, dass du meinen Vater wegen Carlo anrufen musstest. Das hat er vor unserer Abreise ganz klar von dir verlangt. Die Sache ist die …« Sie stockte und holte ein paar Mal tief Luft, wobei sich das altbekannte zornige Funkeln wieder zeigte. »Ich bin jetzt fünfundzwanzig, meine Güte, bald schon sechsundzwanzig. Warum muss mein Vater mich unbedingt wie ein Kind behandeln? Ich bin erwachsen.«

Alexandra redete allmählich lauter und klang dabei schriller, sodass sich ein paar Gäste nach ihr umdrehten. Suzie lächelte ihr verständnisvoll zu. Erleichtert und überrascht stellte sie fest, dass das etwas nützte, denn Alexandra senkte die Stimme auf normale Lautstärke. »Dein Vater schreibt dir bestimmt nicht vor, mit wem du ausgehen darfst.«

»Mittlerweile blickt er kaum mal von einem seiner Bücher oder von seinen Kricketspielen im Fernsehen auf. Aber meine Mutter unterzieht mich immer einem peinlichen Verhör, wenn ich sie besuche, obwohl ich bald neunundzwanzig werde. Und du weißt, was nach neunundzwanzig kommt.« Suzie war enorm beeindruckt, wie sehr Alexandra auf einmal auftaute, auch wenn sie keinen Zweifel hegte, dass der Zorn in ihr noch irgendwo schwelte. Und daher wagte sie, die Frage zu stellen, die ihr schon seit drei Wochen auf der Zunge lag, seit ihrer ersten Begegnung. Zumal jetzt kein Prosecco auf dem Tisch stand, den sie ins Gesicht bekommen könnte. »Warum sagst du deinem Vater nicht einfach, er soll sich um seine eigenen Angelegenheiten kümmern? Du bist erwachsen. Da kannst du doch tun, was du willst.«

»Das sollte man meinen, nicht wahr? Aber so läuft das in unserer Familie nicht, aus den verschiedensten Gründen.« Alexandra strich sich durch die Haare und lehnte sich frustriert zurück. »Abgesehen von allem anderen gewöhnt man sich daran, viel Geld zu haben. Mein Vater hat entschieden, dass ich einen *passenden* Mann heiraten muss.« Ihr beißender Ton machte klar, was sie von der Wortwahl ihres Vaters hielt. »Bis dahin bekomme ich mein Taschengeld, aber nur wenn ich nach seinen Regeln spiele. Und das heißt praktisch, dass er meine Freunde, ob Männlein oder Weiblein, genauestens unter die Lupe nimmt. Was glaubst du, warum du eingestellt wurdest? Er vertraut mir nicht.«

In dem Moment brachte der Kellner ihre Getränke und zwei Teller mit dreieckigen Weißbrotsandwiches ohne Kruste, angerichtet mit mathematischer Präzision und dekoriert mit einem Zweig Brunnenkresse. Suzie lächelte ihn an und bedankte sich mit einem *»Grazie«*. Alexandra ignorierte ihn. Als er sich zurückgezogen hatte, versuchte Suzie, sie ein wenig aufzurichten.

»Möglicherweise ist es weniger mangelndes Vertrauen als der Wunsch, dich zu schützen. Vielleicht macht er sich nur Sorgen um dich.«

Alexandra schnaubte und biss in ein Sandwich. Was Letzteres anging, folgte Suzie ihrem Beispiel, denn sie merkte, wie hungrig sie war, obwohl sie sich am Abend zuvor eine große Mahlzeit einverleibt hatte. Alexandras nächste Bemerkung überraschte und freute sie beträchtlich.

»Ehrlich gesagt habe ich sowieso nicht vor, Carlo wiederzusehen.«

Suzie sah von ihrem Teller auf. »Bist du nur pragmatisch, oder hat das andere Gründe?«

Alexandra seufzte schwer. »Nachdem ich dich gestern Abend sitzen gelassen habe, habe ich ihn angerufen, und er ist hergekommen. Ich dachte, er lädt mich zum Essen ein, stattdessen hat er mich aber in sein Hotel mitgenommen. Wir waren auf halbem Weg nach oben, als ich zur Vernunft gekommen bin. Er gefiel mir sehr, doch auf keinen Fall wollte ich mit ihm auf sein Zimmer gehen. Schließlich habe ich ihn gerade erst kennengelernt.«

»Genau.« Suzie nickte anerkennend.

»Er dachte da ganz anders. Tatsächlich wurde er ziemlich unangenehm, und dann hielt er mich am Arm fest. Ich war sicher, dass er mich nicht gehen lassen würde. Zum Glück kam ein Pärchen die Treppe herunter, und er musste mich loslassen.

Ein paar Augenblicke lang habe ich wirklich Angst gehabt. Als das Pärchen an uns vorbeiging, habe ich mich einfach angeschlossen und mit ihnen das Hotel verlassen. Draußen bin ich sofort getürmt.« Zaghaft lächelnd blickte sie auf. »Als ich zurückkam, warst du sicher noch im Restaurant, aber ich wollte dich nicht mit meinem Ärger belästigen.«

»Das hättest du ruhig tun können. Außerdem war das Essen sehr gut.«

»Das glaube ich gern. Mir war nur nicht nach Essen zumute.« Ihre Lippen zitterten, und sie rang mit den Tränen. »Und nun ist mein Vater sauer auf mich, und mein Bruder kommt, um mir die Leviten zu lesen – alles nur wegen einem Mann, mit dem ich mich gar nicht mehr treffen will. Du hattest recht, Suzie: Mit dem Kerl stimmt etwas nicht.«

Suzie fühlte aufrichtig mit ihr und legte kurz die Hand auf ihren Arm. »Es tut mir wirklich leid, dass du deswegen Probleme bekommst, aber wir holen dich da wieder raus.« Ihr kam eine Idee. »Rafe und dein Vater brauchen nicht zu wissen, was dir gestern Abend mit diesem Carlo passiert ist. Meiner Ansicht nach solltest du Folgendes tun: dich wortreich entschuldigen und ihm sagen, dass du dem Mann sofort den Laufpass gegeben hast, als du hörtest, dass dein Vater etwas gegen ihn hat. Sie werden beide so erfreut sein, dass sie dich danach in Ruhe lassen. Es muss nicht immer gleich eine Konfrontation sein, weißt du?«

Eine Weile schwieg Alexandra und konzentrierte sich auf ihr Sandwich. Als sie schließlich den Kopf hob, wirkte sie perplex. »Aber du bist doch sicher verpflichtet, ihnen zu berichten, was zwischen mir und Carlo vorgefallen ist. Oder nicht …?« Ihre Stimme verebbte hilflos, und Suzie grinste sie an.

»Ich habe meine Pflicht erfüllt, indem ich von seinem Vorhandensein berichtete. Wie er aus deinem Leben verschwunden ist, ist deine Angelegenheit. Nein, Alexandra, du sagst ihnen, du hättest ihn bereits abserviert, weil du sie nicht verärgern möchtest, und ich verspreche dir, dass ich dich decke. Einverstanden?«

Zum ersten Mal an dem Tag wirkte Alexandra froh. »Das würdest du für mich tun?« Ihr Lächeln wurde breiter. »Und bitte nenne mich Alex. Das tun alle meine Freunde.«

4

Als Rafe eintraf, trug er einen tadellosen dunklen Anzug mit Hemd und Krawatte, und Suzie musste zugeben, dass er genau in das Fünfsterneambiente passte. Wie von Alexandra vorhergesagt, verlor er keine Zeit und begab sich sogleich mit ihnen nach oben in den Speiseraum zum Abendessen. Von dort konnten sie über ganz Venedig schauen und zusehen, wie die Sonne unterging und die Lichter der Stadt nach und nach aufleuchteten. Unter anderen Umständen wäre das bezaubernd gewesen, aber nicht an diesem Abend. Als sie zu ihrem Tisch am Fenster gebracht wurden, wappnete sich Suzie für eine harsche Auseinandersetzung.

Doch die blieb aus. Gemäß der vereinbarten Strategie setzte Alexandra als Erste zum Angriff an, um ihrem Bruder den Wind aus den Segeln zu nehmen. Zudem war sie Suzies Rat gefolgt und hatte das großzügig dekolletierte Kleid, das sie zum Mittagessen getragen hatte, gegen ein recht konservatives getauscht, das zurückhaltend ausgeschnitten und knielang, aber sehr elegant war.

Suzie lehnte sich zurück und tat ihr Bestes, um nicht zu schmunzeln, als Alexandra sich überschwänglich entschuldigte und Rafe erklärte, dass zwischen Carlo und ihr nichts gewesen sei und sie ihn aus Respekt vor ihrem Vater schon abserviert habe. Sie versicherte ihm, dass sie nur tun wolle, was ihr Vater billige, und er könne sich darauf verlassen, dass sie sich vernünftig verhalte.

Rafe schaute zunächst streitlustig drein, dann überrascht und schließlich erfreut. Als Alexandra ihre Entschuldigungsrede zu einem angemessenen emotionalen Abschluss brachte, sah er Suzie an, um sich das bestätigen zu lassen.

»Ist das alles wahr, Suzanne? Ist es zwischen diesem Italiener und Alex vorbei?«

Suzie setzte ein seriöses Gesicht auf. »Vollkommen. Aus und vorbei.«

Rafe nickte, ohne das verstohlene Lächeln zu bemerken, das Alex ihr schenkte. »Ausgezeichnet.« Er wandte sich wieder seiner Schwester zu. »Nun, ich bin froh, dass du das eingesehen hast, Alex, nicht zuletzt weil ich Mr Moretti habe überprüfen lassen. Ich bin mir sicher, seine Frau wäre froh zu hören, dass du das Interesse an ihm verloren hast.«

»Seine Frau?« Alexandra wirkte tatsächlich baff, und Suzie hatte noch mehr Mitleid mit ihr.

»Ja, Alex, seine Frau.« Rafe schien sehr mit sich zufrieden zu sein. »Und seine drei Töchter wären auch erleichtert, könnte ich mir denken.« Als er den Gesichtsausdruck der beiden sah, führte er das näher aus. »Ich habe mich gestern an eine Detektei gewandt und auf dem Weg vom Flughafen hierher deren Bericht bekommen. Es interessiert euch vielleicht zu hören, dass er fünfundvierzig Jahre alt ist, also keineswegs so jung, wie er behauptet zu sein.«

Alexandra war sichtlich erschüttert und erst einmal sprachlos.

Die Stimmung hellte sich allmählich auf, und Suzie musste zugeben, dass sie noch nie so hervorragend gegessen hatte. Die Vorspeisenplatte für drei Personen war außergewöhnlich gut und bestand aus diversen Salamisorten und Schinken, hausgemachtem Russischen Salat, heißen Knoblauchgarnelen und Steinpilzen in Olivenöl. Suzie nahm sich von allem etwas und versuchte, sich nicht schon damit den Bauch vollzuschlagen, denn der Hauptgang stand erst noch bevor.

Während des Essens unterhielten sie sich, und Alexandra und ihr Bruder wurden lockerer und hatten sogar Spaß miteinander. Suzie freute sich, das zu sehen, und nutzte die Gelegenheit, um die beiden genauer zu beobachten. Man sah ihnen an, dass sie Geschwister waren, besonders an der Mundpartie und den Wangenknochen.

Sie wusste wieder, was sie damals in Rafe gesehen hatte, als sie ein pickeliger Teenager gewesen war und ihn verstohlen von den hinteren Kirchenbänken angeschmachtet hatte. Er hatte dunklere Haare als seine Schwester, aber die gleichen hellbraunen Augen wie sie. Und selbst die Sorgenfältchen, die sich bei ihm schon zeigten, taten seinem guten Aussehen keinen Abbruch, sondern machten ihn nur attraktiver.

Ja, dachte sie, die beiden haben wirklich Glück – schön und reich, wie sie sind. Keine üble Kombination, ganz bestimmt nicht. Still seufzend wischte sie sich den Mund mit der Serviette ab und lehnte sich zurück.

»Wie lange wollt ihr beide in Venedig bleiben?« Rafe trank einen Schluck Wein und blickte zwischen ihnen hin und her. Seine Schwester antwortete ohne Zögern.

»Ich habe mich noch nicht entschieden. Wahrscheinlich noch zwei, drei Tage.«

»Und wohin geht es dann?«

»Suzie, wohin möchtest du gern fahren?«

Suzie war erst einmal sprachlos. Das war das erste Mal, dass Alex sie nach ihren Wünschen fragte. Ihr Verhältnis besserte sich definitiv. Sie lächelte Alex breit an.

»Bevor ich zur Universität gegangen bin, habe ich einige Zeit in der Toskana verbracht, doch in dieser Region war ich noch nicht. Venedig ist märchenhaft schön, aber – ich weiß nicht, ob dein Vater es erzählt hat – ich träume schon ewig davon, Verona zu sehen. Und es ist von hier aus nicht weit.«

Rafe schaute sie ein wenig erstaunt an. »Warum gerade Verona?«

»Aus allen möglichen Gründen. Wegen seiner Geschichte und Kultur, hauptsächlich jedoch wegen Shakespeare.«

»Shakespeare?«, wiederholten Bruder und Schwester unisono, und Suzie schmunzelte.

»Der hat mich schon immer fasziniert, auch die Tatsache, dass er nicht weniger als zehn Dramen in Italien angesiedelt hat, die Römerdramen *Julius Cäsar* und *Coriolanus* nicht mitgerechnet. Und Verona kommt in einigen davon vor, allen voran *Die beiden Veroneser* und natürlich *Romeo und Julia*. Wer würde nicht gern die Stadt besichtigen, in der die größte Liebesgeschichte aller Zeiten spielt?«

Alexandra strahlte. »Da hast du die Antwort, Rafe. Nächster Halt: Verona.«

Daraufhin lächelte er ebenfalls. »Ausgezeichnet. Das trifft sich großartig. Vor meiner Abreise hat Vater zufällig mit James' Vater gesprochen, und der hat euch in seine Villa am Gardasee eingeladen. Von dort fährt man nur eine knappe halbe Stunde nach Verona. Sie liegt direkt am Wasser, und es gibt einen Pool. Klingt das gut?«

Alexandra schien das gar nicht zu gefallen.

»O Gott, Rafe, muss das unbedingt sein?« Der alte mürrische Ton war wieder da. »Du weißt, dass ich mich lieber von James fernhalte.«

»Na komm, Alex, du kennst ihn schon so lange. Als Kinder wart ihr unzertrennlich. Außerdem wird er mit einem Haufen deiner Freunde dort sein. Mit denen kannst du Spaß haben, oder?«

Alexandra schnaubte. »Du weißt doch, wie er ist. Er wird mir nur wieder einen Antrag machen.« Sie sah ihren Bruder böse an. »Er hat mich schon so oft gebeten, ihn zu heiraten, und ich habe jedes Mal Nein gesagt. Ich habe längst aufgehört, die Anträge zu zählen. Neulich erst bei meiner Abschiedsparty in London. Alles war wunderbar, und plötzlich kommt er und behauptet, er kann ohne mich nicht leben. Das hat mir den Abend total verdorben. Kann der Mann kein Nein verstehen? Er redet immer nur vom Heiraten, wenn er sich nicht gerade übers Segeln, über Schrotflinten und seine blöden Fasane auslässt.«

»Tja, Vater hält das für eine großartige Idee.« In Rafes Augen glomm ein Funken Mitgefühl. »Du weißt, James' Vater und er würden euch beide nur zu gern als Paar sehen.«

»Herrgott noch mal!«, fauchte Alexandra, und das so laut, dass sie die Aufmerksamkeit einiger Gäste auf sich zog. Suzie blickte sie an und schüttelte mahnend den Kopf. Das wirkte. Alex verzog das Gesicht, senkte aber die Stimme. »Man sollte meinen, arrangierte Ehen gäbe es heutzutage in England gar nicht mehr, nicht wahr, Suzie? Aber weit gefehlt.«

Suzie hielt es für das Beste, nicht darauf einzugehen. Sie versuchte, sich zu erinnern, welcher von Alex' Freunden sich in Knightsbridge als James vorgestellt hatte, doch es waren zu viele neue Namen und Gesichter gewesen. Der Einzige, an den sie sich namentlich erinnerte, war Tommy, der an dem Abend Geburtstag gehabt hatte.

»Sei nicht albern, Alex. Vater will dich doch nicht gegen deinen Willen unter die Haube bringen. Er möchte nur das Beste für dich.« Rafe klang selbst nicht so, als wäre er davon überzeugt.

Alexandra gab deutlich zu erkennen, dass sie für diese Interpretation nur Verachtung übrighatte. »Solange es das Beste für ihn selbst ist.«

Dem folgte ein unbehagliches Schweigen, das jedoch zum Glück von einem Kellner unterbrochen wurde, der eine Platte mit Risotto, Garnelen und Muscheln brachte. Es schmeckte so gut, wie es aussah. Als Suzie ihre Portion aufgegessen hatte und einen Nachschlag ablehnte, beschloss sie, zu etwas Erfreulicherem überzugehen.

»Hast du Lust, gleich mit uns einen Spaziergang durch Venedig zu machen, Rafe? Du bist nur so kurze Zeit hier, die solltest du ausnutzen und dir so viel wie möglich ansehen.«

Er blickte von seinem Essen auf und schüttelte den Kopf. »Ich würde allenfalls einen schnellen Drink nehmen. Ich muss morgen früh raus und habe einen langen Tag vor mir.« Rafe sah zu seiner Schwester. »Vater will, dass ich in London mit seinen Anwälten zu Mittag esse.« Er wurde mit seinem Risotto fertig und trank einen Schluck Wein. »Aber da ich nicht jeden Tag nach Venedig komme, sollte ich mich vielleicht ein bisschen umsehen.«

»Wie wär's, wenn wir einen Cocktail in *Harry's Bar* nehmen?« Alex wirkte schon enthusiastischer. »Du weißt schon, die Bar, in die Hemingway ging. Was meinst du, Suzie? Hast du Lust?«

Suzie war hin- und hergerissen. Einerseits freute sie sich, in die Entscheidung einbezogen zu werden, andererseits fürchtete sie, die Hemingway-Bar könnte ziemlich nobel sein, und sie war sich nicht sicher, ob sie chic genug angezogen war.

»Das wäre schön, doch ich bin vielleicht nicht passend gekleidet.« Sie merkte, dass Rafe sie musterte, und wurde rot, als Alexandra ihr die Befürchtung ausredete.

»Unsinn, Suzie. Du siehst gut aus. Mehr als gut!« Zum ersten Mal hörte sie aus Alexandras Mund so etwas wie ein Kompliment.

Und sie errötete noch tiefer, als Rafe seiner Schwester beipflichtete. »Ja, allerdings. Das ist ein schönes Kleid, und es steht dir gut.«

»Also, wenn ihr meint …«

Auch der nächste Gang schmeckte ausgezeichnet. Suzie und Alexandra wollten kein Fleisch essen und nahmen den Steinbutt mit Zitrone und Koriander. Wie von seiner Schwester vorhergesagt, entschied sich Rafe für ein großes T-Bone-Steak, das er mit sichtlichem Genuss verputzte. Er trank Barolo, aber da die Damen Fisch aßen, bestand er darauf, für sie eine Flasche Weißen zu bestellen, einen Soave aus der Gegend um Verona, der wirklich hervorragend war. Rafe hielt das für ein gutes Zeichen. Wenn der Veroneser Wein so gut sei, meinte er, dann sollten sie unbedingt hinfahren, James hin oder her.

Als Suzie ihr Dessert bekam, ein Pistaziensoufflé mit weißem Schokoladeneis und Mango-Coulis, bereute sie, dem Spaziergang zugestimmt zu haben, denn sie zweifelte ernsthaft, ob sie sich nach dieser üppigen Mahlzeit noch bewegen konnte. Nach einem starken Espresso schaffte sie es aber, von ihrem Stuhl aufzustehen.

Draußen war es noch warm, obwohl es dunkel war und ein leichter Wind vom Meer wehte. Als sie am Wasser entlang zum Markusplatz schlenderten, lächelte Suzie vor sich hin. Es sah ganz so aus, als würde ihr Aufenthalt in Italien doch nicht vorzeitig enden, und ihre aufbrausende Gefährtin schien sich sogar für sie zu erwärmen. Sie atmete tief die frische Luft ein und schaute über den Canal Grande zu den funkelnden Lichtern am anderen Ufer. Ja, es war schön, hier zu sein, und bald würde sie ihren Traum verwirklichen und den Schauplatz der größten Liebesgeschichte aller Zeiten besuchen.

5

Am nächsten Morgen nach einem leichten Frühstück beschloss Suzie, mit einem Vaporetto zum Lido hinüberzufahren und schwimmen zu gehen. Von Rafe war keine Spur, und Alexandra hatte sich auch noch nicht blicken lassen. Daher schrieb sie ihr eine kurze Nachricht, wo sie zu finden sein würde, und verließ das Hotel.

Es herrschte strahlendes Wetter, und der Wind vom vergangenen Abend hatte sich gelegt. Die Fahrt über die Lagune zu der langen schmalen Insel zwischen der Stadt und dem Meer war herrlich. Suzie stand die ganze Zeit im Heck und schaute staunend zu den Ziegeldächern, Kuppeln und Türmen dieser einzigartigen Stadt im Wasser. Es waren allerhand Schiffe unterwegs, von Ozeanriesen über Fischerboote und Jachten bis zu den berühmten Gondeln. Auch wenn Verona ihr Traum war, musste sie zugeben, dass Venedig seinesgleichen suchte.

An der Südseite des Lido gab es einen langen Sandstrand. Ohne Mühe fand sie den penibel gesäuberten Abschnitt, der zu ihrem Hotel gehörte. Sie ließ sich zu einer Liege mit Sonnenschirm führen, wo sie aus ihrem Kleid schlüpfte. Sie legte es in den Schatten, steckte die Sonnenbrille in ihre Tasche und schob sie in das zusammengerollte Handtuch. Vorsichtig lief sie durch den bereits heißen Sand zum Meer und fand das Wasser angenehm warm.

So früh am Morgen waren nur wenige Leute am Strand. Es war herrlich, ins Wasser zu waten und sich treiben zu lassen. Ab und zu schwamm sie ein Stück und legte sich wieder auf den Rücken, um in den Himmel zu schauen.

Als sie gemächlich zurückschwamm, kam ihr ein Schwimmer entgegen. Den Kopf halb verborgen, kraulte er mit kraftvollen Zügen, die ihn weit hinaustrugen. Im Seichten angekommen, setzte sie sich und lehnte sich zurück auf die Ellbogen. Sie fischte kleine blaue Muscheln aus dem Sand und spielte damit.

Zwanzig Minuten später tauchte der Mann, der an ihr vorbeigekrault war, vor ihr aus dem Wasser auf und watete die letzten Meter. Da sie ihre Brille nicht trug und zudem in die Sonne schaute, konnte sie sein Gesicht kaum erkennen, aber was sie von seinem Körper sah, fand sie beeindruckend. Verstohlen zählte sie die Muskelwölbungen an seinem Bauch, als er an ihr vorbeiging. Dabei warf er ihr einen Blick zu, stutzte und blieb stehen. Überraschenderweise sprach er sie auf Englisch an.

»Guten Morgen. Du bist diejenige, die den Prosecco abbekommen hat, stimmt's?«

Suzie riss die Augen auf und fühlte sich auf einmal nackt, obwohl ein paar Quadratzentimeter von ihr mit Stoff bedeckt waren. »Ich weiß nicht, was du meinst ...«, erwiderte sie, obwohl sie das durchaus wusste.

»Du hast ihn ins Gesicht bekommen. Neulich Abend im Restaurant. Ich saß zwei Tische von euch entfernt und habe die ganze Szene mit angesehen.«

Suzies Wangen glühten, und zwar nicht nur von der Sonne. »Ja, das war ich. Ich hoffe, das Spektakel hat dir nicht den Appetit verdorben.«

»Überhaupt nicht. Ich war allein und habe mich gelangweilt. Deine Freundin hat mich mit ihrer Großtat zum Lachen gebracht ... obwohl du das vermutlich nicht lustig fandest.« Nach kurzem Zögern ging er ein paar Schritte auf sie zu, und sie konnte ihn besser sehen. Augenblicklich wurde ihr klar, dass er in einer ganz anderen Liga spielte als sie. Abgesehen davon, dass er Gast in einem Fünf-Sterne-Hotel war – was sie sich aus eigener Tasche nicht hätte leisten können –, war er groß und gut aussehend, und das auf eine nonchalante Art, die ihr den Eindruck vermittelte, dass er sich für eine durchschnittliche Frau wie sie nicht interessieren würde. Zudem trug er einen Ehering, wie ihr auffiel, und das bestätigte es mal wieder: Die Guten waren längst vergeben.

Sie unterdrückte einen stillen Seufzer und stellte sich vor. »Ich heiße Suzie. Ich bin als Reisegefährtin der jungen Frau hier, die mir den Wein ins Gesicht geschüttet hat.«

»Michael. Freut mich, dich kennenzulernen.«

Er bückte sich und gab ihr die Hand. Während des Händedrucks, den sie unpassend fand, da sie beide halb nackt waren, durchlief sie ein Kribbeln der Erregung, das sie sofort zu unterbinden versuchte. Schließlich spielte er nicht nur in einer anderen Liga, sondern war auch verheiratet. Sie achtete darauf, es bei oberflächlichem Small Talk zu belassen.

»Bist du Brite? Du hörst dich so an. Und machst du hier Urlaub?«

»Ja und nein. Ich komme aus England, lebe aber beruflich hier.« Er trat einen Schritt zurück, als bereute er es, ihr so nahe gekommen zu sein, und jetzt erst bemerkte sie die dunklen Ringe unter seinen Augen und die vielen Fältchen ringsherum. Offenbar bedrückte ihn etwas, und das weckte sofort ihr Mitgefühl. In respektvollem Abstand zu ihr ging er am Wasserrand in die Hocke, und nach ein paar Augenblicken setzte er das Gespräch fort. »Und was führt dich und deine Begleiterin her? Geschäft oder Vergnügen?«

»Vergnügen. Wir machen hier vier Wochen Urlaub. Erfreulicherweise kann ich sagen, dass Alex und ich das Kriegsbeil begraben haben und wir wieder Freunde sind.«

»Also ist alles im Lot, und ihr könnt euch entspannen und die freie Zeit genießen. Das freut mich für dich. Und das Hotel, in dem wir sind, könnte gar nicht besser sein.«

»Das stimmt, aber …« Sie drehte den Kopf zu ihm und konzentrierte sich auf sein Gesicht, um nicht zu seinem wohlgeformten Körper abzuschweifen. Dabei fiel ihr auf, dass seine Augen das gleiche helle Blau hatten wie das Meer vor ihnen. »Um ganz ehrlich zu sein, ist mir das ein bisschen zu viel.« Sie zögerte, das auszusprechen, da er offensichtlich genauso vermögend war wie Alexandra und ihr Bruder. »Ich bin an solchen Luxus nicht gewöhnt.« Sie deutete vage in Richtung des Hotels. »Nimm es mir nicht übel, doch ich fühle mich dort ein wenig fehl am Platz.«

In seinem Gesicht erschien ein Lächeln, das ihn um Jahre jünger wirken ließ. »Da sind wir schon zwei.«

»Tatsächlich?« Sie konnte ihre Überraschung nicht verbergen. »Aber wenn du in diesem Hotel abgestiegen bist … Wieso fühlst du dich, als gehörtest du da nicht hin?«

»In erster Linie wohne ich dort nur, weil jemand für mich gebucht und bezahlt hat. Mich schaudert, wenn ich an die Zimmerpreise denke.«

»Darf ich fragen, was du beruflich machst?«

»Ich bin Maler. Ich soll eine schöne Frau porträtieren, im Auftrag ihres sehr wohlhabenden Verlobten. Ich fürchte, es ist mir nicht gestattet, ihren oder seinen Namen preiszugeben. Er hat das Hotel ausgesucht, und ich werde mich darüber nicht beschweren.«

Ein Gedanke beschäftigte Suzie besonders. Sie fand es erstaunlich, dass ein so junger Maler so lukrative Aufträge bekam. Wenn der Kunde ihn in einem Fünf-Sterne-Hotel unterbrachte, wie viel mochte er dann für das Porträt bezahlen? Michael musste ein herausragender Maler sein. Sie gab sich

Mühe, ihr Staunen nicht durchklingen zu lassen, als sie darauf einging.

»Also sind wir beide Hochstapler. Das richtet mein geknicktes Selbstbewusstsein wieder völlig auf. Ich dachte, ich bin der einzige Bettler unter all den Prinzen.«

»Da sind wir schon zwei. Und wir sind nicht mal die Einzigen, da bin ich mir sicher. Sehr wenige Leute sind so reich wie mein momentaner Auftraggeber oder deiner.« Kurz sah er ihr in die Augen. »Außerdem siehst du aus wie eine Prinzessin, auch wenn dein Kontostand nicht dazu passt.« Danach wandte er hastig den Blick ab, als bereute er das Kompliment.

Sie wurde rot, und zugleich missfiel ihr seine Äußerung. Er schmeichelte ihr unverhohlen und klang, als wollte er mit ihr flirten, obwohl er verheiratet war. Und dazu hatte sie ganz klare Ansichten. Vielleicht war dieser gut aussehende Engländer nicht besser als der untreue Carlo. Bevor sie darauf reagieren konnte, fiel ein Schatten über sie, und sie hörte Alexandras Stimme.

»Hallo, Suzie. Ist das Wasser warm?«

Suzie blickte erleichtert auf. Das Tauwetter vom vergangenen Abend schien anzuhalten.

»Warm wie Badewasser. Hallo, Alex. Das ist Michael. Er wohnt auch in unserem Hotel.«

Als Alex vorsichtig ins flache Wasser trat, um Michael die Hand zu geben, musterte Suzie ihren Bikini. Er war winzig, wirklich winzig, und überließ nichts der Fantasie. Er war nicht unbedingt unanständig, aber ihn »minimalistisch« zu nennen wäre noch untertrieben. Bestimmt hatte er ein Vermögen gekostet, und Suzie ertappte sich bei der Überlegung, dass die Höhe des Preises bei Designerklamotten so wie bei Dreisterneessen in umgekehrt proportionalem Verhältnis zur stofflichen Menge stand.

Als sie sah, wie Alex sich in diesem Bikini zu Michael hinunterbeugte, um ihm die Hand zu schütteln, verspürte sie eine ganz unerwartete Empfindung: Eifersucht. Anders konnte sie es nicht nennen. Warum sie auf Alex und einen verheirateten Mann eifersüchtig sein sollte, den sie erst seit zehn Minuten kannte, war eine Frage, mit der sich ihr Unterbewusstsein nicht befassen wollte – jedenfalls fürs Erste nicht –, und sie ging schulterzuckend darüber hinweg.

»Guten Morgen. Suzie hat mir eben erzählt, dass ihr beide einen herrlichen Urlaub vor euch habt. Werdet ihr länger in Venedig bleiben?«

Alex setzte sich ins Wasser und seufzte genießerisch. »Ein paar Tage noch, dann fahren wir nach Verona.«

»Ah, meine italienische Lieblingsstadt.« Er wirkte sogleich lebhafter, und sein Lächeln glättete die Sorgenfalten um seine Augen. Ehering hin oder her, Suzie fühlte erneut ein Kribbeln der Erregung. »Wart ihr schon mal dort?« Die Frauen schüttelten den Kopf. »Na, dann steht euch ein einzigartiges Erlebnis bevor.«

»Michael ist Maler. Er ist hier, um eine reiche Berühmtheit zu malen, doch er darf uns nicht sagen, wer sie ist. Das muss geheim bleiben.« Suzie sah, dass sie damit bei Alex neues Interesse weckte.

»Wie aufregend! Und wo ist dein Atelier? In England oder in Italien?«

»Mittlerweile hier. Ich habe ein Haus in den Bergen, zwei Autostunden von hier entfernt. Unweit von Verona sogar.«

»Das klingt idyllisch.«

»Idyllisch, ja …« Der düstere Ausdruck, der für einen kurzen Moment in sein Gesicht zurückkehrte, war unmissverständlich und widersprach seinen Worten. Offenkundig stand bei ihm nicht alles zum Besten. Als würde ihm bewusst, dass er zu viel von sich preisgegeben hatte, erhob er sich. »Wie auch immer, ich fürchte, ich muss jetzt gehen. Ich habe vor der Sitzung heute Nachmittag noch einiges zu tun. Vielleicht sehen wir uns heute Abend im Hotelrestaurant, falls ihr dort esst.«

Alex löste sich vom Anblick seines Körpers und schaute mit gespielter Verzweiflung zu Suzie. »O Gott, sprich nicht vom Essen! Wir haben gestern Abend ein Fünfgängemenü bewältigt. Was meinst du, Suzie? Wollen wir es mit dem Hotelrestaurant noch mal versuchen?« Sie grinste sie an. »Ich verspreche, dir diesmal keinen Wein ins Gesicht zu schütten.«

Suzie willigte lächelnd ein und freute sich darauf, Michael schon am Abend wiederzusehen. Zugleich nahm sie sich vor, Alex auf seinen Ehering aufmerksam zu machen, nur für den Fall, dass sie Absichten hegte. Unterm Strich, so überlegte sie, bewahrte der Ring sie zumindest davor, um denselben Mann zu konkurrieren und womöglich aneinanderzugeraten. Allerdings war ihr klar, dass sie gegen Alex keine Chance hätte. Es war schwer, gegen eine Frau zu gewinnen, die mit unermesslichem Reichtum, Schönheit und einem so winzigen Bikini antrat.

»Ich freue mich darauf. Bis dann, Michael.«

»Es war schön, dich kennenzulernen, Suzie.« Einen Moment lang sah er ihr in die Augen. »Wirklich schön.«

Alex wartete, bis er außer Hörweite war, dann grinste sie Suzie breit an.

»Hast du nicht gesagt, dass Verona die Stadt der Liebe ist? Venedig scheint sich für dich auch gut auszuwirken. Ich frage mich, was Julia von deinem Michael gehalten hätte.«

Ehe Suzie etwas erwidern konnte, sprang Alex auf und lief ins Wasser, um eine Runde zu schwimmen. Als sie zurückkam, setzte sie sich neben Suzie und sah sie an.

»Hast du dir schon überlegt, was du heute unternehmen willst?«

Suzie heiterte es sehr auf, dass sie gefragt wurde. »Nichts Besonderes. Wir können tun, worauf du Lust hast. Wollen wir vielleicht mit dem Schiff nach Burano rüberfahren? Die Insel soll sehr pittoresk sein. Das ist die mit den bunt gestrichenen Häusern. Du hast bestimmt schon mal Fotos davon gesehen.«

Alex nickte. »Gute Idee. Doch ich würde vorher gern etwas ganz Banales erledigen, wenn du nichts dagegen hast. Ich muss nämlich dringend zum Friseur.« Suzie hatte tatsächlich auch schon daran gedacht.

»Ich auch. Mein letzter Haarschnitt ist schon Gott weiß wie lange her. Also machen wir das als Erstes.«

»Übrigens habe ich heute Morgen eine E-Mail von meinem Vater bekommen, die bestätigt, was Rafe gesagt hat. James hat uns in seine Villa eingeladen. Vater besteht darauf, dass wir die Einladung annehmen.«

Suzie begehrte unwillkürlich auf. »Kannst du ihm nicht einfach sagen, dass du das nicht willst? Oder dass dir das nicht passt? Meinetwegen können wir unsere Pläne ändern und zuerst woandershin fahren und Verona als letzte Station nehmen, in der Hoffnung, dass James bis dahin abgereist ist. Padua soll auch hübsch sein, und das liegt in der entgegengesetzten Richtung. Oder Bologna?«

Alex schüttelte bedauernd den Kopf. »Ich fürchte, wir müssen gute Miene zum bösen Spiel machen. Vater und Lord Witchampton sind dicke Freunde, und es klang ganz danach, als wäre das schon beschlossene Sache.«

»Lord Witchampton?«

»James' Vater. Den Witchamptons gehört halb Dorset.« Sie sah Suzie resigniert an. »Und bei all dem Druck, den mein Vater mir macht, könnte das mein künftiges Zuhause sein.«

»Du würdest wirklich jemanden heiraten, den du nicht liebst, nur weil dein Vater das will?«

»Ich weiß nicht.« In ihrem Ton lag eine gewisse Verbitterung. »Um ganz ehrlich zu sein, James ist mir nicht unsympathisch. Nein, das ist unfair ausgedrückt. Ich mag ihn sehr. Ich kenne ihn schon ewig, und wir verstehen uns sehr gut – auch wenn er ständig übers Segeln und seine blöden Fasane redet. Es ist nur so, dass ich mich nicht zu einer Ehe drängen lassen will wie eine mittelalterliche Prinzessin. Das ist einfach barbarisch!«

Beim letzten Satz war sie lauter geworden, hielt aber inne und sprach dann in moderatem Ton weiter. Definitiv ein Zeichen persönlicher Entwicklung. Suzie beobachtete das erfreut. »Wir leben jetzt im einundzwanzigsten Jahrhundert. Ich sollte so etwas selbst entscheiden, nicht mein Vater. Würde meine Mutter noch leben, sie würde mich verstehen. Vielleicht ist es James gegenüber unfair, doch sie müssen alle begreifen, dass ich eine eigenständige Person bin und keine Verfügungsmasse.«

Suzie sah sie mitfühlend an. Also mochte Alex den Mann und hielt ihn nur wegen des väterlichen Drängens auf Abstand. Demnach schnitt sie sich ins eigene Fleisch. Alex sah jedoch derart deprimiert aus, dass Suzie den Gedanken für sich behielt. Und nicht zum ersten Mal dankte sie ihrem Glücksstern für ihre relativ »normale« Familie.

6

Nachdem sie den Vormittag in einem teuren Friseursalon verbracht hatten und gegen Mittag dort fertig wurden, merkten sie überrascht, dass sie schon Hunger hatten. Zurück im Hotel, setzten sie sich an einen Tisch in der Nähe der Bar und bestellten sich wieder Sandwiches. Beim Essen betrachtete Suzie immer wieder ihre Fingernägel. Nach ein wenig Drängen von Alexandra hatte sie einer Maniküre und Pediküre zugestimmt und hatte nun zum ersten Mal in ihrem Leben perfekt lackierte Finger- und Fußnägel – alles einschließlich Haarschnitt und Frisieren unwissentlich bezahlt von Lord Tedburn mittels der Kreditkarte seiner Tochter. Sie blickte zu Alexandra, die grinste.

»Gewöhnst du dich langsam daran, Suzie?«

Sie schüttelte den Kopf. »Das braucht Zeit. Ich denke immer wieder, ich habe mir die Finger bekleckert.«

»Aber das sieht klasse aus. Warte nur, bis dein Michael sie heute Abend sieht.«

»Er ist nicht ›mein‹ Michael. Als du heute Morgen dazukamst, hatten wir uns erst ein paar Minuten lang unterhalten, und davon abgesehen ist er verheiratet. Also selbst wenn er an mir interessiert wäre, was er nicht ist, würde es mir nicht im Traum einfallen, mit ihm etwas anzufangen.«

»Verheiratet oder nicht, er scheint ein netter Typ zu sein, auch wenn er nicht unbedingt glücklich aussieht. Was ihn wohl bedrückt?«

»Das habe ich mich auch schon gefragt. Geldprobleme kann er wohl nicht haben, wenn er für den superreichen Kunden malt. Es muss etwas Persönlicheres sein.«

Alex grinste sie frech an. Sie war in viel besserer Stimmung, seit sie beide reinen Tisch gemacht hatten. »Vielleicht hat er Liebeskummer. Amors Pfeil hat ihn getroffen, und seitdem ist er hoffnungslos vernarrt in eine geheimnisvolle Engländerin mit Pferdeschwanz und Fingernägeln, die dringend eine Maniküre benötigt haben. Wahrscheinlich will er einen Akt von dir malen. Du weißt ja, wie diese Künstler sind.«

Suzie spürte, dass ihr das Blut in die Wangen strömte. »Ganz bestimmt nicht, Alex. Viel wahrscheinlicher ist, dass er zu Hause Probleme hat, oder er ist nur ein melancholischer Maler. Wie du sagst: Man weiß ja, wie diese Künstler sind.«

»Übrigens ist Malerei genau mein Ding. Ich habe schon immer viel gemalt.«

Suzie machte große Augen. »Etwa beruflich?«

Alexandra bedachte sie mit einem missbilligenden Blick. »Das soll wohl ein Witz sein! Niemand kann davon leben … na ja, fast niemand. Vielleicht dein Michael. Nein, ich male nur für mich selbst. Ich wäre wahnsinnig gern an die Kunstakademie gegangen, doch mein Vater wollte nichts davon hören.«

»Wo lag das Problem?«

»Wo es immer liegt: Es interessiert ihn nicht im Geringsten, ob ich glücklich oder unglücklich bin.« Ihre gute Stimmung hatte sich verflüchtigt, und ihr Zorn trieb ihre Lautstärke in die Höhe. So sehr, dass der Barkeeper zu ihnen herübersah. Suzie berührte sie sanft am Handgelenk.

»Das kann nicht sein. Jeder Vater möchte seine Tochter glücklich sehen.«

Alex lächelte wehmütig und redete wieder leiser. »Dieser nicht. Er hält ein Kunststudium für Zeitverschwendung. Ich sollte etwas Nützliches lernen, das für den Familienbesitz gebraucht wird. Also habe ich in Brighton Ökologie studiert und die Prüfung mit Ach und Krach bestanden. Versteh mich nicht falsch, ich liebe Tiere und Pflanzen, aber Naturwissenschaft lässt mich absolut kalt. Außerdem bin ich eine Niete im Rechnen.«

Suzie war verblüfft – zum einen, weil Alexandra eine Leidenschaft für Malerei hatte, und zum anderen, weil ihr unsensibler Vater sich der Verwirklichung ihres Traums in den Weg gestellt hatte. Bei ihrem Reichtum hätte es doch sicher nicht geschadet, seiner einzigen Tochter den Wunsch zu erfüllen und ihr das bisschen Glück zu ermöglichen? Seufzend schluckte sie den letzten Bissen ihres Sandwiches herunter.

»Hast du mal Unterricht genommen? Nach dem Examen konntest du dir das vielleicht erlauben.«

Alex schüttelte den Kopf. »In Vaters Augen sind Kunsthochschulen die reinsten Lasterhöhlen. Er ist überzeugt, dass ich da vom rechten Weg abkäme und ungewollt schwanger würde oder von Opium benebelt in Schmutz und Elend leben würde. Ich durfte zu Hause Privatunterricht nehmen, doch der Lehrer war ein Mann, und Vater wurde misstrauisch, weil ich angeblich zu viel Zeit mit ihm verbrachte. Er fürchtete, es könnte zu intim werden.«

»Und war es so?«

Vor zwei Tagen wäre es noch undenkbar gewesen, ihr solch eine persönliche Frage zu stellen. Jetzt aber nahm Alex sie als selbstverständlich auf. Suzie betrachtete das als enormen Fortschritt in ihrer Beziehung, die so schwierig begonnen hatte.

»Um ganz ehrlich zu sein, ja, doch nur in meiner Fantasie. Der Mann hatte zu viel Angst vor meinem Vater, um mich auch nur ein Mal anzurühren. Wenn er es getan hätte, hätte ich allerdings nicht Nein gesagt.« Sie lächelte Suzie an. »In dem Fall lag mein Vater richtig. Aber was hätte es denn geschadet?«

In dem Moment blickte Suzie auf und war mit einem unerfreulichen Anblick konfrontiert. Im Eingang stand kein anderer als Alexandras ehemaliger Verehrer Carlo Moretti und schaute suchend über die Köpfe der Gäste. Kaum hatte er sie beide entdeckt, zeigte sich ein lüsternes Lächeln auf seinem Gesicht.

Suzie neigte sich hastig zu Alexandra. »Ich fürchte, wir kriegen Gesellschaft.«

Alex drehte den Kopf und wurde rot vor Ärger, sodass Suzie ihr zügelnd an den Arm fasste, während Carlo durch die Bar zu ihnen kam. Ohne Suzie zu beachten, sprach er Alex an.

»Alessandra, wie schön, dich zu sehen! Ich habe zwei Tage lang nach dir Ausschau gehalten. Du bist neulich Abend so plötzlich verschwunden. Da habe ich mir Sorgen gemacht.« Unaufgefordert zog er sich einen Stuhl heran und setzte sich zu ihnen.

Alex hob die Hand und rief den Kellner. »Ein Glas Prosecco für den Herrn.«

Als der Kellner sich abwandte, fragte sich Suzie, ob das auf eine Wiederannäherung zwischen den beiden hindeutete. Kurz darauf bekam sie ihre Antwort. Der Kellner brachte den Prosecco, Alex nahm das Glas und überraschte alle drei, indem sie Carlo den Inhalt ins Gesicht kippte.

»Der ist für Sie, Carlo. Ihre Frau wird die Flecken sicher rauswaschen können.«

Geschockt und wütend sprang er auf. »Was bildest du dir ein …?«

Suzie grinste. Alex hatte gut gezielt und ihn mitten ins Gesicht getroffen, sodass der Prosecco auf sein Hemd und auf seinen Schoß gelaufen war. Suzie unterdrückte ein Kichern, denn es sah aus, als hätte er sich in die Hose gemacht.

»Verschwinden Sie, Carlo. Gehen Sie zu Ihrer Frau und Ihren drei Töchtern. Lassen Sie mich in Ruhe.«

Moretti wurde blass. »Woher …? Wieso …?« Jetzt wirkte er schuldbewusst und ziemlich erschrocken.

»Sie haben mich gehört, Carlo. Gehen Sie einfach. In Ordnung? Und belästigen Sie mich nie wieder, sonst spreche ich mit Ihrer Frau.«

Er wurde kreidebleich, und seine Stirn glänzte von Schweiß. Wortlos stand er auf und verließ hastig die Bar. Währenddessen sah Alex zu dem Kellner hoch, der noch wie angewurzelt dastand.

»Bitte entschuldigen Sie mein Benehmen, aber ich fürchte, das war nötig.« Sie klang bemerkenswert ruhig. »Falls daraus Kosten entstehen, sagen Sie es mir bitte.«

Darauf grinste Kellner sie an. »Nein, Signorina, alles ist völlig in Ordnung. Der Wein ist vollständig auf dem Herrn gelandet, der Teppichboden hat nichts abbekommen.« Lächelnd nahm er ihr das leere Glas aus der Hand. »Wenn ich mir die Bemerkung erlauben darf: Sie zielen immer besser.«

Suzie grinste breit. »Übung macht den Meister.« Nachdem er gegangen war, sah sie Alex mit neuem Respekt an. »Das war brillant. Du hast ihn genau richtig behandelt.«

»Was für ein widerlicher, verlogener Kerl! Ich hätte ein großes Bier bestellen und es ihm samt Glas an den Kopf werfen sollen.«

»Nein, ich glaube, so war es genau richtig, eine kultivierte Reaktion, die noch dazu völlig gerechtfertigt war. Ich bin mir sicher, den sehen wir nicht wieder.«

Am Abend begaben sie sich nach oben ins Restaurant, wo ihnen eine Überraschung bevorstand. Weit weg vom Eingang an einem abgeschiedenen Tisch saß Michael, der Porträtmaler, und ihm gegenüber eine umwerfend schöne Frau mit glänzenden schwarzen Haaren, die sie hochgesteckt trug, sodass man ihre Ohrringe funkeln sehen konnte. Wenn die mit echten Diamanten besetzt waren, hatten sie ein Vermögen gekostet. Die beiden hatten nur Augen füreinander und bemerkten die Ankunft der zwei jungen Frauen nicht, die zu demselben Fenstertisch geleitet wurden, an dem sie am vorigen Abend mit Rafe gegessen hatten.

Sobald sie saßen, blickte Alex zu Suzie und zog die Brauen hoch. »Michaels Frau ist eine Schönheit, findest du nicht?«

»Das kann man wohl sagen.« Suzie versuchte, sich ihre Enttäuschung nicht anmerken zu lassen. Warum sollte sie überhaupt enttäuscht sein? Sie kannte den Mann kaum, und er war verheiratet. Sie gab sich gleichgültig. »Sie könnte natürlich auch seine Geliebte sein – denk nur an deinen Freund Carlo. Vielleicht macht das die italienische Luft.«

Alexandras Miene verfinsterte sich. »Den bin ich zum Glück los. Aber du hast recht. Venedig bringt einen in romantische Stimmung … Wie wird es dann erst in Verona sein?«

Suzie war froh über den Themenwechsel. »Verona sieht nicht viel anders aus, nur das Wasser fehlt. Verona, Vicenza, Padua und Venedig gehörten zur Republik Venedig. Deshalb dürfte die Architektur in den Städten ähnlich prachtvoll sein. Und was die Romantik angeht, denk an Romeo und Julia.« Sie bekam ein Grinsen zustande, und Alex erwiderte es.

»Wie könnte ich die vergessen? Doch wie es aussieht, wird es bei mir mit Romantik nichts werden. Ich werde allenfalls die Annäherungsversuche eines gewissen Fasanenliebhabers abzuwehren haben.«

Ihr Essen war ausgezeichnet, sie beschränkten sich aber auf eine kleine Portion. Auf Suzies Empfehlung wählte Alex ebenfalls das *Fritto misto di pesce*, das aus verschiedenen Meeresfrüchten und Weißfisch bestand, alles leicht mehliert und auf den Punkt gebraten. Dazu gab es gemischten Salat und eine Flasche leicht perlenden Weißwein aus der Region. Auf ein Dessert verzichteten sie. Stattdessen beschlossen sie, einen Spaziergang zu unternehmen und hinterher einen Kaffee zu trinken.

Als sie das Restaurant verließen, war Michael noch immer in das Gespräch mit der schönen Frau vertieft, sodass er die beiden nicht bemerkte. Insgeheim war Suzie froh, mit der Frau eines Mannes, für den sie eine Schwäche hatte, keinen Small Talk betreiben zu müssen – auch wenn ein Verhältnis mit einem verheirateten Mann für sie sowieso nicht infrage kam.

Der gestrige Besuch in *Harry's Bar* war ein wenig enttäuschend gewesen. Sie hatte üppige Eleganz erwartet und fand sich stattdessen in einer überfüllten Bar wieder, die, von den astronomischen Preisen einmal abgesehen, einem englischen Pub recht ähnlich war, noch dazu einem der schlichteren Sorte. Deshalb ging Suzie, als sie im Foyer aus dem Aufzug stiegen, an die Rezeption und bat um eine Empfehlung. Der Portier in seiner grauen Weste zögerte nicht.

»Falls Sie es noch nicht kennen, sollten Sie ins *Caffè Florian* gehen. Das liegt am Markusplatz und ist das älteste Kaffeehaus von Venedig, wenn nicht von ganz Italien … oder der ganzen Welt.« Er zwinkerte. »Aber Letzteres ist umstritten.«

Auf dem Markusplatz war einiges los, doch da standen nicht diese Trauben von Menschen wie tagsüber, und sie konnten ihn ungehindert überqueren und zu der Kolonnade gelangen, wo sich das Café befand. Das Innere war erstaunlich. Die Tischplatten bestanden aus Marmor, die Sitzbänke waren mit rotem Samt bezogen und die Wände mit Gemälden, Spiegeln und viel Gold verziert. Es war gut besucht. Trotzdem fanden sie einen freien Tisch, bestellten Kaffee und lehnten sich zurück, um ihre Umgebung zu bewundern.

Menschen aller Nationalitäten saßen da, manche in Shorts, andere fein gekleidet, darunter sogar eine Schar Gondolieri in gestreiften T-Shirts. Zehn Minuten später tauchte ein bekanntes Gesicht auf, und als er sie entdeckte, lächelte er.

»Guten Abend, die Damen. Na, so was. Dass ich euch hier treffe!«

Suzie begrüßte ihn lächelnd. »Guten Abend, Michael.«

Mit demselben Lächeln wandte sie sich der Schönheit an seiner Seite zu. Sie sah jünger aus als er, in etwa so alt wie Alex, und das rote Kleid, das sie trug, saß wie angegossen. Ihre schimmernden schwarzen Haare waren auf jene scheinbar achtlose Art hochgesteckt, für die man entweder viel Zeit oder viel Geld opfern musste. Und ihre Ohrringe und der Diamantring hatten bestimmt ein Vermögen gekostet. Wenn sie den Schmuck von Michael bekommen hatte, musste er in Wahrheit ein Millionär sein, trotz allem, was er Suzie gegenüber geäußert hatte. Während ihr das durch den Kopf ging, stellte er sie einander vor.

»Frederika, das sind Suzie aus England und ihre Freundin Alex. Entschuldigt, aber ich kenne eure Nachnamen nicht.«

Suzie reagierte rasch. »Guten Abend, Frederika. Ich bin Suzie Cartwright, und das ist Lady Alexandra Tedburn.«

»Guten Abend. Sehr erfreut.« Frederika sprach ausgezeichnet Englisch mit dem Hauch eines Akzents, der eine deutsche Herkunft vermuten ließ. Hinter ihrer glänzenden Fassade schien ein freundlicher Mensch zu stecken, und Suzie ertappte sich bei dem Gedanken, dass diese Schönheit zweifellos eine passendere Partnerin für einen attraktiven, erfolgreichen Mann wie Michael war als sie selbst – besonders wenn er sich als Milliardär entpuppte.

»Woher kennen Sie sich, wenn ich fragen darf?« In Frederikas Ton schwang keinerlei Eifersucht mit. Daher antwortete Suzie locker und beschloss, den Prosecco-Vorfall auszulassen.

»Wir sind uns erst heute Morgen am Strand begegnet und

ins Gespräch gekommen. Das ist alles. Ich fürchte, ich kenne deinen Nachnamen auch nicht, Michael.« Ärgerlicherweise wurde sie schon wieder rot, wie sie merkte.

»Turner, wie der berühmte Maler. Und bevor du fragst, nein, ich bin nicht mit ihm verwandt. Wir haben nur zufällig denselben Nachnamen.«

Dem folgte ein verlegenes Schweigen, während Suzie überlegte, ob sie die beiden bitten sollte, sich zu ihnen an den Tisch zu setzen. Zum Glück nahm Michael ihr die Entscheidung ab.

»Wie auch immer, wir möchten nicht weiter stören. Wir wollten hier nur kurz nach dem Abendessen einen Kaffee trinken. Aber ich bin froh, dass wir uns über den Weg gelaufen sind, denn ich wollte dir etwas geben, bevor ich morgen abreise.« Er griff in die Brusttasche seines schicken Leinenjacketts und zog eine Visitenkarte heraus. »Falls ihr mal Hilfe braucht, wenn ihr in Verona seid, oder wenn ihr einfach Lust habt auf ein Treffen, dann ruft mich an. Ich würde mich sehr freuen.«

»Das ist sehr freundlich von dir, Michael.« Alex griff nach seiner Karte. »Wenn alles nach Plan läuft, sind wir in ein paar Tagen dort. Schön zu wissen, dass wir in der Gegend einen Freund haben.«

Suzie bedankte sich ebenfalls, und er lächelte sie an, bevor er ihnen einen schönen Abend wünschte und mit Frederika in einen anderen Raum des Cafés ging. Als sie aus ihrem Blickfeld verschwunden waren, reichte Alex ihr das Kärtchen.

»Das war nett von ihm, oder? Und sieht sie nicht toll aus? Sie hatte ein Stella-McCartney-Kleid an.« Alex warf ihr einen vielsagenden Blick zu. »Die sind nicht billig.«

Das glaubte Suzie sofort. Und wenn jemand die Preise von Designerklamotten kannte, dann Alex.

»Das ist mal ein sehr attraktiver Mann! Dein Michael gefällt mir.«

Suzie merkte, dass sie errötete, und konnte nichts dagegen tun. »Und ich sage es noch mal: Er ist nicht ›mein‹ Michael, Alex. Er ist verheiratet, wie du weißt.«

Alex schüttelte den Kopf. »Mit der Deutschen? Ganz bestimmt nicht. Ist dir an ihr zufällig eine Besonderheit aufgefallen?« Ihre Augen funkelten mutwillig, und Suzie freute sich, weil ihre Gefährtin definitiv gut gelaunt war.

»Eine Besonderheit?« Sie überlegte, aber ihr fiel im Nachhinein nichts ein. »Eigentlich nicht. Sie sah perfekt aus.«

Alex half ihr bereitwillig auf die Sprünge. »Hast du ihren Verlobungsring gesehen?«

»Verlobungsring? Sie trug diesen kolossalen Diamantring, passend zu den Ohrringen.«

»Und hast du ihren Ehering gesehen?«

»Äh, nein. Trug sie einen?«

»Eben nicht!« Alex grinste triumphierend. »Sie ist mit jemandem verlobt, sie kann also nicht seine Frau sein.«

Suzie dämmerte es. »Natürlich. Wenn sie weder seine Frau noch seine Geliebte ist, muss sie die Frau sein, die er malen soll. Er hat erwähnt, dass sie mit einem immens reichen Mann verlobt ist und er die Namen nicht preisgeben darf. Deshalb hat er sie nur mit dem Vornamen vorgestellt.«

»Das erklärt es. Demnach ist sie nicht seine Frau. Die lebt vielleicht in England, oder sie ist mit dem Milchmann durchgebrannt.«

»Es gibt keine Milchmänner mehr, Alex. Und warum sollte er dann den Ring weiter tragen? Wie dem auch sei, wir sehen ihn wahrscheinlich sowieso nicht wieder. Also wozu spekulieren?«

»Wer sagt, dass wir ihn nicht wiedersehen? Bewahre das Kärtchen einfach mal auf. Einverstanden?«

Suzie betrachtet es. Darauf standen nur sein Name, sein

Beruf und darunter eine E-Mail-Adresse und zwei italienische Telefonnummern – eine Festnetz- und eine Handynummer. Während sie die Karte in das Seitenfach ihrer Handtasche steckte, überlegte sie, ob sie ihn tatsächlich einmal wiedersehen würde, und musste sich eingestehen, dass sie trotz seines Eherings darauf hoffte.

7

Ende der Woche fuhren sie mit dem Hochgeschwindigkeitszug von Venedig nach Verona. Die Fahrt dauerte eine knappe Stunde, und bei ihrer Ankunft sahen sie James auf dem Bahnsteig warten.

Suzie erkannte ihn sofort von der Londoner Abschiedsparty wieder. Er war ein gut aussehender Mann mit breiten Schultern, dichten dunklen Haaren und einem Dreitagebart, der ihn noch attraktiver machte. Suzie fand ihn definitiv sympathisch. Er trug ein makelloses hellblaues Poloshirt und gut sitzende Shorts, und sein Lächeln war herzlich.

Neben ihm stand ein Gepäckträger mit einem Wagen, was Suzie immens erleichterte. Während sie nur eine mittelgroße Reisetasche bei sich hatte, war Alex mit zwei riesigen Koffern unterwegs, die vollgepackt waren und gefühlt eine Tonne wogen. James überließ es dem Gepäckträger, die Koffer aus dem Zug zu bugsieren, und ging mit ausgebreiteten Armen auf Alex zu.

»Schön, dass du gekommen bist, Alex. Du siehst toll aus.«

Als Alexandra ihn umarmte und auf die Wangen küsste, wirkte ihr Lächeln nicht gezwungen, aber natürlich waren sie schon seit einer Ewigkeit gut befreundet. »Ich finde es auch wunderbar, hier zu sein. Und danke für die Einladung! Wir freuen uns schon auf den See, nicht wahr, Suzie?« Sie löste sich aus der Umarmung. »James, du erinnerst dich an Suzie von der Party letzten Samstag, nicht wahr?«

James lächelte höflich und gab Suzie die Hand. »Natürlich. Freut mich, dich wiederzusehen.«

Obwohl sie bezweifelte, dass er sich wirklich an ihr Gesicht erinnerte, schüttelte sie ihm die Hand und dankte ihm für die Einladung, wobei sie inständig hoffte, in der Villa nicht schon einen lärmenden Haufen Freunde anzutreffen, die es sich dort bequem gemacht hatten.

Inzwischen hatte der Gepäckträger die Koffer auf den Wagen geladen und wartete auf weitere Anweisungen. James fasste Alex an den Ellbogen und führte sie den Bahnsteig hinunter zum Ausgang. Suzie ließ die beiden vorgehen und hielt sich neben dem Gepäckträger. Während sie sich ihren Weg durch die Leute bahnten, nutzte sie die Gelegenheit, ein paar Worte mit dem Mann zu wechseln, und er schaute erfreut, als sie ihn auf Italienisch ansprach.

»Stammen Sie aus Verona?«

Er lächelte und nickte. »Ich bin hier geboren und aufgewachsen.«

Jetzt erst fiel ihr auf, dass er keine Uniform trug. Vielleicht trugen die Gepäckträger in Verona keine. Nein, das war unwahrscheinlich. Sie wagte eine Vermutung. »Arbeiten Sie für James?«

Sie wurde bestätigt. »Meine Frau und ich betreuen die Villa Magnolia, Lord Witchamptons Haus am Gardasee.« Er drehte lächelnd den Kopf zu ihr. »Ich bin Roberto. Ich würde Ihnen die Hand geben, doch dann rutscht mir vielleicht ein Koffer vom Wagen.«

Suzie erwiderte sein Lächeln. »Freut mich, Sie kennenzulernen, Roberto. Ich heiße Suzie und begleite Alexandra. Wohnen Sie bei der Villa?«

»Ja, aber meine Eltern und meine drei Brüder leben in Verona, sodass ich häufig bei ihnen bin.«

»Wie lebt es sich denn in Verona?«

Ehe er antwortete, lenkte er den Gepäckwagen geschickt

um eine Nonne herum, die mit ihrem Smartphone beschäftigt war. »Das ist meine Heimatstadt, also ist sie für mich der weltbeste Ort zum Leben.«

Das hörte sich gut an. »Und was müssen wir uns unbedingt ansehen? Julias Haus vielleicht?«

Er zuckte abfällig mit den Schultern. »Wenn Sie das gern möchten. Aber erwarten Sie nicht zu viel. Das ist bloß eine Touristenfalle.« Sie folgten James aus der Bahnhofshalle in die drückende Mittagshitze und stießen fast mit zwei Touristen zusammen, die plötzlich mitten auf dem Bürgersteig stehen blieben und ihre Rucksäcke absetzen wollten. »Nein, die wichtigste Sehenswürdigkeit ist die Arena. Die wurde jedenfalls nicht erst kürzlich zusammenfantasiert. Sie wurde in der Antike gebaut und wird noch immer benutzt. Allerdings sind der Gardasee und die Villa Magnolia auch schön. Es wird Ihnen dort ganz sicher gefallen.«

In der prallen Sonne gingen sie zum Parkplatz. Suzie war sprachlos, denn dort stand ein enormer Rolls-Royce mit offenem Verdeck, der anderthalb Parkplätze einnahm. Der weiße Lack glänzte in der Sonne. Lord Witchampton scheute sich nicht, seinen Reichtum zu zeigen.

Während Roberto das Gepäck in den geräumigen Kofferraum lud, griff Alex nach Suzies Hand und zog sie zum Fond des Wagens, sodass James vorne einsteigen musste. Sichtlich gekränkt nahm er mit dem Beifahrersitz vorlieb. Alex zwinkerte Suzie zu, und die beiden bekamen fast einen Kicheranfall.

Roberto setzte sich ans Steuer, und als er losfuhr, drehten sich viele Leute um und verfolgten die Abfahrt der extravaganten weißen Limousine. Suzie hockte verlegen auf der Rückbank und wünschte, die handgenähten cremefarbenen Lederpolster würden sie verschlucken. Sobald sie schneller fuhren, verging ihre Verlegenheit, und sie schaute aus dem Fenster, um etwas von der Stadt zu sehen, die zum UNESCO-Welterbe gehörte. Suzie wurde aber enttäuscht, denn sie passierten nur moderne Wohn- und Geschäftshäuser. Offenbar lag die Altstadt Veronas in einer anderen Richtung.

Keine zwanzig Minuten später gelangten sie auf eine Anhöhe, und der Gardasee erstreckte sich vor ihnen. Trotz ihrer Vorbehalte, was oder wer sie in der Villa Magnolia erwartete, genoss Suzie das Panorama. Obwohl es ein wenig diesig war, bot sich ein beeindruckender Anblick. Das blaue Wasser, gesprenkelt mit bunten Segeln, glitzerte in der Herbstsonne. Steile Berghänge, einige bewachsen, andere felsig, umgaben den See, und an seinem nördlichen Ende ragten die Gipfel der Alpen aus dem Dunst. Nur entlang des Seeufers gab es Ortschaften, und alles wirkte friedvoll und ruhig. Suzie verliebte sich auf der Stelle.

Einige Zeit später fuhren sie unten am See entlang, und der Eindruck friedlicher Ruhe verflüchtigte sich. Der schmale Streifen ebenen Bodens am See war dicht bebaut und die Straße plötzlich stark befahren, sodass sie nur noch langsam vorankamen. Es dauerte jedoch nicht lange, bis Roberto von der Straße abbog und vor einem imposanten Tor in einer Mauer anhielt.

Am Torpfosten begann eine gelbe Lampe zu blinken, und die Torflügel schwangen automatisch zur Seite, um sich hinter ihnen wieder geräuschlos zu schließen. James und sein Vater legten offensichtlich Wert auf Abgeschiedenheit. Unter den Rädern knirschte der Kies, während sie beschattet von prächtigen Baumkronen die Auffahrt entlangfuhren, die zu einem runden Platz vor der Villa führte.

Die Villa war eine Augenweide, mit dem weitläufigen Herrenhaus in Devon nicht zu vergleichen und dennoch von spektakulärer Schönheit, wahrscheinlich auch nicht besonders alt, vielleicht im neunzehnten oder sogar frühen zwanzigsten Jahrhundert im Renaissancestil erbaut. Suzie fand sie atemberaubend. Drei Stufen führten zu einer Doppeltür mit großen verzierten Terrakottavasen zu beiden Seiten, in denen hängender Rosmarin wuchs, der voll kleiner hellblauer Blüten stand. Der Duft war überwältigend.

Während Roberto sich um das Gepäck bemühte, brachte James seine beiden Gäste ins Haus und durch den gefliesten Flur in ein Wohnzimmer, dessen bodentiefe Fenster auf einen schön gepflegten Garten und den See hinausgingen. Dort wurden Suzies Befürchtungen leider bestätigt.

»Alex, du hier! Ist ja super.«

Junge Leute kamen von allen Seiten heran, von denen Suzie etliche noch von der Londoner Party kannte, und der Stimmenlärm schwoll an. Alex wurde mit Umarmungen und Küssen begrüßt. Suzie stand etwas abseits dabei. Da sie sah, dass Alex vollauf beschäftigt war, allen Hallo zu sagen, schlüpfte sie durch eines der französischen Fenster nach draußen auf den Rasen.

Vom Wasser wehte ein angenehmer Wind herüber, und sie atmete tief ein. Es war ein herrliches Plätzchen, und wie immer sich das Zusammensein mit den anderen Gästen gestalten würde, sie konnte sich glücklich schätzen, hier zu sein. Sie hatte keine Ahnung, wie viele Millionen solch ein Haus am See wert war, doch der Erbauer hatte einen ausgezeichneten Geschmack bewiesen, denn die Lage war atemberaubend.

Als sie über das Grundstück schlenderte, entdeckte sie ein Bootshaus, den von Rafe erwähnten Pool und einen Anleger, der auf den See hinausging. Das Wasser war bemerkenswert klar und sah so einladend aus, dass sie die Sandalen abstreifte und sich auf den Rand setzte, um die Füße ins Wasser baumeln zu lassen. Ein paar Minuten saß sie da und genoss die Szenerie, dann hörte sie Alex' Stimme.

»Suzie, hier steckst du! Ich hab dich im ganzen Haus gesucht.«

Suzie schaute lächelnd zu ihr hoch. »Entschuldige. Die anderen hatten dich mit Beschlag belegt, da dachte ich, ich gehe ein bisschen an die frische Luft. Es ist wunderschön hier.«

Alex folgte ihrem Beispiel, zog sich die Schuhe aus und setzte sich neben sie. »Dann stelle ich dich den anderen gleich mal vor. Aber erst wollte ich dir eine gute Nachricht überbringen. Übermorgen reisen alle ab.« Sie senkte den Blick und fügte leise hinzu: »Einschließlich James. Sie haben Flüge nach Kalifornien gebucht. Da findet eine große Hochzeit statt. Ich war auch eingeladen, doch ich habe ihnen gerade erklärt, dass ich nicht mitkommen kann, weil ich in Italien bleiben soll, und jetzt reden sie über nichts anderes mehr. James meinte, er würde den Flug stornieren und bei uns bleiben, aber ich habe Nein gesagt. Er muss zu der Hochzeit fliegen. Das heißt also, ich habe ihn mir vom Leib geschafft, und wir können am Montag nach Verona in ein Hotel ziehen.«

Suzie war mächtig erleichtert. »Das ist großartig. Soll ich eins aussuchen, oder möchtest du das tun?«

»Überlass das mir. Soweit ich weiß, soll es direkt im Zentrum ganz fantastische Hotels geben.« Sie sah auf die Uhr. »Aber es ist schon zwölf Uhr durch. Um halb eins soll es Mittagessen geben. Wollen wir uns ansehen, wo wir schlafen werden?«

Sie standen auf und ließen die Füße für ein paar Minuten auf den Holzplanken in der Sonne trocknen, bevor sie sich die Schuhe wieder anzogen. Während Suzie da stand, fiel ihr auf dem Nachbargrundstück ein sonderbares altes Haus auf. Es war recht klein und im neugotischen Stil erbaut, und der Garten war ziemlich überwuchert. Sie fragte sich gerade, ob es unbewohnt war, als im ersten Stock ein Fenster geöffnet wurde und eine grauhaarige Dame mit Schürze einen Teppich an der

Außenwand ausschlug, sodass Staubwolken aufstiegen. Suzie zog ihren Blick auf sich und winkte ihr zu, worauf sie ein Lächeln erntete.

»Komm, Suzie, lass uns ins Haus gehen und sehen, wo wir untergebracht sind.«

Suzie war im obersten Stock unter dem Dach einquartiert, wo es glühend heiß war. Deshalb war sie froh, als sie über dem Fenster die Klimaanlage entdeckte. Vermutlich hatten im Dachgeschoss früher die Diener gewohnt, denn es war beileibe nicht so opulent möbliert wie die unteren Stockwerke. Alexandras Zimmer befand sich genau unter ihrem im zweiten Stock und war wunderschön eingerichtet mit Marmor, Spitze und Seide. Trotzdem war ihres immer noch luxuriöser als die, in denen sie bisher gewohnt hatte. Alles war relativ. Außerdem bot es eine fantastische Aussicht auf den See und die Berge. Suzie machte ein Foto davon und schickte es an ihre Eltern mit der Nachricht, dass alles gut lief.

Wie von James erbeten, stellte sie nur ihre Sachen ab, wusch sich die Hände und begab sich sofort wieder nach unten. Als sie zögernd das Wohnzimmer betrat, rief jemand ihren Namen, ein Mann, und sie erkannte die Stimme sofort. Sie ging zu ihm und gab ihm die Hand.

»Tommy, wie schön, dich wiederzusehen!«

»Hallo, Suzie. Gut siehst du aus. Ich freue mich, dass du auch hier bist.«

Sie war beeindruckt, weil ihm inzwischen ein anderes Adjektiv als »hinreißend« eingefallen war. Als sie ihn jetzt nüchtern vor sich sah, musste sie zugeben, dass er sehr attraktiv war: groß und schlank mit kurzen blonden Haaren und einem offenen Lächeln. Ob er auch so enorm reich war? Wenn ja, dann dürften sich die Frauen um ihn reißen, dachte sie. Vorausgesetzt, er betrank sich nicht allzu oft. Heute machte er jedenfalls einen viel besseren Eindruck als bei ihrer letzten Begegnung.

»Hör zu, Suzie, ich muss mich bei dir entschuldigen.« Als sie ihn verständnislos ansah, erklärte er es. »Ich fürchte, ich habe mich letzte Woche ziemlich furchtbar benommen. Ich hatte Geburtstag, weißt du? Meine sogenannten Kumpel hatten mir schon den ganzen Abend etwas ins Bier gekippt, und davon war ich total betrunken. Ich hoffe nur, ich habe nichts Unverzeihliches getan. Ich kann mich nur erinnern, mit einer hinreißenden Schönheit geredet zu haben, aber die verschwand plötzlich und kam nicht wieder. Ich war nicht etwa unerträglich, oder?«

Er klang ehrlich zerknirscht, und sie beeilte sich, ihn zu beruhigen. »Überhaupt nicht, Tommy. Mach dir keine Gedanken, du warst nicht schlimm. Da habe ich schon ganz anderes erlebt.«

»Gott sei Dank. Jedenfalls wollte ich dir zeigen, dass ich normalerweise nicht so bin. Ich bin wirklich ein ganz netter Typ, wenn man mich näher kennenlernt.«

Suzie lächelte ihn an. »Ich freue mich darauf, dich näher kennenzulernen, Tommy.«

»Das ist großartig.« Er wirkte ehrlich erleichtert. »Also, wie läuft der Urlaub?« Er sprach etwas leiser, obwohl sie bei dem allgemeinen Stimmenlärm sicher niemand belauschen konnte. »Kommst du mit Alex klar? Sie kann manchmal ein bisschen anstrengend sein.«

»Wir kommen wirklich gut miteinander aus, danke. Das muss an der italienischen Luft liegen. Und was hast du in der Zwischenzeit getrieben?«

»Ach, ich hab nur rumgehangen. Ein paar von uns waren

surfen. James steht voll darauf, und der Gardasee ist unter Surfern berühmt.«

Suzie horchte auf. Bei ihren Sommerfreizeiten in Italien während ihres Studiums hatte sie windsurfen gelernt und Geschmack daran gefunden. Im dritten Jahr hatte sie es den Jugendlichen beigebracht. Ihr Ex-Freund Rob war ein fanatischer Wellenreiter, Wind- und Kitesurfer, und sie hatte viele Wochenenden mit ihm auf dem Wasser verbracht. Seit er sich aus ihrem Leben verabschiedet hatte, war sie nicht so häufig draußen gewesen, wie sie gewollt hätte, und der Gedanke, wieder einmal auf ein Brett zu steigen, hatte für sie einen beträchtlichen Reiz.

»Ja, davon habe ich gehört. Das hat wohl mit den zuverlässigen Winden hier zu tun, soweit ich weiß. Jeder sagt, der Gardasee sei ein Mekka für Windsurfer und Kitesurfer. Wo surfst du? Direkt von hier aus?«

»Ja. Im Bootshaus liegt reichlich Zeug dafür. Wenn du Lust hast, nehme ich dich nach dem Mittagessen mit raus und bringe es dir bei.«

Suzie erwähnte erst mal nicht, dass sie diesen Sport schon ziemlich gut beherrschte, und willigte begeistert ein. Sie würde nicht nur Spaß haben, sondern auch von der Freundesgruppe wegkommen.

Alex kam und machte mit ihr die Runde, um sie allen vorzustellen. Suzie fühlte sich schon viel wohler als noch vor einer Woche und war froh darüber. Im großen Speisezimmer aßen sie zu Mittag, und sie zählte die Gäste, als sie sich an die lange Tafel setzten. Einschließlich Alex und ihr selbst waren sie vierzehn Leute, sechs Frauen und acht Männer. Soweit sie sah, gab es auch zwei, drei Pärchen unter ihnen.

Überrascht blickte sie auf, als Tommy sich neben sie auf den Stuhl plumpsen ließ und gleich anfing, mit ihr zu flirten. Noch mehr überraschte sie aber, dass sie nichts dagegen hatte, und im Laufe der Mahlzeit genoss sie seine Gesellschaft immer mehr.

Das Essen wurde von Roberto serviert, der offenbar ausgezeichnet Englisch sprach, und als Suzie ihm Komplimente wegen des Essens machte, erwiderte er, dass seine Frau Rosa dafür verantwortlich sei. Suzie war wirklich beeindruckt. Für vierzehn Leute zweimal am Tag zu kochen konnte nicht einfach sein.

Nach dem Hauptgang, der aus Lammbraten mit Rosmarin und Röstkartoffeln bestand, sammelte sie einige benutzte Teller ein und trug sie trotz Robertos Einwänden in die Küche. Dort machte er sie mit Rosa bekannt. Suzie fand die freundlich lächelnde Frau sofort sympathisch und sagte, wie gut es ihr geschmeckt habe. Froh über die Gelegenheit, Italienisch zu sprechen, plauderte sie noch ein paar Minuten mit ihr, bis die Küchenuhr klingelte und Rosa an den Herd zurückmusste.

Nach dem üppigen Menü verschwanden die meisten, um ein Nickerchen zu machen oder sich in die Sonne zu legen, und James belegte Alex mit Beschlag. Suzie beschloss, sich allein davonzustehlen und spazieren zu gehen. Roberto verriet ihr den Code für das elektrische Tor, damit sie ungehindert kommen und gehen konnte, und sie machte sich auf den Weg.

Kurz darauf fand sie einen Uferpfad, schlenderte glücklich am See entlang und genoss die Aussicht zu den Bergen. Inzwischen waren mehr Boote, Jachten und Windsurfer unterwegs als noch am Morgen und bildeten bunte Farbtupfer auf dem sattblauen Wasser.

Nach einer Weile setzte sie sich auf eine Bank, ließ die Gedanken schweifen und merkte, dass sie an Michael dachte. Sie fragte sich, wo er gerade war und ob er den See schon mal gemalt hatte, da er ja in der Gegend wohnte. Kurz überlegte sie, ihn anzurufen und ein Schwätzchen zu halten, entschied sich aber dagegen. Vielleicht, wenn sie ihn etwas fragen könnte? Sie konnte nicht grundlos bei ihm anrufen und Hallo sagen. Was, wenn seine Frau ans Telefon ging?

Sie zog ihr Handy hervor und tat etwas, was sie schon seit Tagen überlegt hatte. Sie gab seinen Namen in eine der Suchmaschinen ein. Die Ergebnisse bestätigten ihre Vermutung, dass er als Maler sehr bekannt und erfolgreich war. Es gab etliche Webseiten mit Einträgen über ihn. Seine Karriere war beeindruckend, besonders für jemanden, der gerade mal vier Jahre älter war als sie selbst. Außer einem längeren Wikipedia-Artikel über ihn fand sie etliche Links zu Galerien, die sein bisheriges Werk und eine Reihe neuer Arbeiten ausstellten.

Eine Überschrift erregte ihre Neugier, und als sie den Artikel las, erkannte sie, was der Grund für seine verhärmten Gesichtszüge und den Ring an seinem Finger war.

Der Artikel aus der Onlineausgabe der Mailänder Zeitung *Corriere della Sera* stammte vom fünften Dezember vor drei Jahren und war überschrieben mit *Universitätsprofessorin stirbt bei tragischem Verkehrsunfall.* Suzie überflog die Seite und fand den Namen der Verunglückten: *Grazia Varese*. Auch ihr Mann wurde erwähnt als *der berühmte Porträtmaler Michael Turner*.

Daraufhin schaute Suzie eine Weile übers Wasser zu den Bergen und dachte an die Grausamkeit des Unfalls, der sich an dem nebligen Wintertag auf der Autobahn zwischen Verona und Mailand ereignet hatte. Wie sehr Michael gelitten haben musste und noch immer litt – unvorstellbar! Eine Woge von Mitgefühl überkam sie und trieb ihr die Tränen in die Augen.

Lange saß sie so da und dachte über die Tragödie nach, bevor sie sich allmählich davon löste. In dem bewussten Bemühen, sich auf heitere Gedanken zu bringen, wandte sie sich dem Verhältnis zwischen Alex und ihr zu und fand, dass es tatsächlich ganz gut zwischen ihnen lief. Die letzten Tage in Venedig waren sehr schön gewesen, und sie hatten sich oft unterhalten. Suzie hatte Alex von Rob erzählt und dafür von ihr erfahren, dass sie zwar viele Männer kennengelernt hatte, aber keinen, der ihr etwas bedeutete – abgesehen vielleicht von James.

Es war ziemlich klar, dass Alex ihn sehr mochte, obwohl sie stur blieb und sich von ihrem herrschsüchtigen Vater nicht in eine Beziehung drängen ließ. Suzie sah sich bald in ihrer Annahme bestätigt, dass Alex' Leben vom Tod ihrer Mutter unwiderruflich überschattet war. Eine Kindheit und Jugend in dem riesigen Herrenhaus, abgeschieden von der Welt durch einen fünfhundert Morgen großen Wildpark, war nicht so paradiesisch, wie man glauben mochte, und Suzie war sich absolut sicher, dass Alex Liebe brauchte … doch andererseits ging es ihr da ja nicht anders.

Um vier Uhr zog sie sich ihren Bikini an und ging zum Bootshaus. Tommy war schon da und zeigte ihr die erstaunlich umfangreiche Windsurfausrüstung, zu der auch mehrere Neoprenanzüge gehörten. Beim Mittagessen hatte er verraten, dass er James' Cousin war, häufig in die Villa kam und sich in der Umgebung gut auskannte.

So warm es war – Suzie gab sich keinen Illusionen hin, wie rasch sie auskühlen würde, wenn sie im kalten Seewasser landete. Daher wählte sie einen kurzen Sommeranzug. Er passte bemerkenswert gut. Das Etikett des Geschäfts hing noch daran. Offenbar war sie die Erste, die ihn trug, und darüber war sie froh, auch wenn sie für alle Fälle ein schützendes Lycra-Shirt mitgebracht hatte, denn wie sie aus Erfahrung wusste, waren alte Neoprenanzüge nicht besonders angenehm auf der Haut.

James und sein Vater hatten viel Geld für Surfausrüstung ausgegeben, und sie fand ein gutes Trapez und schnallte es sich um. Tommy war klar dafür, sie mit einem klobigen Anfängerboard und kleinem Segel auszustatten, aber Suzie wählte ein praktisch nagelneues leichtes Board und ein Rennsegel, obwohl ihr Begleiter dem skeptisch gegenüberstand. Am Ufer hatte der Wind aufgefrischt, und an den kleinen Wellen weiter draußen erkannte sie, wie aufregend die Windstärke dort sein musste. Suzie äußerte sich überrascht, weil James als angeblich fanatischer Windsurfer nicht mitkam, und Tommy erklärte das.

»Er möchte lieber bei Alex in der Villa bleiben.«

Sie schüttelte verwundert den Kopf. »Mein Ex-Freund hätte keine Skrupel gehabt, mich allein zu lassen, wenn ein guter Wind wehte, und danach sieht es da draußen aus. Für deinen Cousin ist es wohl was Ernstes.«

»Das ist es … jedenfalls von seiner Seite aus. Du wirst besser wissen als ich, wie Alex darüber denkt.«

Suzie fand, es stünde ihr nicht zu, sich in anderer Leute Liebesleben einzumischen, daher zuckte sie nur mit den Schultern. »Ich kenne sie wirklich noch nicht so gut, doch sie gäben ein schönes Paar ab.«

Sie brachen auf. Suzie war ein wenig überrascht, weil sie Tommy ein Stück voraus war, als sie die Landzunge umrundeten und in den kräftigen Wind gerieten. Der wehte von Süden, war so nah bei den hohen Bergen aber kühl, sodass sie über den warmen Neoprenanzug froh war.

Sobald sich das Segel blähte, hakte sie ihr Trapez ein und lehnte sich zurück, um die Beschleunigung zu genießen, als das Board aus dem Wasser stieg und über die Oberfläche glitt. Das war, als säße sie in einem Sportwagen, der den Stadtrand hinter sich ließ und davonbrauste, und dieses Gefühl hatte sie von Anfang an geliebt. Sie fuhr mit einem Affenzahn über den See, und als sie schließlich halste, fand sie Tommy dicht hinter sich. Er surfte an ihr vorbei und strahlte sie an, und es fiel ihr nicht schwer zurückzulächeln.

Suzie segelte noch ein paar Strecken, und das Board jagte dahin und sprang, wenn sie auf größere Wellen traf. Nach einiger Zeit kehrte sie zum Ufer zurück. Es war erhebend. Sie hatte schon ewig nicht mehr so viel Spaß gehabt. Suzie lächelte noch, als sie am Anleger ankam. Sie zog das Board und das Segel aus dem Wasser und setzte sich auf die warmen Holzplanken. Schon jetzt hatte sie Muskelkater.

Sie saß erst seit zwei, drei Minuten da, als sie bemerkte, dass sie Gesellschaft hatte. Weil sie das Gefühl hatte, beobachtet zu werden, drehte sie sich um und sah sich einem großen schwarzen Hund gegenüber, der nur zwei Schritte von ihr entfernt stand. Im selben Moment fiel ihr auf, dass sie gar nicht auf dem richtigen Anleger saß. Sie hatte versehentlich den des Nachbarhauses angesteuert, das neben James' Villa in dem überwucherten Garten stand, und der Hund gehörte wahrscheinlich den Bewohnern.

Suzie mochte Hunde, konnte aber nicht einschätzen, wie dieser auf Eindringlinge reagierte. Sie spannte sich gerade an, um notfalls ins Wasser zu springen, als der Labrador anfing, mit dem Schwanz zu wedeln, zunächst unsicher, dann mit Begeisterung. Erleichtert streckte sie eine Hand aus, mit den Knöcheln voran, und schlug einen freundlichen Ton an.

»Hallo, Hund.« Vermutlich war es dem Hund egal, dass sie mit ihm Englisch redete, aber für alle Fälle grüßte sie ihn noch mal auf Italienisch. *»Ciao, cane.«*

Der Hund kam zu ihr getrottet und schob seine kalte feuchte Nase in ihre Hand. Dabei hörte sie eine Stimme und sah einen älteren Mann, der sich dem Anleger näherte. Im Gegensatz zu dem Hund wirkte er nicht freundlich. Er hinkte stark und stützte sich auf einen Stock. Auf halbem Weg blieb er stehen und fuchtelte damit in der Luft herum.

»Via, via! Qui è proprietà privata. Via!« Zu ihrem Erstaunen

blickte er daraufhin den Hund an und sprach mit ihm. »Und was dich angeht, Dogberry: Du bist nutzlos. Und so was nennt sich Wachhund!« Das Erstaunliche war, dass er mit dem Hund Englisch redete, mit einem leichten schottischen Akzent sogar, und offenbar Muttersprachler war.

Suzie setzte sich auf die Fersen, und inzwischen war der Hund zu dem Schluss gekommen, dass sie definitiv eine Freundin und kein Feind war, denn er barg den Kopf liebevoll an ihrer Achselhöhle, wobei er noch heftiger mit dem Schwanz wedelte. Während sie ihm die Ohren kraulte, sprach sie den alten Mann an, ebenfalls auf Englisch.

»Es tut mir schrecklich leid. Ich wohne nebenan in der Villa und habe die Anleger verwechselt. Ich bin sofort wieder weg. Bitte entschuldigen Sie.« Sie schaute zu dem Labrador hinunter, der fand, es sei nun an der Zeit, ihr das Gesicht zu lecken. »Ich fürchte, Ihr Wachhund braucht noch ein bisschen Training.«

Sanft hinderte sie Dogberry daran, seine großen Pfoten auf ihre Schultern zu legen, und sprach einen Gedanken aus. »Allerdings ist es für eine Anglistin immer eine Freude, einem Hund von shakespearescher Abstammung zu begegnen.« Dogberry, der tollpatschige Wachtmeister aus *Viel Lärm um nichts*, war immer ihre Lieblingsfigur unter den komischen Charakteren gewesen.

Der alte Mann schaute sie nun schon milder an. Er kam näher und ließ sich schwer auf einer alten Bank nieder. Es knackte laut. Suzie hoffte, die Bank würde nicht unter ihm zusammenbrechen.

»Sie kennen also Shakespeare, hm?« Jetzt deutete sich bei ihm sogar ein Lächeln an.

Suzie grinste. »Nun, jedenfalls genug, um mich an den Namen meiner Lieblingsfigur aus *Viel Lärm um nichts* zu erinnern.«

»Ich habe ihn Dogberry genannt, weil ich ihn von einer Sizilianerin bekommen habe.«

Suzie leuchtete das sofort ein. »Natürlich. Das Stück spielt in Messina.«

»Sehr gut.« Sein Lächeln wurde breiter. »Nun, was bringt Sie an den Gardasee?«

Suzie erzählte kurz vom Ende der Stiftung, für die sie gearbeitet hatte, und dass sie engagiert worden war, um Alexandra nach Italien zu begleiten. Er nickte zu ihrem Bericht, und plötzlich blickte er auf, als sie ihren Doktortitel erwähnte.

»Darf ich fragen, welches Thema Ihre Dissertation hatte?«

»Shakespeare.« Sie sah echtes Interesse in seinen Augen und zitierte den Titel. »*Neubewertung der italienischen Einflüsse auf das Werk Shakespeares.* Wissen Sie, da geht es um die Frage, ob er jemals selbst in Italien war oder ob er seine Kenntnisse aus Büchern oder von anderen Leuten hatte, die sich in Italien auskannten. Es ist doch ziemlich interessant, dass so viele seiner Stücke in Italien spielen.«

»Sieh an, sieh an.« Der alte Mann streckte ihr eine zittrige Hand hin. »In dem Fall, meine Liebe, freue ich mich umso mehr, dass Sie auf meinen Anleger geklettert sind anstatt auf den Lord Witchamptons. Dennis Macgregor-Brown. Sehr erfreut, Ihre Bekanntschaft zu machen.«

Suzie richtete sich so abrupt auf, dass der Hund, der sich gegen sie gelehnt hatte, das Gleichgewicht verlor und beinahe ins Wasser gefallen wäre. Sie hielt ihn mit einer Hand fest und streichelte seine Ohren, während sie dem alten Mann die Hand schüttelte. »Sagten Sie ›Dennis Macgregor-Brown‹? Professor Dennis Macgregor-Brown von der Universität Oxford? Der sind Sie?«

Suzie war einen Moment sprachlos. »Ich habe jedes Ihrer Bücher gelesen. Ihre bahnbrechende Arbeit über Shakespeare in Italien bildete einen wichtigen Teil meiner Forschung. Zu der Zeit hatte ich ständig ein zerlesenes Exemplar von *Die Auslandsreisen Shakespeares* bei mir. Es ist mir eine große Ehre, Sie persönlich kennenzulernen, Professor. Aber irgendwie habe ich das Gefühl, als würde ich Sie schon lange kennen.«

Er machte eine bescheidene Verbeugung. »Danke für Ihre freundlichen Worte. Doch den Lehrstuhl in Oxford habe ich nicht mehr. Ich wurde schon vor einiger Zeit emeritiert. Aber ich muss mich entschuldigen, ich habe Ihren Namen nicht mitbekommen.«

»Natürlich, Verzeihung. Ich bin Suzanne Cartwright. Alle nennen mich Suzie.«

»Dogberry und ich heißen Sie in unserem Haus willkommen, Doctor Cartwright … Suzie. Es ist ein glücklicher Zufall, der Sie hierhergeführt hat.« Er zögerte. »Falls Sie die Zeit erübrigen können, würde ich mich freuen, Sie wiederzusehen, vielleicht wenn Sie vollständig bekleidet sind.« Er lächelte, und sie merkte, dass sie wieder einmal rot wurde. »Ich bin längst kein Nachtmensch mehr, doch wenn Sie in den nächsten Tagen zum Mittagessen kommen möchten, würden Sie mir eine große Freude machen. Paolina, meine Haushälterin, kann ausgezeichnet kochen.«

»Sehr gern, Professor, aber ich bin nur noch bis Montag hier. Vielleicht haben Sie morgen zufällig noch nichts vor?«

»In letzter Zeit habe ich gar nichts mehr vor, Suzie.« Er klang ein wenig melancholisch. »Dogberry und ich führen nicht gerade ein turbulentes Leben. Morgen passt uns sehr gut.«

»Vielen Dank, doch ich möchte Ihnen keine Umstände machen.«

»Ganz und gar nicht. Ich muss Sie jedoch warnen – wenn ich einmal anfange, über Shakespeare zu sprechen, gibt es kein Halten mehr.«

Suzie lachte. »Da sind wir schon zwei. Das könnte ein langer Nachmittag werden. Aber nun will ich Sie nicht weiter aufhalten. Und ich entschuldige mich nochmals für die Störung.«

Als sie bei James' Anleger ankam, wartete dort eine kleine Gruppe auf sie.

Tommy kam zu ihr und schüttelte ihr kräftig die Hand. »Suzie, deine Moves da draußen waren großartig. Du hättest mir sagen sollen, dass du ein Profi bist.«

»Sie ist nun mal keine, die sich selbst beweihräuchert. Das sah fantastisch aus, Suzie.« Alex lächelte sie stolz an, und James schaffte es sogar, den Blick von ihr loszureißen, und machte Suzie ebenfalls Komplimente. Zwangsläufig errötete sie und beeilte sich zu sagen, dass nicht alles glattgegangen war und sie zuerst den falschen Anleger erwischt hatte. Als sie den alten Mann und seinen Hund erwähnte, schnaubte James.

»Übellauniger alter Kerl. Er schickt ständig E-Mails an meinen Vater und beschwert sich, wir würden zu viel Lärm machen. Und dieser ungezogene Hund ist vor ein paar Tagen in unseren Garten eingedrungen und glücklich und zufrieden im Pool geschwommen.«

Das Bild brachte Suzie zum Grinsen, und sie erzählte, was sie mit Professor Macgregor-Brown verband und dass er sie zum Mittagessen eingeladen hatte.

James sah sie erstaunt an. »Er hat dich zum Essen eingeladen? Etwa in sein Haus? Nicht mal mein Vater ist je bei ihm gewesen.«

»Dein Vater ist keine hübsche junge Frau, James.« Alex lächelte Suzie an. »Ohne Brille siehst du wirklich gut aus, Suzie, weißt du?«

Da Suzie schon wieder rot wurde, verschwand sie schleunigst

ins Bootshaus, um die geliehene Ausrüstung zurückzugeben, und danach schlüpfte sie unauffällig ins Haus und lief in ihr Zimmer, um sich ein Bad einzulassen. Als sie im heißen Wasser lag und entspannte, war sie in bittersüßer Stimmung. Einerseits war sie glücklich über das erhebende Surferlebnis und freute sich schon auf den Besuch bei ihrem wissenschaftlichen Idol, und andererseits musste sie immer wieder an den schrecklichen Verkehrsunfall im Nebel auf der Autobahn und den trauernden Witwer denken. Das Leben war mitunter furchtbar ungerecht.

Das Abendessen war ausgezeichnet, und gegen Ende fühlte sie sich ziemlich erschöpft. Die anderen nicht. James verkündete, zu einem Nachtclub am Südende des Sees fahren zu wollen, und die meisten seiner Gäste wollten sich ihm anschließen. Darunter auch Alex.

Suzie sagte ihr, sie sei zu müde und werde auf den Clubbesuch verzichten. Dabei kam sie sich vor wie eine alte Jungfer. Ihr Gewissen meldete sich mit der Frage, ob Lord Tedburn nicht von ihr erwartete, dass sie Alexandra begleitete. Deshalb sprach sie sie diskret darauf an.

»Möchtest du gern, dass ich mitkomme, Alex? Wenn du willst, tue ich es.«

»Nicht, wenn du müde bist. Und ich verspreche auch, brav zu sein.« Alex grinste sie an. »Allerdings hätte mein Vater wohl nichts dagegen, wenn ich bei James im Bett lande. Aber das wird definitiv nicht passieren.«

Suzie grinste zurück. »Das ist die richtige Einstellung. Also, wenn du ganz sicher nichts dagegen hast, werde ich mich nach oben zurückziehen. Mach dir einen schönen Abend.« Dabei fiel ihr etwas ein. »Wie wollt ihr alle dort hinkommen? In den Rolls-Royce passen nicht so viele Leute.«

»Das ist kein Problem. Soweit ich weiß, haben sie ein paar Autos gemietet. Wir fahren also im Konvoi.«

Wieder blitzte in Suzies Gedanken das Bild des schrecklichen Verkehrsunfalls auf, und sie fasste Alex am Arm. »Bitte sorg dafür, dass James vorsichtig fährt. Ich möchte nicht, dass euch etwas passiert.« Und das kam von Herzen, wie ihr gerade klar wurde.

Zum ersten Mal beugte sich Alex zu ihr und gab ihr einen Kuss auf die Wange. »Du bist so lieb. Ich verspreche, wir passen auf uns auf. Außerdem frisst James mir aus der Hand. Wenn ich sage, er soll die ganze Strecke im ersten Gang fahren, wird er das tun.«

Als Suzie die Treppe hinaufging, dachte sie an den spontanen Zuneigungsbeweis von Alex und lächelte noch, als sie ihr Zimmer betrat.

8

Am nächsten Tag ließ sich kaum jemand von den anderen vor elf Uhr blicken, und so hatte Suzie Zeit für einen langen Spaziergang. Ein starker Wind rauschte in den Bäumen, und der See hatte etwas Sonderbares an sich. Anstatt strahlend blau wie am Vortag war er jetzt dunkelgraugrün, ähnlich wie die Lagune Venedigs. Über den Bergen sah Suzie dunkle Wolken aufziehen. Anscheinend stand ein Unwetter bevor. Sie seufzte, obwohl ihr klar war, dass sie sich eigentlich nicht beschweren konnte.

Sie waren seit einer Woche in Italien und hatten kaum eine Wolke am Himmel gesehen. Doch es wurde allmählich herbstlicher, und das Wetter musste früher oder später umschlagen. Nach allem, was sie sah, würde das eher früher als später passieren, wahrscheinlich schon heute.

In der nahen Ortschaft gab es ein Geschäft, wo sie eine Flasche guten Whisky als Mitbringsel für den Professor kaufte und mit der Inhaberin plauderte. Die bestätigte ihr, dass da ein Sturm aufzog, und riet ihr, nicht mehr allzu lange im Freien zu bleiben.

Als Suzie in die Villa zurückkehrte, war Alex gerade aufgestanden, und während sie ihre Cornflakes aß, setzte Suzie sich mit einem Kaffee zu ihr. Sie erfuhr in allen Einzelheiten, wie der Ausflug in den Nachtclub gewesen war, was James unternommen hatte, um mit Alex einen Schritt weiterzukommen, und hörte mit Interesse den wehmütigen Unterton bei Alex, als sie berichtete, wie sie den jungen Mann abgewiesen hatte. Sie erzählte auch, wie sehr Tommy es bedauert hatte, dass Suzie zu

Hause geblieben war. Alex sah sie vielsagend an und zwinkerte ihr zu.

»Du siehst, du brauchst nur die Brille wegzulassen und die Männer laufen dir in Scharen nach.«

»Ich bin zurzeit mit meiner Brille und ohne Männer ganz zufrieden.« Sie stellte ihre Tasse ab. »Aber hör zu, ich fürchte, es gibt eine schreckliche Neuigkeit. Gestern hatte ich keine Gelegenheit mehr, es dir zu sagen.« Sie erzählte, was sie über den Tod von Michaels Frau gelesen hatte.

Alex war bestürzt. »Du lieber Himmel, wie furchtbar! Die arme Frau! Der arme Michael! Kein Wunder, dass er so bedrückt wirkt.« Sie legte die Serviette auf den Tisch und lehnte sich zurück. »Und das liegt jetzt drei Jahre zurück? Meinst du nicht, es ist an der Zeit, dass du ihn aufmunterst?«

»Ich?«

»Na klar. Es war ziemlich offensichtlich, dass er sich zu dir hingezogen fühlt. Warum rufst du nicht an und verabredest dich mit ihm?«

Suzie schüttelte verwirrt den Kopf. Ihr war das nicht aufgefallen. Außerdem kannte sie ihn kaum. »Ich habe schon daran gedacht, mich bei ihm zu melden, doch ich warte lieber, bis ich einen guten Vorwand habe. Sonst wirkt der Anruf eigenartig. Und ich kann schlecht sagen, wie leid mir das mit seiner Frau tut. Da wäre ihm sofort klar, dass ich mich im Internet über ihn informiert habe. Aber morgen Abend sind wir ja in Verona, und uns wird schon noch ein triftiger Grund einfallen.« Sie zögerte. »Wärst du nicht lieber diejenige, die ihn aufmuntert?«

Alex grinste. »Ich weiß, wann ich mich geschlagen geben muss. Du bist die Richtige für ihn, das konnte jeder sehen.«

Suzies Wangen glühten noch eine Stunde später, als sie durch das Haupttor des Nachbarhauses trat. Am Pfosten des Gartentors gab es ein Klingelschild, auf dem Macgregor-Brown stand.

Sie drückte auf den Knopf, und kurz darauf hörte sie Schritte. Als das Gartentor geöffnet wurde, stand die freundliche grauhaarige Dame vor ihr, die sie am vorigen Tag am Fenster gesehen hatte. Das musste Paolina sein, seine Haushälterin und Köchin.

»Signorina, buongiorno.« Sie lächelte Suzie herzlich an und winkte sie herein. Als Suzie durch das Gartentor schritt, wurde sie ein zweites Mal, aber viel überschwänglicher begrüßt. Der schwarze Labrador riss sie beinahe um. Sie kniete sich hin, um ihn zu streicheln.

»*Ciao*, Dogberry. Wie geht es dir heute?« Sie sah zu Paolina hoch und sprach mit ihr Italienisch. »Ich glaube, er versteht Englisch.«

Paolina schmunzelte. »Er ist ein Labrador. Ihn interessiert nur, was er fressen kann. Wenn Sie ihm sein Futter auf Chinesisch anbieten, wird er das sicher auch verstehen.«

Mit dem glücklichen Hund an ihrer Seite folgte Suzie ihr den Kiesweg entlang zur Haustür. Im Garten war tatsächlich lange nichts mehr geschnitten worden. Überall wucherten blühende Stauden, Büsche und Bäume aller Art, und herrliche Düfte wehten Suzie in die Nase. Im Haus dagegen sah es ordentlich und sauber aus. Es war bezaubernd hübsch, hatte kunstvoll gemusterte Bodenfliesen, hohe holzgetäfelte Decken, und an den Wänden hingen unerwartet moderne Gemälde. Ein appetitanregender Geruch kam aus der Küche, und Suzie ahnte schon, dass sie heute wieder gut essen würde.

»Suzie, willkommen in meinem bescheidenen Heim.« Professor Macgregor-Brown erschien im Flur und geleitete sie in ein vornehmes Wohnzimmer, das auf den See hinausging. Die Bäume und Büsche im Garten wurden vom Wind gezaust, und die Sonne war fast ganz hinter den grauen Wolken verschwunden. Die Ladenbesitzerin hatte recht gehabt – gleich würde ein Sturm losbrechen.

Suzie drehte sich lächelnd zu ihrem Gastgeber um und überreichte ihm die Flasche Scotch. »Es ist schön, Sie wiederzusehen, Professor Macgregor-Brown. Bitte sehr, ein edler Tropfen aus dem Land Ihrer Väter.«

»Wie nett von Ihnen, meine Liebe! Das hätten Sie nicht tun sollen. Und bitte hören Sie auf, mich mit ›Professor Macgregor-Brown‹ anzusprechen. Das ist ein wahres Wortungetüm. Meine Freunde nennen mich Mack, und es wäre reizend, wenn Sie das auch tun wollten.«

»Natürlich … Mack. Danke.«

»Also, was darf ich Ihnen zu trinken anbieten? Ein Glas Prosecco? Ich habe einen guten aus Valdobbiadene.«

Der Professor öffnete mit geübter Hand die Flasche und goss zwei Gläser ein. Sie setzten sich ans Fenster, sahen zu, wie sich der Sturm zusammenbraute, und plauderten. Zu ihren Füßen auf dem schönen alten Teppich lag der Hund und schnarchte. Bei ihrer Unterhaltung erfuhr Suzie unter anderem, dass ihr Gastgeber vierundachtzig Jahre alt war. Als sie ihm ihr Alter nannte, lächelte er wehmütig.

»Ach, noch ein Mal achtundzwanzig sein! Das ganze Leben noch vor sich haben. Ich beneide Sie. Und ich bin sicher, Sie werden erfolgreich sein, ganz gleich, was Sie anfangen.«

»So wie Sie.«

»Danke, meine Liebe, doch ich würde liebend gern meine akademische Karriere dafür geben, noch einmal so jung zu sein wie Sie. Aber bitte, erzählen Sie mir von sich.«

Die Unterhaltung kam mühelos in Fluss, und als Paolina hereinkam und sagte, das Essen sei fertig, staunte Suzie, weil schon eine Stunde vergangen war.

Als sie nebenan im Esszimmer Platz nahmen, trug Paolina eine dampfende Schüssel herein. Darin befanden sich Spaghetti, so dick wie Strohhalme, die für Venezien typisch waren und *»bigoli«* hießen. Sie schmeckten wunderbar. Paolina hatte die Sauce mit Räucherspeck und frischen Steinpilzen zubereitet, und der Professor gestand, dass dies sein Lieblingsnudelgericht sei.

»Wir haben jetzt Pilzsaison, und dieses Jahr gibt es reichlich Steinpilze. Ich bin ein glücklicher Mann, denn Giovanni, Paolinas Ehemann, ist ein erfahrener Pilzsammler und versorgt mich immer großzügig.«

»Es schmeckt vorzüglich … Mack.« Suzie fand es noch immer seltsam, einen so angesehenen Gelehrten so zwanglos anzureden, doch er schien das zu mögen. »Ich liebe Nudelgerichte, und ich liebe Steinpilze. Also schwelge ich.«

Eine schwarze Schnauze erschien wie von Zauberhand unter dem Tisch und landete mit geblähten Nüstern auf ihrem Oberschenkel. Offenbar teilte Dogberry ihre Ansicht, doch sie erfüllte die Bitte des Professors, den Labrador nicht am Tisch zu füttern.

Der Hauptgang war genauso gut. Paolina hatte Rindfleisch gekocht und reichte dazu eine sämige grüne Petersiliensauce. Beim Essen schenkte der Professor Rotwein aus der Gegend ein, aber Suzie hielt sich beim Trinken zurück. Sich mit einer Koryphäe der englischen Literaturwissenschaft zu unterhalten war eine kostbare Gelegenheit. Es wäre zu schade, das Erlebnis mit einem Schwips zu schmälern.

Den Kaffee nach dem Essen servierte Paolina ihnen im Wohnzimmer, und kaum saßen sie dort, öffnete der Himmel seine Schleusen. Jetzt war es draußen so dunkel, dass man glauben konnte, es sei schon Abend, und der Sturm trieb den Regen horizontal am Fenster vorbei oder ließ ihn plötzlich so heftig gegen die Scheiben klatschen, dass Dogberry aufsprang und bellte.

Während der Professor ihn streichelte und ihm beruhigend

zuredete, ging Suzie ans Fenster und sah sich das Schauspiel an. Auf dem Rasen bildeten sich Pfützen, so groß wie Teiche, die Bäume bogen sich, und ein dicker Ast brach ab und fiel herab. Es sah aus wie der Weltuntergang, und das Prasseln und Heulen war ohrenbetäubend. Die Fensterrahmen knackten, sodass sie die Glasscheiben besorgt musterte und sich fragte, wie stabil sie wohl waren.

Als sie sich wieder umdrehte, lag Dogberry mit großen Augen und zur Seite geneigtem Kopf zu Füßen seines Herrn, aber er bellte nicht mehr, und als Suzie zu ihrem Platz zurückkehrte, wedelte er mit dem Schwanz. Sie ging in die Hocke und schenkte ihm gehörige Aufmerksamkeit. Zwei Minuten später hörte der Regen so abrupt auf, wie er begonnen hatte, und die anschließende Stille wirkte gespenstisch. Endlich beruhigt, entspannte sich der Hund, streckte sich und gab einen tiefen Seufzer von sich. Als Dogberry die Augen schloss, blickte Suzie ihren Gastgeber an.

»Wenn es hier regnet, dann heftig, nicht wahr? Ich verstehe, dass der Hund beunruhigt war.«

»Diese Gegend bekommt verglichen mit dem übrigen Italien ziemlich viel Regen ab, doch solche Stürme sind zum Glück selten.« Er lächelte sie an, als sie sich wieder setzte. »Aber nach dem langen, heißen Sommer braucht der Garten mal einen kräftigen Guss.« Er stemmte sich mühsam aus dem Sessel, griff nach seinem Stock und ging zur Tür. »Wenn Sie mich für einen Moment entschuldigen würden, ich habe etwas zu erledigen.«

Als er das Zimmer verließ, kam Paolina mit einem Tablett herein. Darauf standen eine alte Mokkakanne und zwei Tässchen sowie ein Teller mit köstlich aussehendem Gebäck. Sie setzte es ab und trat zu Suzie.

»Ich gehe jetzt nach Hause zu meinem Mann und möchte

mich von Ihnen verabschieden. Es ist sehr nett von Ihnen, den Professor zu besuchen.« Sie blickte sich um und senkte die Stimme. »Es ist schön, ihn mal wieder lächeln zu sehen. Inzwischen geht er nur noch selten aus dem Haus und spricht kaum noch mit jemandem außer mir und meinem Mann. Ich denke, Ihr Besuch tut ihm gut. Vielen Dank dafür.«

Suzie lächelte sie herzlich an. »Es ist mir eine große Ehre, bei solch einem glänzenden Gelehrten Gast zu sein. Und er ist unglaublich sympathisch. Haben Sie vielen Dank für das köstliche Essen. Sie sind eine ausgezeichnete Köchin. Ich wünschte, ich könnte länger bleiben und etwas von Ihnen lernen.«

Das Kompliment brachte Paolina zum Erröten. »*Arrivederci, signorina*. Ich hoffe, Sie kommen ihn bald wieder besuchen.«

»Sehr gern, und bitte nennen Sie mich Suzie.«

Zwei Minuten später kehrte der Professor mit einem Geschenk zurück. Es war ein Exemplar seines Buches *Die Auslandsreisen Shakespeares*, und es war noch ganz neu. Schwerfällig setzte er sich in seinen Sessel und lehnte den Stock an die Armlehne. »Sie sagten, dass Ihr Exemplar mittlerweile zerlesen ist. Bitte erlauben Sie, dass ich es Ihnen ersetze, meine Liebe.«

Er zog einen Füller hervor und schrieb eine Widmung auf die erste Seite. Beim Mittagessen war ihr schon aufgefallen, wie fahrig seine Hände waren. Als er sein Vorhaben zu Ende gebracht hatte, schob er das Buch über den Tisch zu ihr, und sie nahm es ehrfürchtig. Seine Handschrift war zwar ungleichmäßig, aber gut lesbar.

Für Suzie. Von einem Shakespeareaner für den anderen.
Viel Glück und Erfolg! Dennis Macgregor-Brown

Suzie war gerührt. Sie dankte ihm überschwänglich und wischte sich immer wieder Tränen aus den Augenwinkeln. »Ich weiß nicht, was ich sagen soll, Mack. Ich werde das Buch in Ehren halten, und die Erinnerung an diesen Tag wird mir kostbar sein. Was für ein Glück, dass ich Ihnen hier begegnet bin! Danke von ganzem Herzen!« Sie drückte das Buch an sich. »Wenn ich mal etwas für Sie tun kann, brauchen Sie es nur zu sagen.«

»Halten Sie einfach Kontakt, meine Liebe.« Er holte eine Visitenkarte hervor und gab sie ihr. »Ich freue mich darauf, von Ihrem weiteren Werdegang zu erfahren. Übrigens, haben Sie schon mal erwogen, an der Universität zu lehren? Ich bin mir sicher, Sie wären eine Bereicherung.«

»Ich fürchte, Lehraufträge in den Geisteswissenschaften sind heutzutage rar gesät. Wie man hört, gibt es an den britischen Unis auf jede freie Stelle hundert Bewerber, und es wird selten mal eine frei.«

»Eine intelligente Frau wie Sie wird beruflich bald Fuß fassen, dessen bin ich mir sicher.« Er lächelte sie milde an. »Wenn ich's mir recht überlege, könnten Sie tatsächlich etwas für mich tun. Ich habe mich gefragt, ob Sie mir Ihre Doktorarbeit zu lesen geben würden. Schließlich betrifft sie mein Fachgebiet.«

Suzie war sprachlos. Das war eine seltene Ehre. »Natürlich. Aber nur, wenn Sie Zeit haben …«

»Zeit, meine Liebe? Dogberry und ich haben alle Zeit der Welt.«

7

Im Laufe des Nachmittags zog der Sturm über den See hinweg und nahm die Wolken mit, sodass der Himmel hinterher wieder blau war. Der See brauchte länger, um sich zu glätten, und als Suzie zur Villa nebenan zurückkehrte, wehte noch ein starker Wind, der beträchtliche Wellen erzeugte. Sie setzte sich gerade ins Wohnzimmer, um zu lesen, als sie auch schon unterbrochen wurde, denn James kam mit einem unerwarteten Vorschlag zu ihr.

»Hallo, Suzie. Hast du Lust, aufs Surfbrett zu steigen? Ich war bei solchem Wellengang schon öfter draußen. Das kann toll sein. Ich habe dich gestern surfen sehen und denke, du bist dem gewachsen. Andernfalls würde ich nicht fragen.«

Tommy erschien an seiner Seite und pflichtete ihm bei. »Ich werde die Gelegenheit auch nutzen, und du bist viel besser als ich. Komm mit und sieh zu, wie ich mich blamiere.«

Suzie legte ein Lesezeichen zwischen die Buchseiten und blickte erfreut auf. »Wisst ihr, was? Das ist eine fantastische Idee. Gebt mir fünf Minuten zum Umziehen.«

»Großartig.« James schien sich ehrlich zu freuen. »Ich gehe schon mal und hole die Bretter aus dem Bootshaus. Ich denke, ein Viermetersegel ist genau das richtige. Da draußen bläst ein steifer Wind.«

»Du bist der Fachmann.« Suzie benutzte normalerweise Sechs- oder Siebenmetersegel, aber je stärker der Wind, desto kleiner das Segel, und extreme Bedingungen erforderten eine spezielle Ausrüstung, also stimmte sie James gern zu.

Als er nach draußen verschwand, blieb Tommy in der Tür

stehen und drehte sich zu ihr um. »Schade, dass du gestern Abend nicht mit in den Club gekommen bist. Ich habe dich vermisst.«

Sie lächelte ihn an, sagte jedoch nichts dazu, sondern eilte in ihr Zimmer. Dort packte sie das kostbare Buch in die Reisetasche und zog sich den Bikini an, darüber ein Lycra-Shirt, damit der Neoprenanzug nicht scheuerte. Nachdem sie die Brille abgelegt hatte, band sie sich ein Handtuch um und lief die Treppe hinunter. Unten angelangt, wäre sie fast mit Alex zusammengestoßen.

»Hallo, Suzie, gehst du schwimmen?«

»Windsurfen. Dein Freund hat mich gefragt, ob ich ihn begleiten will … raus aufs Wasser.«

»Mein Freund? Wen meinst du denn?« Sie zwinkerte ihr zu. »Sei bloß vorsichtig. Es stürmt noch ganz gut.«

Suzie zwängte sich in den Neoprenanzug und schnallte sich das Trapez um. Inzwischen hatte James die beiden Segel aufgeriggt, und Tommy hatte ihr Board aus dem Bootshaus gebracht. Ihr fiel auf, dass James ein spezielles, sehr teures Rennboard für sich gewählt hatte. Das war definitiv kein Spielzeug für Anfänger. Sie betrachtete ihn mit neuem Respekt, als sie sich ins Wasser begaben.

Die ersten paar Hundert Meter ging es ziemlich leicht, abgesehen von den kabbeligen Wellen, doch sobald sie die Landspitze erreichten, brach die Hölle los. Alex hatte recht, es war noch immer stürmisch, und Suzie musste ihr ganzes Können aufbringen, um sich aufrecht zu halten, da das Brett abging wie eine Rakete. Plötzlich war sie zu einem Ausweichmanöver gezwungen, weil Tommy direkt vor ihr von einer Windbö umgerissen wurde.

Irgendwie gelang es ihr, seinem Beispiel nicht zu folgen, und dabei sah sie, wie James angeflogen kam. Er lag beinahe parallel zum Wasser, und als er vor ihr vorbeizog, hörte sie ihn jauchzen. Für einen Moment senkte er den Kopf rücklings ins Wasser, und dann schüttelte er sich wie ein Hund.

Alles in allem waren sie nur eine knappe Stunde draußen, aber danach war Suzie ausgepowert. Mindestens fünfmal war sie im Wasser gelandet, weil ihr Sprünge missglückt waren, und obwohl sie schnell wieder aus dem Wasser heraus starten konnte, hatte sie Wind und Wellen viel Kraft entgegensetzen müssen. Als sie am Anleger ankam, warteten James und Tommy schon auf sie und streckten ihr die Hände entgegen, um ihr Surfbrett und das Segel heraufzuheben und auch sie aus dem Wasser zu ziehen. Während Tommy anfing, ihre Ausrüstung zuvorkommend ins Bootshaus zu tragen, ließ sie sich erschöpft auf den warmen Bohlen nieder.

James kam und hockte sich neben sie. »Du warst spitzenmäßig, Suzie.« Er klang wirklich beeindruckt. »Ich habe dich ein paar Mal mannshoch springen sehen.«

Sie strahlte ihn an. »Ich bin längst nicht so gut wie du.« Und das meinte sie ernst. Er surfte sogar besser als Rob, und das wollte etwas heißen. Seine Halsen und Sprünge waren ungeheuerlich, und einmal hatte sie ihn einen vollen Vorwärtsloop machen sehen, bei dem er aufrecht stehend auf dem Wasser aufkam. »Das war einsame Spitze. Danke, dass du mich mitgenommen hast und dass ich deine Ausrüstung benutzen darf.«

Eine Weile saßen sie da, um zu verschnaufen, plauderten und tauschten Erfahrungen aus, dann lenkte er das Gespräch auf eine persönliche Angelegenheit.

»Suzie, darf ich dich etwas fragen? Du kennst Alex inzwischen doch ganz gut, oder? Was meinst du, wie meine Chancen bei ihr stehen? Ich bin verrückt nach ihr, doch ich werde nicht schlau aus ihrem Verhalten.«

Suzie musste erst mal nachdenken. Es stand ihr nicht zu,

ihm darüber Auskunft zu geben, aber sie fühlte sich ihm inzwischen verbunden, und nachdem er sie sehr gastfreundlich aufgenommen hatte, war sie ihm zumindest einen Gefallen schuldig. Inzwischen war klar, dass Alex ihn sehr mochte, sich jedoch nicht weiter auf ihn einlassen wollte, weil sie über die Einmischung ihres Vaters wütend war. Je besser Suzie James kennenlernte, desto mehr fand sie, dass er ziemlich gut zu Alex passen würde. Wie viel sie ihm bedeutete, hatte Suzie schon vor seinem Geständnis gesehen. Deshalb gab sie ihm nach reiflicher Überlegung einen kleinen Hinweis.

»So gut kenne ich sie noch nicht, James, doch wenn du meine Meinung wissen willst: Ich finde, ihr zwei würdet ein gutes Paar abgeben.« Sie sah seine Augen aufleuchten. »Sie mag dich sehr, da bin ich mir sicher. Um ganz ehrlich zu sein, glaube ich nicht, dass du das Problem bist. Das Problem ist ihr Vater.«

Aus dem Augenwinkel sah sie Tommy aus dem Bootshaus kommen. Er registrierte, dass James und sie über etwas Persönliches redeten, und entschied sich diskret, sie allein zu lassen. Er nahm noch Suzies Board und brachte es für sie weg. Als sie seinen Blick auffing, lächelte sie ihm dankbar zu, und er erwiderte das Lächeln. Es war nicht zu bezweifeln: Im nüchternen Zustand war Tommy ein wirklich netter Typ. Sie richtete ihre Aufmerksamkeit wieder auf James.

»Wenn du von mir einen Rat willst, dann würde ich sagen, lass es langsam angehen und gib ihr Zeit, sich über alles klar zu werden. Sie hatte es schwer, seit ihre Mutter tot ist, weißt du?«

Er nickte. »Bestimmt hat Alex dir erzählt, dass wir uns schon von klein auf kennen. Sie hatte ein gutes Verhältnis zu ihrer Mutter. Ich weiß, wie hart es für sie war, plötzlich ohne sie dazustehen. Ihr Vater ist ein anständiger Mann, auch wenn er das gelegentlich gut verbirgt, doch er kann Alex die Mutter nicht ersetzen. Das war für Alexandra ein Riesenverlust, und der Versuch ihres Vaters, ihr beides, Mutter und Vater, zu sein, führt nur dazu, dass er sich zu sehr einmischt.«

Für zwei Sekunden legte er die Hand auf ihren Arm. »Ich weiß das alles, und ich verstehe es. Ich wünschte nur, sie würde mir mal die Gelegenheit geben, über alles mit ihr zu reden. Aber sobald ich das versuche, macht sie dicht.«

Suzie lächelte ihn herzlich an. »Wirf die Flinte nicht ins Korn. Wie gesagt, gib ihr Zeit.«

Er erwiderte ihr Lächeln. »Danke für den Rat, Suzie. Ich bin dir was schuldig.«

»Du bist mir gar nichts schuldig, James. Im Gegenteil. Wenn ich jetzt noch die Energie aufbringe, mich hochzustemmen, könnte ich duschen gehen.«

Bemerkenswert flink sprang er auf, reichte ihr beide Hände und zog sie hoch. »Wir haben am Pool Duschen mit heißem Wasser. Gleich da drüben. Komm mit.«

Sie gingen über den schmalen Rasenstreifen zu den Büschen, die den Swimmingpool vor Blicken abschirmten und vor dem Wind schützten, und trafen dort auf die anderen, die entweder schwammen oder sich auf den Liegen sonnten. Als Alex die beiden kommen sah, setzte sie sich auf und schob sich die Sonnenbrille auf den Kopf. Sie trug wieder den winzigen Bikini, und Suzie merkte James an, wie anziehend er Alexandra fand.

»Na? Kommt ihr wieder angeschlichen, nachdem ihr den Nachmittag ohne uns verbracht habt? Und wie verschwitzt und erschöpft ihr ausseht! Ihr habt offenbar viel Spaß gehabt.« Alex wollte sie eindeutig hochnehmen, doch James errötete trotzdem. Bevor er sich noch mehr in Verlegenheit bringen konnte, kam Suzie ihm zu Hilfe. Ihn so zu sehen machte sie plötzlich gelassen. Sie grinste Alex an und spielte mit.

»Ein Wahnsinnsritt! Ich bin völlig am Ende. Er hat mich

geschafft.« Ein paar von den anderen blickten neugierig auf. »Er hat ein tolles Stehvermögen und ein paar echt gute Moves drauf.« Kichernd ließ sie sich neben Alex auf die Liege plumpsen und begann, sich aus dem Neoprenanzug zu schälen.

»Also war sie gut, James? Hat sie dich umgehauen?« Alex stand kurz vor einem Kicheranfall, und James wirkte noch immer verlegen, konnte das Gefühl dann aber schnell abschütteln.

»Nicht so sehr wie du, Alex. Das weißt du.« Was er für sie empfand, konnte ihm in dem Moment jeder anhören.

Diesmal war Alexandra diejenige, die rot wurde, und Suzie schmunzelte in sich hinein, während sie aus ihrem Surfanzug stieg und sich das Shirt über den Kopf zog. Erst danach wurden die Rollen vertauscht, und sie hörte, dass Alex sich das Lachen mühsam verkniff.

»Suzie, dir ist doch klar, dass du gerade das Bikinioberteil mit dem Shirt zusammen ausziehst, ja?«

Wie peinlich! Suzie griff hastig nach ihrem Handtuch, um sich zu bedecken. Dabei fiel ihr Blick auf Tommy, der nur zwei Schritte von ihr entfernt stand und ihr grinsend zuzwinkerte. Am liebsten wäre sie im Erdboden versunken. Sie bekam das widerspenstige Oberteil zu fassen und zerrte es wieder an seinen Platz, sodass sie das Handtuch fallen lassen konnte.

»Megapeinlich. Jetzt brauche ich erst recht eine lange heiße Dusche.«

Zurück am Pool war sie wieder ganz entspannt und streckte sich auf einer Liege auf ihrem Handtuch aus. Da lag sie eine Weile und döste schließlich ein. Sie wurde wach, weil ihr jemand sanft an die Schulter tippte. Es war Alex. Suzie hob kurz den Kopf an und sah, dass der Poolbereich verlassen war.

»Komm mit, Schlafmütze. Drinnen gibt es Champagner und Kuchen. Tommy spendiert ihn, weil er letzte Woche Geburtstag hatte.« Suzie drehte sich müde zur Seite und stand auf. Alex neigte sich zu ihr. »Hast du gehört, was James eben zu mir gesagt hat? Oder vielmehr, wie er es gesagt hat? Was hat es damit auf sich?« Dann redete sie noch leiser. »Hat er mit dir über mich gesprochen?«

Suzie nickte. »Aber nur positiv. Dass er verrückt nach dir ist und …«

»Das hat er *gesagt?*«

»Genau, und dass er mit dir darüber reden möchte, du aber immer von etwas anderem anfängst.« Sie lächelte Alex an. »Ich habe ihm geraten, nicht aufzugeben.«

Daraufhin schaute Alex ungewöhnlich unsicher. »Meinst du, ich sollte mich mal mit ihm hinsetzen und mir anhören, was er zu sagen hat?«

»Das kann nicht schaden.«

Es wurde ein schöner Abend, und sie hatten viel Spaß miteinander. Tommy ließ nicht nur eine Kiste exzellenten Champagner und einen herrlichen Kuchen von Harrods springen; James und er hatten auch eine dreiköpfige Band engagiert. Sobald Rosas Festmahl verputzt war, fing die Band zu spielen an, und Suzie tanzte, bis ihr sämtliche Glieder wehtaten. Tommy tanzte viel mit ihr, und sie stellte erfreut fest, dass er nur wenig trank und sich auffallend gut benahm.

Zum Glück war die Musik nicht übermäßig laut, dennoch ahnte Suzie schon, dass James' Vater am nächsten Morgen eine E-Mail von Professor Macgregor-Brown erhalten würde. Der Gedanke an den alten Herrn brachte sie zum Lächeln. Sie hatte die Stunden mit ihm und seinem Hund genossen. Sie würden ihr fehlen, wenn sie am nächsten Tag mit Alex nach Verona abreiste. Bevor sie surfen gegangen war, hatte sie ihm eine Kopie ihrer Doktorarbeit gemailt und sich noch mal bei ihm bedankt. Nun wartete sie reichlich nervös auf seine Beurteilung.

Um ein Uhr kam sie endlich ins Bett, aber die Musik war noch von unten zu hören, als sie schließlich einschlief. Gegen drei Uhr wachte sie einmal auf, und alles war still. Also waren die übrigen Gäste wohl auch schlafen gegangen.

Am nächsten Morgen war sie die Erste beim Frühstück, und sie hatte mit nichts anderem gerechnet. Es war kurz vor acht. Zweifellos lagen noch alle in den Federn. Während sie einen von Rosas selbst gebackenen Keksen knabberte, machte sie sich Gedanken darüber, wie es wohl zwischen Alex und James gelaufen war und ob sie miteinander gesprochen hatten. Sie war gespannt, was sie später erfahren würde, und außerdem freute sie sich darauf, endlich Verona zu sehen. Von allen italienischen Städten, die in Shakespeares Dramen vorkamen, hatte Verona sie immer am meisten fasziniert.

Die Zeit, da sie in Ruhe ihren Gedanken nachhängen konnte, währte nicht lange. Nach und nach kamen die anderen zum Vorschein, und im Esszimmer wurde es lebhafter. Anscheinend würden sie bald zum Flughafen aufbrechen, um nach London und von dort nach Los Angeles zu fliegen. Suzie hoffte, dass alle so weit nüchtern und ausgeschlafen waren, um ihre Mietwagen sicher zum Verleih zurückzubringen.

Als Letzte erschienen James und Alex am Frühstückstisch, und sie kamen verdächtigerweise gemeinsam herein. Suzie konnte aus ihren Gesichtern und ihrer Körperhaltung nicht viel herauslesen, doch dass sie sich nebeneinandersetzten und miteinander frühstückten, nahm sie als gutes Zeichen. Anscheinend war ihr Gespräch, so es denn stattgefunden hatte, kein Reinfall gewesen. Sie freute sich für die beiden.

Schließlich leerte sich das Haus, und nur James, Alex und Suzie waren noch da. Bevor die anderen wegfuhren, kam

Tommy noch zu ihnen, um sich zu verabschieden, und dabei gab er Suzie seine Kontaktdaten. Dafür schenkte sie ihm ein Lächeln und küsste ihn auf die Wangen. Aber würde sie ihn tatsächlich wiedersehen? Sie merkte, dass sie darauf hoffte. Sie mochte ihn sehr, und er war zweifellos ein sehr attraktiver Mann, doch wie sie Alex schon mehrmals gesagt hatte, war sie an einer neuen Beziehung zurzeit nicht interessiert.

Aber es war eine nicht zu leugnende Tatsache, dass ihre Gedanken immer wieder zu Michael wanderten. Aus irgendeinem Grund hatte er bei ihr einen starken Eindruck hinterlassen, und obwohl ihr klar war, dass sie ihn wahrscheinlich nicht wiedersehen würde, konnte sie nicht aufhören, an ihn zu denken. An ihn und seinen tragischen Verlust.

Es war mit Roberto vereinbart worden, dass er James zum Flughafen brachte und unterwegs dorthin Alex und Suzie in Verona absetzte. Die Fahrt verlief ereignislos, und Suzie hatte sich eigens zu Roberto nach vorn gesetzt, um den beiden anderen die Rückbank zu überlassen. Während sie sich mit Roberto unterhielt, wuchs ihre Vorfreude. Der große Tag war endlich gekommen, sie würde die Stadt ihrer Träume sehen.

Als sie den modernen Teil Veronas hinter sich ließen und in die Altstadt hineinfuhren, herrschte dichter Verkehr, und es war mitunter schwierig, sich mit dem großen Wagen zwischen den anderen durchzufädeln. Und da James inzwischen spät dran war, fiel der Abschied vor dem Hotel knapp aus. Er küsste Alex auf den Mund, und ihr war die Zuneigung definitiv anzusehen. Als der luxuriöse Wagen leise anfuhr, winkte James ihnen scheinbar fröhlich, doch in seinem Blick lag Wehmut.

Neugierig drehte Suzie den Kopf zu Alex und sah bei ihr eine gewisse Verunsicherung. Gerade wollte sie das Gepäck nehmen und zur Hoteltür ziehen, als ein Portier wie aus dem

Nichts erschien und ihr die Mühe abnahm. Sie überließ es ihm nur zu gern.

Das Hotel war günstig gelegen, direkt am Rand des historischen Zentrums, das den Fußgängern vorbehalten war, und zweihundert Meter weiter sah man die antike Arena aufragen. Suzie stand eine volle Minute lang da und bestaunte sie, bis Alex sie beim Arm nahm und zum Hoteleingang zog.

Suzie hatte Fotos von Verona und auch Filme über die Stadt gesehen, dennoch war sie auf die schiere Größe der Arena nicht vorbereitet gewesen. Sie wusste, dass das riesige Amphitheater im ersten Jahrhundert von den Römern erbaut worden war, und wie Roberto schon erwähnt hatte, wurden dort noch immer Konzerte und Opern aufgeführt. Es sah aus wie eine nicht ganz so ambitionierte Version des Kolosseums in Rom und stand auf einem großen, lang gestreckten Platz mit einem Park und Brunnen, Schatten spendenden Bäumen und vielen verschiedenen Restaurants. Es wimmelte von Touristen, selbst an einem Vormittag Ende September, und dementsprechend lebhaft ging es zu. Suzie freute sich darauf, die italienische Stadt der Liebe zu erkunden.

Das Hotel war eine prunkvolle Angelegenheit. Es stammte wahrscheinlich aus der Zeit, als dieser Teil Italiens zu Österreich-Ungarn gehört hatte, und führte einem den Luxus und die Vornehmheit des damaligen Adels vor Augen. Das Foyer war mit schwarz-weißem Marmor gefliest, das Personal trug makellose weiße Hemden oder Blusen und elegante dunkle Hosen und Westen. Die Klimaanlage funktionierte gut, sodass es zwischen den Ledersofas und exotischen Topfpflanzen kühl war.

Eine freundliche Angestellte, die ausgezeichnet Englisch sprach, brachte sie in einem modernen Aufzug zu ihren Zimmern. Suzies war genauso groß und luxuriös wie ihr Hotelzimmer in Venedig, aber mit einem entscheidenden Vorteil, nämlich einer Dachterrasse, die sie sich mit Alex teilte, da ihr Zimmer nebenan lag.

Nachdem sie sich eingerichtet hatten, trafen sie sich auf der Terrasse, von der man auf der einen Seite über die Arena blickte und auf der anderen über die roten Ziegeldächer der Altstadt mit den vielen Türmen und Kuppeln. In der Ferne war ein grüner Hügel mit einer Festung zu sehen. Das war eine atemberaubende Aussicht, und Suzie konnte es kaum erwarten, loszuziehen und alles zu besichtigen. Doch vorher wollte sie etwas erfahren.

Sobald sie sich auf den Korbsofas niedergelassen hatten, stellte sie die brennende Frage. »Wie war es denn gestern Abend mit James? Hattet ihr Gelegenheit, euch zusammenzusetzen und miteinander zu reden?«

Alex lehnte sich seufzend zurück und streckte die Beine aus. »Ja und nein.«

Suzie hakte nicht nach, und das war auch nicht nötig, denn nach ein, zwei Augenblicken erzählte Alex ausführlich.

»Wir haben ein bisschen getanzt wie alle anderen auch, und dann gegen Mitternacht, vielleicht auch später, sind wir nach draußen gegangen. Am Anleger steht eine alte Bank, und da haben wir uns hingesetzt, um zu reden. Das war ziemlich romantisch mit dem See vor uns und dem Mond am Himmel. Er hat mir erzählt, was ich schon durch dich wusste, nämlich dass er verrückt nach mir ist, und ich habe ihm gesagt, dass ich ihn sehr mag. Aber am Ende läuft alles auf meinen Vater hinaus.«

Danach schwieg sie erst mal, und Suzie überließ sie ihren Gedanken. Alex' Blick ruhte auf dem Mosaik der alten Dächer, das sich jenseits der Balkonbalustrade bis zu den Bergen erstreckte. Schließlich nahm sie den Faden wieder auf. »Mein Vater ahnt wahrscheinlich gar nicht, dass er sich völlig antiquiert und unfair verhält. Er nimmt selbstverständlich an, dass er das Recht hat, über mich zu bestimmen, und das ärgert mich kolossal. Das ist total bevormundend.«

Sie schnaubte verärgert, und Suzie war nahe daran, sie in den Arm zu nehmen und ihr ein wenig Bestätigung zu geben.

»Aber spielt das denn eine Rolle, Alex? Solange ihr beide zusammen glücklich seid, wen interessiert es, wenn das auch zufällig deinen Vater zufriedenstellt? Soweit ich sehen kann, versteht ihr euch glänzend, James und du, und je besser ich ihn kennenlerne, desto mehr habe ich den Eindruck, dass er der Richtige für dich ist.«

Alex senkte den Blick und nickte zwar, doch ihr Gesicht drückte blanke Frustration aus, und als sie den Kopf hob und Suzie ansah, standen Tränen in ihren Augen. »Genau das habe ich auch gedacht, aber so einfach ist es nicht. Weißt du, ich bin gestern Nacht in seinem Schlafzimmer gelandet.«

»Na und? Du hast selbst gesagt, dass dein Vater das wahrscheinlich begrüßen würde.« Es war ihr ein Rätsel, warum Alex derart niedergeschlagen war. »Gab es ein Problem?«

Alex nickte nur und nahm sich ein Papiertaschentuch, um sich die Augen zu wischen. Suzie war ratlos. Einerseits kamen Alexandra und sie inzwischen wirklich gut miteinander aus, und sie betrachtete Alex als Freundin, als gute Freundin. Doch sie fand auch, sie stünde ihr noch nicht nahe genug, um sie mit der Umarmung zu trösten, die sie offenkundig brauchte. Aber als Alex weitersprach, war sie drauf und dran, sich neben sie zu setzen.

»Ja, es gab ein Problem, ein Riesenproblem sogar. Es hat nämlich nicht funktioniert.«

Suzie war perplex. »Was hat nicht funktioniert?« Ihr kam eine Ahnung. »Du meinst, er konnte nicht …?«

Alex schüttelte den Kopf. »So weit sind wir gar nicht gekommen. Wir haben uns nicht mal richtig geküsst. Das Problem lag nicht bei ihm, sondern bei mir. Ich konnte es nicht, es kam mir total schräg vor. Weißt du, James und ich kannten uns schon, als wir noch ganz klein waren. Wir haben zusammen gespielt, die Ferien zusammen verbracht, Sandburgen gebaut, sind zusammen Fahrrad gefahren, und ich habe vermutlich mehr Zeit mit ihm verbracht als mit Rafe und meinem Vater. Wir sind fast wie Bruder und Schwester. Sosehr ich ihn mag – und das tue ich wirklich –, ich kann ihn nicht mit solchen Augen sehen. Wenn ich seine Hände auf mir fühle, wird mir buchstäblich schlecht.« Wütend rieb sie sich die Augen. »Ich habe mich tatsächlich übergeben. Zum Glück habe ich es noch ins Badezimmer geschafft. Aber schon bei dem Gedanken, zu ihm zurückzugehen, wurde mir sofort wieder übel. Schließlich habe ich ihm gesagt, es ginge mir schrecklich, und ich bräuchte jetzt dringend Schlaf in meinem eigenen Bett. Also bin ich gegangen.«

»Wow! Und glaubst du, er hat begriffen, warum dir schlecht geworden ist?«

»Nein, bestimmt nicht. Heute Morgen war er aufmerksam und fürsorglich und hat gefragt, ob ich mir an irgendetwas den Magen verdorben habe. Wenn er einen Verdacht gehabt hätte, hätte er sich anders verhalten. Deshalb nehme ich an, er denkt, wir sind ein Paar.« Sie sah Suzie flehend an. »Was soll ich denn jetzt bloß tun?«

Diesmal setzte sich Suzie tatsächlich zu ihr auf das andere Korbsofa, drückte beruhigend ihre Hand und bemühte sich, zuversichtlich zu klingen.

»Als Erstes solltest du mal aufhören zu weinen. Dir war schlecht. Na und? Das kommt schon mal vor und kann ebenso gut an den Garnelen gelegen haben, die es gestern Abend gab.« Alex setzte zu einem Einwand an, doch Suzie redete einfach weiter. »James ist jetzt erst mal fort. Wie lange? Eine Woche?«

»Zehn Tage.« Alexandra schniefte und wischte sich mit der freien Hand die Augen.

»Umso besser. Also hast du zehn Tage Zeit, über den Schock hinwegzukommen und dir zu überlegen, wie du James auf möglichst nette Art erklären kannst, was los war. Unterm Strich besteht das Problem darin, dass du ihn zu sehr magst. Da kann er sich eigentlich kaum abgelehnt fühlen. Also komm, Mundwinkel hoch, und dann sehen wir mal, ob die Stadt von Romeo und Julia ihren Zauber auf dich wirkt.«

10

Den Tag über schlenderten sie durch die historische Altstadt, angefangen bei der Via Mazzini, in der es viele Geschäfte teils mit berühmten Namen gab, wo unglaublich schöne Kleider und Accessoires zu reduzierten Preisen angeboten wurden. Dennoch stellte Suzie bald fest, dass ein Kleiderkauf im Stadtzentrum kostspielig werden würde, wenn auch nicht ganz so sehr wie in Venedig. Die vielen Leute, die Tragetaschen bekannter Modehäuser am Arm trugen, schien das nicht zu kümmern. Die Straße war gepflastert mit Marmorplatten, die von unzähligen Füßen geglättet waren und glänzten. Rechts und links zweigten interessante Gassen ab, und sie kamen an unendlich vielen Kirchen, Kapellen und anderen historischen Bauwerken vorbei. Es herrschte eine lebhafte Atmosphäre, und man sah viele glückliche Gesichter. Suzie fragte sich zweifelnd, ob Shakespeare wirklich dort entlanggegangen war, und hoffte es doch.

Während sie durch schmale Straßen und über herrliche Plätze schlenderten, überkam Suzie eine große Erleichterung. So viele Jahre hatte sie den Moment herbeigewünscht und zugleich einen nagenden Zweifel im Hinterkopf gehabt, die Stadt könnte in Wirklichkeit gar nicht so schön sein, wie sie es erwartete. Stattdessen fühlte sie sich nun, als gehörte sie schon immer dorthin.

Das mittelalterliche Zentrum war recht klein und wirkte heimelig und intim, trotz der Touristen, die dort scharenweise unterwegs waren. Es war wunderbar, umherzuschlendern und mal nicht auf Autos achten zu müssen. Einzig mit Radfahrern musste man rechnen. Das war anscheinend das beliebteste Fortbewegungsmittel der Veroneser, ganz gleich, welchen Alters und Geschlechts sie waren, und Suzie und Alex gewöhnten sich bald an das warnende Klingeln und das Klappern alter Drahtesel auf Kopfsteinpflaster und unebenen Steinplatten, wo immer sie entlanggingen.

Sie hatten beide keinen Appetit auf warmes Essen und machten am Nachmittag bei einer Eisdiele halt. Auf der langen schmalen Piazza delle Erbe setzten sie sich unter einen Sonnenschirm an einen Tisch, von dem sie über den ganzen Platz zu dem imposanten Palazzo schauen konnten, auf dem Statuen die Dachbrüstung säumten. In der Mitte gab es einige Marktstände, die auf T-Shirts, Sonnenhüte und Sonnenbrillen spezialisiert waren und damit die vorbeiflanierenden Touristen anzogen.

Suzie und Alex hatten sich ihr Eis an einer offenen Kühltruhe ausgesucht, die viele verlockende, hübsch gestrudelte Sorten bot, sodass einem das Auswählen schwerfiel. Nach langem Überlegen hatte sich Suzie für Meringue, Erdbeer und Banane entschieden, Alex dagegen für Vanille, Pistazie und dunkle Schokolade. Gekrönt wurde es mit Schlagsahne und einer dicken Waffel und wurde in hohen Glasbechern mit einem langen Löffel serviert. Es sah üppig aus. Sie bestellten sich dazu jeder eine Flasche Sprudelwasser, um den Durst zu löschen. Das Eis schmeckte so gut, wie es aussah, und Suzie lächelte in ihren Becher.

Sie hatte viel über das nachgedacht, was Alex ihr erzählt hatte. Suzie selbst war als Einzelkind ohne einen Bruder aufgewachsen und hatte auch keinen Jungen als Spielkameraden gehabt, sodass ihr die Erfahrung fehlte, aber es war klar, dass Alex ein Problem hatte. Ganz sicher würde James sich bei ihr melden, sobald er in Kalifornien angekommen war. Alex sollte sich bis dahin überlegt haben, was sie ihm sagen wollte.

Alexandras Gedanken bewegten sich offenbar in den gleichen Bahnen, denn sie sprach das drängende Thema an, ohne dass Suzie sie erst darauf bringen musste. »Was soll ich denn nun mit James machen?«

Suzie antwortete nicht sofort, sondern verschaffte sich Zeit zum Überlegen, indem sie einen Löffel von dem köstlichen Eis aß und auf der Zunge schmelzen ließ. Dabei erwog sie das richtige Vorgehen und betrachtete die schönen Fresken an der Hauswand gegenüber. Die waren bestimmt sehr alt und bezaubernd, aber sie halfen nicht, Alex' Dilemma zu lösen. Schließlich tat sie ihre Meinung kund. Ihrer Ansicht nach gab es nur eine Möglichkeit.

»Du musst es ihm sagen. Alles. Genau wie du es mir erklärt hast. Das bist du ihm schuldig.«

»Was denn, etwa am Telefon? Ist das nicht grausam? Es ist ja nicht so, als hätte er etwas falsch gemacht. Im Gegenteil, er hat alles richtig gemacht. Ich bin diejenige, die es vermasselt hat.«

»Niemand hat etwas vermasselt. Ich will es nicht unnötig kompliziert machen, doch es war vermutlich ganz gut, dass gestern Abend nichts gelaufen ist. Wenn du mit ihm Sex gehabt hättest und müsstest ihm jetzt klarmachen, dass du die Entwicklung wieder zurückfahren willst, wie viel schlimmer würde es ihm damit gehen? Du weißt schon, verletzter männlicher Stolz und all das. Nein, so ist nichts passiert, und das ist bestimmt von Vorteil.«

Alex nickte vage, während Suzie einen Löffel Eis zur Aufmunterung aß.

»Doch ich bin sicher, du hast recht, Alex. Solch ein Gespräch ist nichts fürs Telefon. Du musst das von Angesicht zu Angesicht mit ihm klären. Das heißt, falls er sich bei dir meldet, solange er in Amerika ist, solltest du nett und freundschaftlich mit ihm umgehen wie immer. Falls er anspricht, was gestern passiert ist, entschuldige dich einfach dafür und vermeide es, ihm Hoffnungen zu machen. Sei herzlich, aber unverbindlich. Meinst du, das kriegst du hin?«

»Ich kann es versuchen.« Alex blickte von ihrem Eisbecher auf. »Doch ich kenne ihn. Er wird sofort hierherkommen, sobald er aus den Staaten zurück ist. Ich traue ihm sogar zu, dass er eher abreist.« Vor lauter Panik wurde ihre Stimme immer heller, und Suzie beeilte sich, sie zu beruhigen.

»Moment mal. Wann findet die Hochzeit statt? Vorher kann er sich wohl kaum aus dem Staub machen.«

»Am Samstag.«

»Heute ist Montag. Also hast du mindestens diese Woche, bevor er hier aufkreuzt. Das ist reichlich Zeit, damit du dich davon erholen und dir überlegen kannst, wie du es ihm sagen willst. Jetzt iss dein Eis, bevor es schmilzt, und dann lass uns zu Julias Haus gehen. Die Arena können wir morgen besichtigen. Es ist zu heiß, um im Freien in der Sonne herumzulaufen. In diesem Straßenlabyrinth gibt es wenigstens ab und zu Schatten.«

In Julias Haus drängten sich die Touristen. Draußen unter dem berühmten Balkon stand eine Menschentraube, und die Umgebung war mit Graffiti vollgesprüht, mit denen der Sprayer seine unsterbliche Liebe bekannte, so wie andere ein Herz mit ihren Initialen in einen Baumstamm ritzten, um sich als Paar zu verewigen. Suzie runzelte missbilligend die Stirn. Sie nahm Alex beim Arm und zog sie beiseite, um auf Julias Balkon zu deuten.

»Veronas Stadtrat tut zwar alles, um die Wahrheit zu verschleiern, doch es gibt etwas, was die Besucher nicht wissen oder was ihnen egal ist. Es existiert kein Beweis, dass es Romeo und Julia je gegeben hat oder dass Shakespeare jemals hier gewesen ist. Das Drama basiert höchstwahrscheinlich auf einem weitschweifigen Langgedicht, das in England Mitte des sechzehnten Jahrhunderts auftauchte, und vieles davon war zwei früheren fiktionalen Werken aus Italien entnommen. In dem Stück selbst kommt tatsächlich kein Balkon vor.

Die Szene in Capulets Garten beginnt mit: ›Doch still, was schimmert durch das Fenster dort?‹ Romeo steht nicht unter einem Balkon, sondern unter einem Fenster, und ich kann dir mit Sicherheit sagen, Alex, dass der Balkon da oben nicht mal aus jener Zeit stammt. Er wurde um der Touristen willen angebaut, ich glaube, in den Dreißigerjahren.«

Alex drehte grinsend den Kopf zu ihr. »Beruhige dich, Professor, damit nicht alle Touris hier deine wütende akademische Rede hören. Sonst werden wir noch gelyncht. Dann hat es die beiden eben nicht gegeben. Dann ist der Balkon eben gefälscht. Na und? Das ändert nichts daran, dass dies das Mekka der Romantiker ist. Ich habe neulich im Zug gelesen, dass die Stadt ein Team von Leuten einstellen musste, das die vielen Liebesbriefe an Julia beantwortet. Lass den Leuten ihre Träume. Wenn ich im Moment nicht gerade versuchen würde, einer Beziehung auszuweichen, würde ich wahrscheinlich selbst etwas schreiben.«

Suzie lächelte sie an. »Na gut, ich verspreche, brav zu sein. Doch eins will ich noch sagen. Nicht mal das Haus passt. Im Stück verbirgt sich Romeo im Garten unter Julias Fenster, nicht mitten auf einer Straße!«

»Ja, und? Hier geht es ums Prinzip. Er hat sie so innig geliebt, dass er sich das Leben nahm, als er sie für tot hielt. Und sie hat ihn so sehr geliebt, dass sie das Gleiche tat, als sie ihn tot vorfand. Das ist eine ziemlich starke Liebe, meine liebe Suzanne.«

Am Abend wartete Suzie im Foyer auf Alex, die noch in ihrem Zimmer war, und schaute sich die Handzettel und Broschüren auf dem Informationspult an, um möglichst nichts zu verpassen, solange sie sich in dieser wunderbaren Stadt aufhielten. Bei den Werbezetteln für historische Bauten, Museen und Konzerte lag auch einer, der ihr besonderes Interesse weckte. Eine private Akademie bot Kunstkurse an.

Während sie sich den Flyer näher ansah, kam ihr die Idee, dass das vielleicht das Richtige wäre, um Alex von ihren Sorgen mit James abzulenken. Soweit sie sehen konnte, gab es um diese Zeit nur einwöchige Kurse. Ein ganzjähriges Diplomstudium würde Anfang nächsten Monats beginnen. Die Akademie lag in der Innenstadt und machte einen guten Eindruck, doch sie wollte Alex nichts vorschlagen, was sich vielleicht als Abzocke erwies. Sie wollte lieber zuerst jemanden fragen, der sich in der Kunstszene auskannte und ihr sagen konnte, ob die Akademie etwas taugte.

Und natürlich kannte sie zufällig so jemanden.

Als ihr klar wurde, dass das ein triftiger Grund war, Michael anzurufen, kramte sie seine Visitenkarte hervor und ging grüßend am Portier vorbei nach draußen auf den Bürgersteig, um zu telefonieren. Sie lehnte sich gegen die Hauswand, die noch warm war von der Sonne, und wählte seine Mobilfunknummer. Nervös wartete sie mit dem Handy am Ohr. Er meldete sich nach dem ersten Klingeln, und das Kribbeln in ihrem Bauch, das seine Stimme bei ihr auslöste, war unmöglich zu ignorieren.

»*Si, pronto.*« Sein Italienisch klang akzentfrei, sodass sie im ersten Moment dachte, sie habe jemand anders am Apparat.

»Michael? Hier ist Suzie. Wir haben uns in …«

»Suzie, wie schön, dass du von dir hören lässt! Wo bist du?«

Sie erzählte, in welchem Hotel sie wohnten, und hörte ihn einen leisen Pfiff ausstoßen.

»Mein lieber Schwan! Alex lässt es sich gern gut gehen, was? Das gehört zu den weltweit besten Hotels.«

»Ja, es ist toll. Aber ich habe ein Anliegen, Michael. Du hast gesagt, wir können uns an dich wenden. Es ist nichts Dramatisches. Ich brauche nur den Rat eines Künstlers.«

»Schieß los.«

Suzie erzählte ihm, dass Alex sich für Malerei interessierte und gern malte, aus ihrer Vorliebe bisher aber nichts hatte machen dürfen. Sie erwähnte den Handzettel der Akademie und fragte, was er von der Idee hielt.

Er war davon begeistert. »Die Akademie ist sehr, sehr gut. Dort werden erstklassige Kurse gegeben, und deshalb suchen sie sich ihre Teilnehmer natürlich sehr genau aus. Ob Alex genommen wird, hängt hauptsächlich davon ab, wie gut sie ist.« Er schwieg einen Moment lang und schien zu überlegen, wie man die Sache am besten angehen sollte.

Als er weitersprach, verspürte Suzie erneut ein Kribbeln. »Wie wär's damit? Wir treffen uns, und ich sehe mir an, was Alex zustande bringt. Vielleicht hat sie auch ein paar Fotos von ihren bisherigen Bildern. Ich könnte sie etwas zeichnen lassen. Wenn sie das nötige Talent hat, könnte ich mit ein, zwei Leuten sprechen, die ich dort kenne, und hören, ob sie noch aufgenommen werden kann. Die Kurse sind nicht billig, aber ich nehme an, das stellt für Alex kein Problem dar. Was hältst du von dem Vorschlag?«

»Das wäre wunderbar. Ganz herzlichen Dank. Um ehrlich zu sein, habe ich ihr noch gar nichts davon erzählt, damit sie nicht enttäuscht ist, wenn du mir sagst, dass die Akademie nichts taugt. Deshalb würde ich heute Abend mit ihr darüber reden und dich dann anrufen. Wäre dir das recht? Oder bist du gerade furchtbar eingespannt?«

»Du kannst mich jederzeit anrufen, Suzie, und es wäre

auch schön, dich wiederzusehen.« Sie spürte, dass ihre Wangen heiß wurden, als sie die besondere Betonung hörte. »Morgen und am Mittwoch habe ich fast nichts vor. Melde dich einfach.«

Suzie bedankte sich herzlich, und es ließ sich nicht leugnen – sie hoffte, dass Alex die Gelegenheit beim Schopf packte, und das hoffte sie nicht nur um ihretwillen.

Alex war sofort Feuer und Flamme.

Sie setzten sich im Hof des Hotels unter die exotischen Bäume an einen Tisch und bestellten sich Prosecco. Eingedenk dessen, was der Professor gesagt hatte, bat Suzie um einen Prosecco aus Valdobbiadene und bemerkte, dass der Kellner anerkennend nickte. Als sie von der Akademie und Michaels Angebot erzählte, leuchtete Alex' Gesicht auf. Ihre gedrückte Stimmung wurde von überschäumendem Optimismus hinweggefegt. Nach wenigen Minuten drängte Alex sie schon, Michael anzurufen und eine Uhrzeit auszumachen. Dazu musste sie Suzie nicht erst überreden.

»Michael. Ich bin's noch mal. Alex findet die Idee fantastisch. Ich soll dir ihren Dank ausrichten.«

»Ausgezeichnet. Hör zu, ich habe mir ein paar Gedanken gemacht. Am besten wäre es, ich hole euch ab, und wir fahren zu meinem Atelier. Das ist nur eine halbe Stunde von Verona entfernt. Da ist es still und friedlich. Ich habe alles da, was wir brauchen, und niemand stört uns. Wenn ihr morgen noch nichts vorhabt, würde ich euch abholen. Sagen wir, um neun. Oder ist das zu früh? Ihr zieht heute Abend nicht durch die Clubs oder dergleichen?«

»Ganz im Gegenteil. Wir werden bestimmt früh schlafen gehen. Also erst mal vielen Dank, Michael. Alex freut sich sehr darauf.«

Als sie ihr Handy wegsteckte, grinste Alexandra sie an. »Du

hast nur gesagt, dass ich mich freue. Dich selber hast du unerwähnt gelassen. So kriegst du deinen Mann nicht, weißt du?«

Suzie wurde rot, bevor sie das in irgendeiner Weise kaschieren konnte.

»Du hast ihn doch gesehen, Alex. Er trauert noch. Ich glaube nicht, dass er sich im Geringsten für mich interessiert. Er möchte dir nur einen Gefallen tun. Nein, wir sind zwar in der Heimatstadt von Romeo und Julia, aber zwischen uns wird nichts laufen.« Sie blickte zu Alex auf. »Außerdem kenne ich meine Grenzen.«

»Was willst du damit sagen?«

»Sieh ihn dir an, Alex. Er ist ein sehr erfolgreicher Maler und sieht fantastisch aus. Würde er sich wirklich für eine wie mich interessieren?«

»Suzanne Cartwright, es gibt Momente, da möchte ich meinen Prosecco-Schleudertrick wiederholen. Wirf mal einen Blick in den Spiegel. Du bist groß, du bist sehr attraktiv, deine Haare sehen wirklich gut aus – und wenn du mal ein wenig Make-up für dich entdeckst, kannst du sogar umwerfend aussehen. Und was für einen Mann wie Michael sicher noch wichtiger ist: Du bist intelligent.« Sie griff über den Tisch und tippte mit den Fingern an Suzies Handrücken. »Und du bist ein anständiger Mensch. Das meine ich ganz ehrlich.«

Gegen Suzies Angewohnheit zu erröten halfen diese Komplimente alle nicht, und daher nahm sie Zuflucht beim Alkohol, was immer riskant ist. Sie stürzte ein halbes Glas Prosecco hinunter und bekam darauf einen Kicheranfall. Bis sie sich davon erholt hatte und wieder klar sehen und ruhig atmen konnte, hatte sie ihre Verlegenheit überwunden. Jedenfalls vorerst.

»Sollen wir schon essen gehen?«

Sie verließen das Hotel und gingen zu der weitläufigen Piazza Bra. Vor ihnen reihte sich ein Restaurant ans andere, die

Fassaden eine bunte Palette aus Rosatönen, Gelb und sonnengebleichtem Ocker. Überall strömten die Touristen entlang, es herrschte ein fröhliches Gedränge. Ramponierte Fahrräder ratterten vorbei, die erstaunlich verschiedene Menschen trugen: elegante Damen und Männer im Anzug, Studenten, Kinder und sogar Nonnen.

Nach dem gestrigen Sturm war der Himmel wieder wolkenlos und klar, und die Lufttemperatur war zwar um zwei, drei Grad gefallen, doch es war sehr angenehm, draußen unter einer Markise zu sitzen und auf der anderen Seite des Platzes die Rundbögen der Arena zu sehen.

Alex entschied sich für ein Risotto, um den Hunger zu stillen, Suzie bestellte sich einen *Insalata Veronese*. Sie bekam eine große Platte gemischten Salat mit Schinken, Speck, Salami, Walnüssen, Kastanien, Oliven und Käse. Dazu gab es das leckere lokale Brot und einen leicht spritzigen Weißwein. Alles in allem eine ausgezeichnete Mahlzeit.

Beim Essen plauderten sie, und Suzie meinte, sie sollte den interessanten Namen des Platzes erklären. »Nur falls du dich wunderst: Das ›Bra‹ hat hier nichts mit einem BH zu tun. Der würde auf Italienisch *›reggiseno‹* heißen. Der Name des Platzes klingt für Italiener also nicht lustig, auch wenn sicher viele Touristen darüber kichern.«

»Mir ist an der Ecke des Platzes allerdings ein Wäschegeschäft mit Dessous im Schaufenster aufgefallen.« Alex war definitiv in Kicherlaune.

Suzie freute sich, dass ihre trübe Stimmung verflogen war. Sie unterhielten sich bestens. Nach einer Weile fragte Suzie sie nach Alexandras Arbeit im Herrenhaus. Soweit sie wusste, konnte man es in den Sommermonaten teilweise besichtigen, und sie war neugierig, ob Alex damit zu tun hatte. Die Antwort war ein wenig deprimierend.

»Ehrlich gesagt tue ich nicht viel. Vater und Rafe kümmern sich praktisch um alles und treffen die Entscheidungen. Meine Ökologiekenntnisse werden gar nicht genutzt. Das Studium war reine Zeitverschwendung.« Sie sah von ihrem Risotto auf. »In Wirklichkeit trete ich auf der Stelle. Wenn ich vom Erdboden verschwände, würde mich niemand vermissen.«

»Sag doch so was nicht. Ich bin überzeugt, dass du wichtige Arbeit leistest.«

Zur Antwort bekam sie nur ein Kopfschütteln, und wieder einmal tat es ihr in der Seele weh, wie unglücklich Alex war. Sie war der lebende Beweis dafür, dass man auch mit viel Geld nicht automatisch glücklich war.

11

Am nächsten Morgen traten sie um fünf vor neun aus dem Hotel auf die Straße, um dort auf Michael zu warten. Doch sein Wagen stand bereits vor dem Hotel. Sowie Michael sie sah, winkte er ihnen und stieg aus, um ihnen die Türen zu öffnen.

Ehe Suzie reagierte, schlüpfte Alex auf die Rückbank und zog die Tür hinter sich zu, eine klare Aufforderung an Suzie, sich nach vorn neben Michael zu setzen. Als sie die Beifahrertür schloss, eilte er zur Fahrerseite, glitt hinters Lenkrad, ließ den Motor an und fuhr sofort los, nicht ohne die beiden entschuldigend anzulächeln.

»Die Eile tut mir leid, aber die hiesige Polizei macht Jagd auf Falschparker. Hier herrscht überall Halteverbot, und die Bußgelder sind hoch. Doch erst mal guten Morgen! Es ist schön, euch wiederzusehen. Was habt ihr seit Venedig getrieben?«

Er konzentrierte sich darauf, den Wagen durch die Straßen der Altstadt zu lenken, von denen manche kaum breiter waren als das Auto. Suzie musterte ihn verstohlen. Michael trug ein altes T-Shirt und Shorts. Seine muskulösen Beine so dicht neben ihr zu sehen war ziemlich anregend, genau wie seine starken Unterarme, die von hellbraunen Härchen bedeckt waren. Nicht zuletzt um gewisse Bilder zu verdrängen, erzählte sie sofort drauflos, was sie an den vergangenen paar Tagen in Venedig unternommen hatten, und schilderte dann das Wochenende in James' Villa. Bei der Erwähnung des Gardasees horchte Michael auf, und als sie den Namen des benachbarten Ortes nannte, wo sie den Whisky für den Professor gekauft hatte, zog er die Brauen hoch.

»Dann sind wir tatsächlich Nachbarn. Ich lebe auch in Bardolino, nur einen Kilometer weit von euch entfernt. Ich kenne sogar die Villa, in der ihr wart.« Er grinste. »So klein ist die Welt.«

Sie fuhren die Route zum Gardasee, die sie schon kannten, und kamen schließlich an James' Villa vorbei. Wie Michael gesagt hatte, bog er zwei Minuten später von der Straße ab und fuhr noch einmal einige Minuten über eine schmale kurvige Straße bergan, bis die Häuser spärlicher wurden und rechts und links nur noch Olivenbäume und Weinstöcke zu sehen waren. An einer Biegung lenkte er den Wagen durch einen offenen Torweg in einen Hof und hielt an.

»Da sind wir. Willkommen in *La Vecchia Scuderia*, im ›alten Pferdestall‹. Das Haus ist ziemlich klein, aber ich habe es wegen der Scheune gekauft. Ihr werdet sehen, sie taugt bestens als Atelier – auch wenn es darin im Winter eisig kalt ist.«

»Wie hübsch.« Alex stieg aus und schaute sich anerkennend um.

Suzie schloss sich ihr an, und sie bestaunten die Umgebung. Das Weinfeld hinter dem Haus erstreckte sich bis hinunter zu den Häusern am Seeufer, und die Aussicht über den See zu den Bergen war noch spektakulärer als von James' Villa aus. »Wie lange wohnst du schon hier, Michael?«

»Wir haben es vor sieben Jahren gekauft, aber es hat über zwei Jahre gedauert, um alle Genehmigungen zu erhalten und alles zu renovieren. Das Anwesen war schon beinahe baufällig; wir mussten eine Menge Arbeit hineinstecken. Einiges davon habe ich selbst gemacht. Trotzdem hatten wir fast ein Jahr lang eine Baustelle. Aber wie auch immer. Kommt mit rein.«

Suzie fiel auf, dass er immer wieder »wir« sagte, doch sie enthielt sich einer Bemerkung. Sie wollte sich so taktvoll wie möglich verhalten und abwarten, bis er von selbst auf seine Frau und den Unfall zu sprechen kam.

Michael führte sie ins Haus, und sie sahen sofort, dass es vorher als Stall gedient hatte. Die Wände des überraschend großzügigen, offen gestalteten Raumes bestanden aus nacktem Mauerwerk, und da hingen sogar noch die fächerförmigen Futterkörbe, aus denen früher die Pferde gefressen hatten. Jetzt lagen getrocknete Blumen darin. Der Boden war neu gefliest, die Balken unter der Decke eindeutig alt.

An einer Seite befand sich eine sehr moderne Küche, und davor stand ein langer Holztisch, ein Stück davon entfernt waren Sessel und ein großes Sofa gruppiert. Das war ein entzückendes Wohnhaus, und Suzie verliebte sich sofort in Michaels Zuhause. James' Villa strahlte würdevolle Eleganz aus, Michaels Haus dagegen war anheimelnd.

»Lebst du hier ständig, oder bist du auch oft in England?« Suzie ging zu einem großen verglasten Torbogen und schaute hinaus. Der gesamte See lag ausgestreckt unter ihr. »Wie schön es hier ist! Wenn das mein Haus wäre, würde ich mein ganzes Leben hier verbringen.«

»Das war der Plan.« Er führte das nicht weiter aus, und Suzie fragte nicht nach. »Ich muss zugeben, ich habe in den letzten paar Jahren die meiste Zeit in Italien verbracht. Nicht dass es mir in England nicht gefällt, aber hier ist es nun mal sehr schön. Kann ich euch einen Kaffee, Cappuccino oder Tee anbieten? Ich habe englischen Tee, wenn ihr möchtet. Meine Mutter schickt mir ab und zu noch Päckchen.«

Als er den Wasserkocher füllte, um Tee aufzugießen, blickte er über die Schulter zu Alex. »Hast du Fotos von deinen Bildern, die du mir zeigen könntest? Oder sollen wir bei null anfangen?«

Sie holte ihr Tablet aus der Tasche. »Einen Moment. Ich suche sie raus.«

Während sie seiner Bitte nachkam, nahm Suzie aus dem

Augenwinkel eine Bewegung wahr. Aus dem Flur kam eine riesige graue Katze und sprang gelangweilt auf die Arbeitsfläche neben Michael.

»Nein, Cat, runter da. Geh die netten Damen begrüßen.« Er hob das Monstrum scheinbar ohne die geringste Kraftanstrengung vom Küchentresen und setzte es auf den Boden. Nach einem verächtlichen Blick sprang es auf den Tisch und trottete gelassen zu Alex, die durch ihre Fotos wischte.

»Wow, was für ein Riesenkater!« Sie war beeindruckt. »Was gibst du ihm zu fressen?«

»Erstaunlich wenig, aber er wird noch in mindestens zwei anderen Häusern gefüttert. Ich wette, er bekommt ein halbes Dutzend Mahlzeiten pro Tag. Er gehört uns nicht. Cat kommt und geht nach Lust und Laune. Er gehört den Leuten, die weiter unten wohnen. Als wir ihn zum ersten Mal sahen – das war vor ein paar Jahren –, da war er noch ein dürres kleines Ding. Jetzt schaut ihn euch an.«

»Wie heißt er?«

»Wir nennen ihn tatsächlich nur ›Cat‹. Hält man etwas zu fressen in der Hand, wenn man ihn mit dem Namen anspricht, scheint er darauf zu hören. Wahrscheinlich hat er in jedem Haus, das er beehrt, einen anderen Namen bekommen.«

Er kam mit einer Teekanne und Tassen zum Tisch und holte auch eine Flasche Milch aus dem Kühlschrank.

»Echte Milch? Nicht das Zeug aus den Tetra Paks? Wie wunderbar.«

»Ich bekomme sie von dem Bauern weiter oben am Hang, auch einen wirklich guten Wein und Olivenöl. Er trägt sich mit dem Gedanken, Käse zu erzeugen, und darauf freue ich mich schon.«

Suzie beobachtete ihn, während er den Tee einschenkte und die Tassen verteilte. Die dunklen Ringe unter seinen Augen waren noch da, doch er wirkte recht heiter, und sie freute sich für ihn. Nach dem entsetzlichen Verlust hatte er ein wenig Zufriedenheit verdient.

»Also, Alex, zeig mir, was du da hast.«

Er zog sich einen Stuhl zu ihr heran, und zusammen blätterten sie durch die Fotos. Während sie sich darauf konzentrierten, wurde Suzie von Cat zum geeigneten Ruheplatz auserkoren. Der Kater lief über den Tisch zu ihr, sprang nach kurzem Zögern auf ihren Schoß und knetete mit den Vordertatzen ihre Oberschenkel, als wollte er sie weicher machen, bevor er sich darauf niederließ. Suzie streichelte ihn an Kopf und Rücken, worauf er laut zu schnurren anfing und sich entspannte, und sie machte es ihm nach.

Bis sie ihren Tee ausgetrunken hatte, waren Alex und Michael mit dem Durchsehen der Bilder fertig, und Suzie nahm sich vor, sie sich später auch anzusehen. Sie kannte noch kein einziges von Alex' Arbeiten und war gespannt, in welchem Stil sie malte und welche Motive sie wählte.

Michael leerte seine Tasse und stand auf. »Jetzt gehen wir ins Atelier, wenn du nichts dagegen hast. Ich möchte sehen, wie du zeichnest. Suzie, du machst es dir einfach gemütlich – es sei denn, du malst auch.«

»Das Atelier würde ich mir sehr gern anschauen, aber das Künstlerische überlasse ich euch. Es gibt nur ein Problem. Ich bin vielleicht nicht kräftig genug, um mit dem Kater auf dem Schoß aufzustehen.«

»Das haben wir gleich.« Michael ging zum Kühlschrank und kam mit einer offenen Sardinenbüchse zurück. Als wäre Magie im Spiel, erhob sich Cat auf die Füße, reckte sich und sprang überraschend leichtfüßig auf den Boden. Suzie fühlte sich um einige Kilos leichter. Als Michael den Fisch auf eine Untertasse löffelte, ließ sich der Kater vor seinem Frühstück nieder, das aller Wahrscheinlichkeit nach sein zweites oder drittes war. Cat war anscheinend ein gerissener Bursche.

Sie gingen über den Hof zu dem langen Gebäude auf der anderen Seite, und Michael schloss eine dicke hölzerne Flügeltür auf. Im Erdgeschoss lag viel Baumaterial und Werkzeug herum, außerdem standen da drei Fahrräder und zwei Paar Skier. Im oberen Stock sah es dagegen ganz anders aus. Das Atelier war ein durchgehender langer Raum mit einem Holzboden aus breiten alten Dielen, die glatt getreten waren und glänzten. Alle paar Meter spannte sich ein dicker Balken unter der Decke und trug genauso alt wirkende Schrägbalken, die wiederum das Dach trugen. Eine Reihe von Fenstern war in die schräge Decke eingelassen und sorgte für einen lichtdurchfluteten Raum.

Ringsherum standen Bocktische, mindestens drei große Staffeleien und eine niedrige Anrichte, in der Michael vermutlich seine Malutensilien aufbewahrte. Es roch nach Terpentin und Leinöl, und fast jede ebene Fläche war vollgestellt mit Töpfen, Gläsern, Vasen und sogar einem Zinkeimer, die Pinsel aller Größen und Formen enthielten. Der Giebel am anderen Ende des Ateliers war verglast, und davor stand ein altes Sofa.

Suzie ging dorthin und schaute über die Weinfelder zum See hinunter, ein herrlicher Blick. Michael gab Alex inzwischen einiges zu zeichnen auf. Als Suzie durch das Atelier schlenderte, entdeckte sie etliche Bilder, die an der Wand lehnten. Sie hielt inne und blickte über die Schulter zu dem Maler. »Michael, hast du etwas dagegen, wenn ich mir die Bilder ansehe?«

»Tu das ruhig. Aber die meisten sind alt oder nicht fertig oder beides. Wenn du Lust hast, zeige ich dir später welche, die in letzter Zeit entstanden sind. Und Frederikas Porträt liegt drüben im Haus und wartet aufs Rahmen.«

Die herumstehenden Arbeiten, alle noch auf ihrem Spannrahmen, waren sehr verschieden, manche abstrakt, andere fotografisch, und es waren auch einige Entwürfe für Porträts darunter. Ein Gemälde interessierte Suzie besonders. Sie hob es hoch und blies den Staub weg. Anscheinend hatte es schon längere Zeit niemand mehr in die Hand genommen. Sie stellte es auf einen Tisch an die Schräge gelehnt und setzte sich davor in einen abgewetzten Sessel, um es in Ruhe zu betrachten. Es konnte kein Zweifel bestehen. Obwohl nur eine grobe Skizze, stellte es eindeutig das alte Haus am See dar, das Professor Macgregor-Brown gehörte.

Als sie den Kopf zum Giebelfenster drehte und hinausschaute, hörte sie ein klagendes Miau. »Hallo, Cat. Fertig gefrühstückt?«

Zur Antwort sprang der große Kater mühelos auf die Armlehne des Sessels und von dort auf Suzies Schoß, wo er es sich bequem machte und sich zufrieden schnurrend das Fell leckte. Suzie gewöhnte sich gerade wieder an das beträchtliche Gewicht, als sie Michaels Stimme hinter sich hörte. Lächelnd blickte sie zu ihm hoch.

»Da hast du wohl einen Freund gewonnen, Suzie. Es ist sonst nicht seine Art, sich bei jemandem auf den Schoß zu legen, schon gar nicht, wenn er denjenigen erst so kurz kennt. Darauf kannst du dir was einbilden.«

»Ich habe Katzen schon immer gemocht. Vielleicht spürt er das. Wie macht sich deine Schülerin?«

»Ich habe sie um zwei Kohlezeichnungen gebeten, ein Stillleben und eine Landschaft, und habe ihr nur eine halbe Stunde Zeit gegeben. Deshalb lasse ich sie jetzt allein.« Er setzte sich auf das Sofa gegenüber, und sie deutete auf das Bild vom Haus des Professors.

»Weißt du noch, als du vorhin sagtest, wie klein die Welt doch ist? Tja, es mag dich überraschen, aber in dem Haus habe ich am Sonntag zu Mittag gegessen.«

»Also kennst du Mack?« Er klang verblüfft.

»Ich habe ihn am Samstag kennengelernt, und wir haben schnell festgestellt, dass wir ein besonderes Interesse gemeinsam haben.«

Michael grinste. »Dann brauche ich nicht lange zu raten, um was oder vielmehr um wen es sich dabei handelt. Was hast du mit Shakespeare zu tun?«

Suzie erzählte ihm von ihrer Forschung und ihrer Stelle bei der Stiftung. Er nickte beeindruckt. »Also muss es Doktor Suzie Cartwright heißen. *Complimenti*, wie man hier sagt. Demnach suchst du gerade nach einem neuen Job? Was steht an, wenn dieser Urlaub vorüber ist?«

»Nicht viel, und um ehrlich zu sein, gerate ich allmählich in Panik. Die Stiftung war eine einmalige Sache. Wir haben Handschriften restauriert, die durch Feuer, Wasser, Vandalismus oder auch im Krieg beschädigt wurden. Wie du dir denken kannst, wird es schwer sein, eine ähnliche Stelle zu finden. Der Professor meinte, ich solle mich an der Uni um einen Lehrauftrag bewerben, doch die sind auch nur schwer zu bekommen.«

Suzie zögerte. »Außerdem weiß ich nicht, ob ich gut genug bin, um zu unterrichten. Du wirst inzwischen bemerkt haben, dass ich beim kleinsten Anlass rot werde.« Wie um das zu illustrieren, stieg ihr die Röte in die Wangen.

Michael lächelte sanft. »Du würdest dich schnell an die Situation gewöhnen. Ich bin mir sicher, dass ein intelligenter Mensch wie du eine Stelle findet, und wenn nicht, kannst du dich immer noch hinsetzen und ein Standardwerk über Shakespeare schreiben. Der ist immer populär, besonders in einer Stadt wie Verona.«

»Woher kennst du Mack?«

»Ich bin ihm im Lauf der Jahre immer wieder bei verschiedenen Stiftungen über den Weg gelaufen, und irgendwann haben wir ein Haus im Zentrum von Verona gemietet, das ihm gehört, solange hier oben umgebaut und renoviert wurde. Dabei habe ich ihn recht gut kennengelernt. Er steht in dem Ruf, griesgrämig und knurrig zu sein, doch wir fanden ihn immer sehr charmant. Als wir aus seinem Stadthaus auszogen, habe ich ihm zum Abschied ein Bild geschenkt. Was du hier siehst, ist eine Skizze.«

»Eine schöne Idee. In meinen Augen ist er ein Schatz. Ich freue mich darauf, von ihm zu hören. Vielleicht sehe ich ihn auch bald. Er liest nämlich gerade meine Doktorarbeit. Ich habe schon einen Riesenbammel. Das ist, als würde Rembrandt deine Gemälde begutachten. Professor Macgregor-Brown ist eine Koryphäe in der Shakespeare-Forschung.«

»Falls du moralische Unterstützung brauchst, wenn du ihn wieder besuchst, musst du es nur sagen. Ich komme gern mit. Ich habe ihn eine ganze Weile nicht mehr gesehen. Kümmert sich Paolina noch um ihn?«

»Ja. Sie ist eine wunderbare Köchin.«

»Wenn sie das irgendwann mal nicht mehr kann, weiß ich nicht, wie er klarkommen wird. Sie ist schon viele Jahre bei ihm.«

Sie plauderten über alles Mögliche, von Kunst über Literatur bis zu den Schönheiten Veneziens, doch auf sein Privatleben kam Michael nicht zu sprechen, und sie ließ das Thema außen vor. Falls er es doch einmal aufbrachte, würde sie ihm verständnisvoll zuhören, aber das musste von ihm selbst ausgehen. Sie konnte sich gut mit ihm unterhalten und genoss seine Gesellschaft. Seinem Lächeln nach zu urteilen, beruhte das auf Gegenseitigkeit, und sie war überrascht, als er plötzlich auf die Uhr blickte und dann zu Alexandra hinübersah.

»Die Zeit ist um, Alex.« Er lächelte Suzie noch einmal zu und stand auf. »Ich muss zu ihr und sehen, was sie produziert hat. Wenn du dich hier wohlfühlst, gut. Wenn du jedoch etwas anderes tun möchtest, zum Beispiel spazieren gehen oder Tee kochen, dann lass dich nicht aufhalten.«

»Das ist eine Idee. Möchtest du auch einen Tee oder vielleicht etwas Stärkeres?«

»Eine Tasse Tee wäre großartig.« Er schmunzelte. »Malern wird ja nachgesagt, dass sie viel trinken. Ich habe vor einigen Jahren beschlossen, mich bei der Arbeit auf Tee und Kaffee zu beschränken. Sonst kann es schnell heikel werden. Wein und eine ruhige Hand gehen nicht zusammen.«

Nachdem sie den Kater überzeugt hatte, ihren Schoß gegen das warme Polster des Sessels einzutauschen, ließ Suzie den Maler und seine Schülerin allein und lief die Treppe hinunter. Die Tür zu seinem Haus war unverschlossen. Wie sorglos er war! Allerdings, so dachte sie beim Füllen des Wasserkochers, stand es weit ab von den belebten Straßen, sodass Gelegenheitsdiebe wahrscheinlich nicht daran vorbeikamen.

Während das Wasser heiß wurde, wanderte sie durch den Raum und blieb stehen, um die ausgestellten Bilder zu betrachten. Darunter war ein ganz besonderes.

Es stellte eine schöne dunkelhaarige Frau dar. Sie saß nackt auf dem Boden, die Arme um die Knie gelegt, die Augen auf den Betrachter gerichtet, und ihr Gesicht strahlte solche Freude und Liebe aus, dass Suzie tief berührt war. Für sie bestand kein Zweifel: Das musste Michaels Frau sein. Suzie stiegen Tränen in die Augen, während sie davorstand und die Grausamkeit des Schicksalsschlages auf sich wirken ließ.

Nach einer ganzen Weile raffte sie sich auf und erhitzte das Wasser, das nur noch lauwarm war, von Neuem, um endlich den Tee aufzugießen. Während sie drei Tassen auf ein Tablett stellte und über den Hof trug, setzte sich ein Gedanke in ihrem Kopf fest. Egal, wie sehr sie sich zu Michael hingezogen fühlte – und sie musste sich eingestehen, dass es so war –, es würde noch lange dauern, bis er nach solch einer Katastrophe auch nur daran denken konnte, eine neue Beziehung einzugehen.

Im Grunde befand sie sich in einer ähnlich frustrierenden Lage wie Alex. Welche Ironie! Ihre Freundin plagte die Erinnerung an James als den Freund ihrer Kindheit, und Michael ließ die Erinnerung an die Liebe seines Lebens nicht los. Dadurch würde wohl weder Alex noch sie selbst in absehbarer Zeit zu einer Liebesbeziehung finden. Auf der Treppe zum Atelier rief Suzie sich seufzend ins Gedächtnis, dass sie an einer Beziehung sowieso nicht interessiert war.

Nach dem Tee verbrachte sie eine herrliche Stunde damit, in der warmen Sonne durch die Weinfelder zu spazieren. Einmal blieb sie stehen und plauderte mit einer alten Frau, die dort arbeitete. Sobald sie erwähnte, dass sie mit Michael befreundet war, wurde die Frau gesprächig. Sie erzählte ihr lauter interessante Details über die Weinerzeugung in Bardolino und bestand darauf, mit ihr in die nahen Weinkeller zu gehen, damit sie vom Wein des vergangenen Jahres kostete.

Auf dem Weg dorthin wies sie auf die Weinstöcke, an denen reife, verlockende Trauben hingen, und Suzie erfuhr, dass die diesjährige Beerenlese, die *vendemmia*, in einer Woche beginnen würde.

Im Weinkeller kostete sie nicht nur rote, sondern auch weiße Weine und Rosés, und sie musste energisch Nein sagen, als die Frau ihr jedes Mal das Glas bis zum Rand füllen wollte. Von dem Brauch, den Wein zu kosten und auszuspucken, wollte die Frau nichts hören. Wein sei dazu da, um getrunken zu werden, und damit basta. So kam es, dass sich Suzie bei ihrer

Rückkehr ins Atelier glücklich auf dem Sofa niederließ und in Gesellschaft des Katers eindöste, während Michael und Alex in ein Gespräch vertieft waren.

Die beiden machten sehr spät Mittagspause. Als es Suzie gelang, ihren Arm unter dem schlafenden Kater hervorzuziehen und auf die Uhr zu sehen, war es kurz vor drei. Aus dem Augenwinkel sah sie Michael neben dem Sofa stehen und blickte lächelnd zu ihm hoch.

»Entschuldige, ich muss wohl eingeschlafen sein. Die frische Luft und der Spaziergang haben mich müde gemacht.«

Er erwiderte ihr Lächeln. »Ich habe so ein Gefühl, dass du unterwegs Giuseppina oder ihrem Mann begegnet bist. Hab ich recht? Du hast da einen Fleck, der verdächtig nach Rotwein aussieht.« Sein Ton war sanft tadelnd, und er grinste zu ihr herunter, als sie ihn schläfrig blinzelnd ansah. »Ihr Wein ist gut, nicht wahr?«

Suzie schaute an sich herunter und entdeckte den verräterischen Fleck auf ihrer Brust, und natürlich wurde sie deswegen rot. Dennoch gelang ihr ein kleines Lächeln, und sie schob den schläfrigen Kater vom Schoß, um aufzustehen. »Viel zu gut, fürchte ich, und ich kann so schlecht widerstehen. Jetzt ist mir klar, warum du während der Arbeit ausschließlich Tee und Kaffee trinkst. Ich wollte eben nur noch schlafen. Also, wie ist es gelaufen? Wie schätzt du Alex' Begabung ein?«

»Ich habe ihr gerade gesagt, wie vielversprechend ich ihre Zeichnungen finde. Da musst du bitte in dieselbe Kerbe schlagen. Sie hat mich verdächtigt, ich würde sie nur aus Gefälligkeit loben, aber das stimmt nicht, Ehrenwort. Komm und sieh dir an, was sie produziert hat. Ich finde, sie hat großes Talent.« Er drehte den Kopf zu Alexandra. »Du musst mir glauben, Alex: Du bist gut.«

Sie gingen zu ihr, und Suzie betrachtete die beiden Kohlezeichnungen und ein Gemälde. Michael hatte recht: Alexandra war gut.

»Wow, Alex, die sind großartig! Wirklich. Ohne Quatsch. Das Stillleben gefällt mir ganz besonders. Die Krümmung des Glases und die Kräuselung auf der Wasseroberfläche hast du genau getroffen. Erstaunlich.« Sie sah Michael an. »Also, Maestro, was rätst du ihr? Sollte sie sich bei dem Malkurs anmelden?«

»Gar keine Frage. Ich habe sie schon überreden wollen, sich für ein ganzes Jahr einzuschreiben und den Diplomkurs zu absolvieren. Gut genug ist sie, und sie würde sich künstlerisch entwickeln. Ich schätze, ich kann die entscheidenden Leute in der Akademie überzeugen, sie aufzunehmen, selbst wenn kein Platz mehr frei sein sollte. Und sie braucht sich wegen des Italienischen keine Gedanken zu machen, dort werden alle möglichen Sprachen gesprochen.«

»Das klingt doch gut.« Suzie sah Alex an. »Wirst du es tun?«

»Nur zu gern, das weißt du. Doch da gibt es ein klitzekleines Problem: meinen Vater. Wenn er schon nicht bereit war, mich in England auf die Kunsthochschule gehen zu lassen, wird er mir erst recht nicht erlauben, das in Europa zu tun.«

»Aber solltest du das nicht selbst entscheiden, Alex?« Michael klang genauso verwirrt wie Suzie, bevor sie Genaueres über die befremdliche Familiendynamik der Tedburns erfahren hatte. »Soll ich vielleicht mit ihm darüber reden? Ihm sagen, wie viel Talent du hast?«

Alex ließ den Kopf hängen, und Suzie rüttelte sie aufmunternd am Arm.

»Michael hat recht. Wenn du so viel Talent hast, musst du etwas daraus machen. Sprich mit deinem Vater. Vielleicht kommt er zur Vernunft. Und ich wäre auch bereit, mit ihm zu reden, wenn das hilft.«

»Tut es bestimmt nicht, doch danke für das Angebot. Ihr kennt ihn nicht so wie ich. Wenn er sich eine Meinung gebildet hat, rückt er nicht mehr davon ab – wie zum Beispiel von der Ansicht, dass ich faul und nutzlos bin. Er wird mich immer so sehen.« Sie blickte zu Michael hoch. »Vielen, vielen Dank, dass du dir so viel Mühe gegeben hast, aber ich fürchte, das war Zeitverschwendung. Er wird niemals Ja sagen.«

12

Am späten Nachmittag fuhren sie nach Verona zurück. Als Michael sie vor dem Hotel absetzte, wollte Alex ihn zum Dank zu einem feudalen Essen einladen und tat alles, um ihn dazu zu bewegen, doch er entschuldigte sich, weil er eine wichtige Verabredung einzuhalten hatte. Als sie seinem Wagen nachsahen, verspürte Suzie ein intensives Verlustgefühl.

»Ein wirklich netter Mann«, murmelte sie.

»Allerdings. Ich muss sagen, bei Männern hast du einen guten Geschmack, Suzie. Einen untadeligen sogar.«

»Der mir aber absolut nichts nützt.«

Sie gingen ins Hotel und fuhren mit dem Aufzug nach oben. Vor ihren Zimmern angekommen, verkündete Alex, sich eine Weile hinlegen und nachdenken zu wollen. Suzie hatte ihr Nickerchen bereits gemacht, und daher beschloss sie, ihre E-Mails abzurufen und dann einen Stadtbummel zu unternehmen.

Die E-Mails waren enttäuschend. Vor ein paar Wochen hatte sie sich um einen interessanten Job beim Archiv des Britischen Museums beworben und las jetzt betrübt, wenn auch nicht überrascht, dass die Stelle ein anderer Bewerber bekommen hatte. Sie wusste genau, wie solche Dinge liefen, und fragte sich, ob man sich schon vor der Ausschreibung für den Kandidaten entschieden hatte. Doch solche Gedanken brachten nichts. Seufzend löschte sie die E-Mail und verließ ihr Zimmer.

Sie schlenderte durch die Straßen und hoffte, die Schönheit der alten Fassaden würden sie die Enttäuschung vergessen lassen. Sie schlug den Weg zur alten Burganlage ein und gelangte zu der Brücke, die geradewegs darauf zuführte. Sie war nur für Fußgänger bestimmt, und ein dichter Strom von Menschen aus aller Welt bewegte sich hinüber. Die Balustrade war zu beiden Seiten mit den breiten Zinnen bewehrt, wie man sie in diesem Teil Italiens bei vielen Festungen fand.

In der Mitte machte Suzie halt, um auf die Etsch zu schauen, deren Wasser milchig braun war, und fragte sich, ob die Burg einmal ernsthaft hatte verteidigt werden müssen. Ihr fiel ein, dass im Ersten Weltkrieg ein Stück weiter im Nordosten heftige Kämpfe stattgefunden hatten, und dann, dass gegen Ende des Zweiten Weltkriegs die Deutschen auf dem Rückzug alle Veroneser Brücken gesprengt hatten. Später hatte man sie allesamt originalgetreu wiederaufgebaut. Den Touristen mochte sie wie ein friedliches Ausflugsziel erscheinen, aber die Burg hatte mehr Kriege gesehen als die meisten anderen.

Als Suzie die Ellbogen zwischen zwei Zinnen aufstützte, klingelte ihr Handy. Sie nahm den Anruf an und hörte eine vertraute Stimme.

»Hi, Suzie. Hier ist Tommy. Ich rufe aus den Staaten an. Hoffentlich hast du nichts dagegen. Rafe hat mir deine Nummer gegeben.«

»Hallo, Tommy. Schön, dass du dich meldest.« Und das meinte sie ehrlich. »Wie ist es in Kalifornien?«

Ein paar Minuten lang unterhielten sie sich, und sie war gespannt, ob er aus einem besonderen Grund anrief. Den erfuhr sie ganz zum Schluss.

»Ähm, Suzie, ich wollte dir bloß sagen, dass ich viel an dich denke. Sehr viel.«

Einerseits überraschte sie das nicht, andererseits hingegen schon. Sie hatte inzwischen von Alex erfahren, dass er ebenfalls zu einer sehr reichen Adelsfamilie gehörte und in einem

Schloss lebte. Und zu allem Überfluss sah er auch noch aus wie ein Filmstar. Welches Interesse konnte er an ihr haben? »Dann hoffe ich, dir fallen dabei nur nette Dinge ein.«

»Ja. Und ich wollte dir noch mal sagen, wie leid es mir tut, wie ich mich in London benommen habe. Ich bin eigentlich gar nicht so schlimm. Bitte verurteile mich nicht.«

»Aber natürlich nicht, Tommy.«

»Hättest du etwas dagegen, wenn wir uns gelegentlich mal wiedersehen?« Er klang bemerkenswert bescheiden. Schwer zu glauben, dass sie den großen, attraktiven, reichen Tommy am Apparat hatte. »Wenn ich demnächst mit James nach Italien komme, wäre es okay, wenn ich dich dann um ein Wiedersehen bitten würde?«

»Natürlich wäre das okay, Tommy. Ich würde mich freuen.«

»Das ist großartig.« Er war hörbar erleichtert.

Als sie ihr Handy schließlich wieder einsteckte, ging ihr durch den Kopf, was er gesagt hatte. Konnte es sein, dass er mit ihr eine Beziehung anfangen wollte? Und wenn ja, wie stand sie dazu?

Während sie in sich ging, drehte sie eine Runde unten am Fluss entlang, wo Enten am Ufer schwammen. Hügel mit Zypressen ragten über ihr auf, und auf der anderen Seite waren die schönen Bauten der Altstadt zu sehen. Das war ein sehr romantischer Blick, und Suzie spürte deutlich, wie leicht es wäre, sich davon mitreißen zu lassen. Doch je mehr sie darüber nachdachte, desto klarer wurde ihr, dass sie im Moment nur an einem Mann romantisches Interesse hatte, und das war ein Maler, den sie kaum kannte und der von tiefer Trauer erfüllt war. So schön es war, dass Tommy ihr seine Zuneigung gestand, sie selbst fühlte sich zu Michael hingezogen, auch wenn das hoffnungslos war.

In einem Café an einem hübschen Platz mit Kopfsteinpflaster trank sie einen Espresso, doch das munterte sie nicht auf. Die Schönheit der alten Fassaden, an denen sich rote Ziegelreihen mit cremefarbenen abwechselten und ein Streifenmuster ergaben, nahm sie gar nicht wahr, und als sie zum Hotel zurückkehrte, fühlte sie sich ziemlich niedergeschlagen.

Inzwischen war es fast sieben, und sie hatte Hunger. Am Nachmittag hatte Michael ihnen Brot, Käse und große, selbst gezogene Tomaten angeboten und sich entschuldigt, weil er sie eigentlich in die nahe Trattoria hatte einladen wollen. Er und Alex hätten aber nicht gemerkt, wie schnell die Zeit verging. Zusammen mit einem Glas Rotwein war das ein leckeres Essen gewesen. Doch jetzt brauchte Suzie etwas Handfestes.

Sie holte Alex ab, und sie wanderten durch die Straßen, bis sie in einer Gasse am Fluss von den Gerüchen aus einer familiär wirkenden Pizzeria angelockt wurden. Beim Essen unterhielten sie sich.

»Findest du Michaels Bilder auch so toll?« Alex blickte von ihren Meeresfrüchten auf. »Wenn ich irgendwann mal halb so gut male wie er, wäre ich froh.«

Am Nachmittag nach dem kalten Mittagessen hatte er ihnen einige seiner Werke gezeigt, darunter auch das Porträt von Frederika, die Österreicherin war, wie sie nun wussten. Es war sensationell, und der Reichtum an Details, die Lichtreflexe an den Diamantohrringen und die Zartheit ihres Lächelns waren eine Glanzleistung. Die künstlerische Qualität erkannte man sofort, und Suzie hatte sich an große Maler der Vergangenheit erinnert gefühlt. Vielleicht, so dachte sie im Stillen, war ihr Vergleich mit Rembrandt gar nicht so weit hergeholt gewesen. Danach hatte er ihnen andere Gemälde gezeigt, aber die Ecke des Wohnzimmers, wo die Gemälde von seiner Frau hingen, hatte er gemieden.

Suzie glaubte an Alex und ihr Talent. »Ich meine wirklich,

du solltest den Kunstkurs an der Akademie belegen. Überlege nur mal, wie viel du dort lernen könntest und wie gut dir das tun würde.«

Alex nickte missmutig. »Ich weiß. Ich denke an nichts anderes mehr. Doch ich weiß auch, was mein Vater dazu sagen wird, nämlich: Welchen Nutzen hat das?«

Sie unterbrachen ihr Gespräch, weil der Kellner zwei riesige Pizzen brachte und die Vorspeisenteller abräumte. Nachdem er gegangen war, wollte Suzie den Faden wieder aufnehmen und schaute Alex an. Ihr resignierter Tonfall hatte sie berührt.

»Darf ich dich etwas fragen? Etwas Persönliches? Wenn du darauf nicht antworten möchtest, ist das völlig in Ordnung, aber ich muss dir die Frage stellen.«

»Nur zu.« Alex klang neugierig.

»Ich nehme an, du tust letzten Endes immer, was dein Vater verlangt, weil er dir sonst den Geldhahn zudreht. Stimmt das, oder steckt noch mehr dahinter?«

Alex ließ sich Zeit, bevor sie antwortete. »Natürlich ist mir das Geld wichtig. Es wäre gelogen, wenn ich das Gegenteil behaupten würde. Doch du vermutest richtig: Es hat noch einen anderen Grund.« Sie trank einen Schluck Mineralwasser. »Es hat mit meiner Mutter zu tun. Als sie in dem Hospiz im Sterben lag, musste ich ihr versprechen, immer auf meinen Vater zu hören. Weil er wüsste, was für mich das Beste ist, sagte sie. Ein paar Tage später starb sie.

Das war eine schreckliche Zeit für mich. Ich war gerade mal dreizehn Jahre alt, und meine Mum war mir der liebste Mensch auf der Welt gewesen. Ich fühlte mich total verloren. Natürlich hatte ich noch meinen Bruder, aber der ging zu der Zeit schon ins Internat und war die meiste Zeit nicht zu Hause. Ich war ganz allein mit meinem Vater, und er ist kein Mann, der sich anmerken lässt, was in ihm vorgeht, oder gar Zuneigung zeigt.«

Alex schüttelte leicht den Kopf. »Ich werde nie vergessen, wie er mich vor Mutters Beerdigung beiseitenahm und mir einschärfte, dass es meine Pflicht sei – er sprach tatsächlich von ›Pflicht‹ –, in der Kirche nicht zu weinen. Wir seien Tedburns, und so etwas täten wir nicht.« Sie holte ein paar Mal tief Luft. »Tja, ich habe mir während des Gottesdienstes die Augen ausgeweint. Ich weiß nicht, ob er mir das je verziehen hat. Danach hat er mich aufs Internat geschickt, und unsere Beziehung, wenn man überhaupt von einer sprechen kann, ist seitdem distanziert.«

Suzie nickte nachdenklich. »Also akzeptierst du, dass er nach wie vor über dein Leben bestimmt, weil du es damals deiner Mutter versprochen hast?« Sie blickte auf. »Das ist über zehn Jahre her, Alex.«

»Ich weiß. Aber versprochen ist versprochen, oder?«

Suzie aß weiter ihre Pizza und betrachtete das Problem von allen Seiten. Im Grunde war sie sich sicher, dass es das Beste für Alex wäre, Kunst zu studieren, und sie spürte ihr Schwanken. Nach einer Weile unternahm sie einen zweiten Versuch.

»Deine Mutter hat doch sicher nur gemeint, dass du deinem Vater gehorchen sollst, bis du erwachsen bist. Und das bist du jetzt. Sie würde ganz bestimmt wollen, dass du das tust, was dich glücklich macht.«

Alex nickte vage, schwieg jedoch dazu.

»Dein Vater kann eigentlich auch nur dein Bestes wollen. Und er wird sich ebenfalls wünschen, dass du glücklich wirst. Meinst du nicht?«

»Das nehme ich an. Aber leider ist er überzeugt, dass ich zum Glücklichsein nichts weiter brauche als einen Haufen Geld und einen Mann, den er ausgesucht hat.«

»Hast du mal versucht, mit ihm darüber zu reden?«

»Ob ich das versucht habe?« Alex schnaubte. »Immer wieder, und es kommt jedes Mal dasselbe dabei heraus. Er weiß es am besten und will sich meine Sicht der Dinge gar nicht erst anhören. Daher habe ich mich nach und nach zu dem entwickelt, was er in mir sieht – das verwöhnte reiche Mädchen.« Sie lächelte ironisch. »Ein hartes Leben, hm? Keine sinnvolle Beschäftigung und alles Geld der Welt.«

Suzie lehnte sich zurück und trank einen Schluck Wasser. Nachdem sie tagsüber recht viel Wein getrunken hatte, wollte sie am Abend auf Alkohol lieber verzichten. »Liebt er dich?«

Alex blickte abrupt auf. »Natürlich. Er ist mein *Vater*.«

»Und du liebst ihn?« Suzie wartete nicht auf eine Antwort. »Wenn das so ist, müsst ihr euch beide zusammensetzen und mal ernsthaft miteinander reden. Vielleicht besser nicht in seinem strengen Arbeitszimmer, sondern auf neutralem Boden.« Ihr kam eine Idee. »Ich sag dir was: Lade ihn doch für ein, zwei Tage hierher ein. Wie wäre das? Wann hat er das letzte Mal Urlaub gemacht?«

»Er Urlaub? Noch nie. Das Anwesen ist sein Leben, sagt er.«

»Aber er könnte verreisen?«

»Bestimmt. Schließlich hat er Rafe, der alles im Auge behält.«

»Na, worauf wartest du dann noch? Ruf deinen Vater an, und hör mal, was er davon hält. Doch sag noch nichts von dem Kunstkurs. Du kannst den richtigen Moment abpassen, wenn er hier ist.«

Das lange Telefonat zwischen Alex und ihrem Vater brachte für beide eine Überraschung. Nachdem Alexandra ihm eine Weile um den Bart gegangen war, erklärte er sich bereit, am Freitag nach Verona zu fliegen und bis Sonntag zu bleiben. Alex war verblüfft.

»Er wird zum ersten Mal seit einer Ewigkeit das Land verlassen. Genau genommen ist er seit Ewigkeiten nicht mal mehr aus Devon rausgekommen. Ich habe ehrlich nicht geglaubt, dass er einwilligt.«

»Das kann nur ein gutes Zeichen sein. Jetzt musst du dir nur noch darüber klar werden, was du zu James sagen willst, und du bist deine Sorgen los.«

»Oh Mann, das hätte ich fast vergessen. Eins steht fest: Dass ich James nicht heiraten kann, werde ich meinem Vater erst beibringen, wenn er mir erlaubt hat, hierzubleiben und an dem Kunstkurs teilzunehmen.«

»Und vielleicht ist es eine gute Idee, das James schon mal klarzumachen, bevor du deinen Vater einweihst.« Suzie lächelte sie an. »Wie es aussieht, hast du in den nächsten ein, zwei Wochen einiges vor dir.«

»Das kannst du laut sagen.« Alex warf ihr einen verzweifelten Blick zu und schmunzelte dann. »Und das ist nur deine Schuld. Wenn du den Aufpasserjob nicht angenommen und deinen Michael nicht kennengelernt hättest, dann würde ich jetzt zu Hause sitzen und völlig sorgenfrei in den Wildpark gucken.«

»Völlig sorgenfrei? Wirklich?«

»Solange ich an meine Zukunft oder meine Ambitionen keinen Gedanken verschwende …« Alex lächelte gequält.

»Und wo wärst du jetzt am liebsten?«

»Keine Frage – hier.«

Alex schrieb an Michael, was sie sich vorgenommen hatte, und er antwortete, dass er so oder so mit dem Leiter der Akademie über sie sprechen werde. Dadurch wüsste sie, schon bevor ihr Vater nach Verona käme, ob sie einen Platz bekommen würde.

Während der nächsten Tage wollten sie die Stadt ausgiebig

besichtigen und fingen mit der Arena an. Die hatte in ihrer Glanzzeit dreißigtausend Zuschauern Platz geboten, die aus dem ganzen Römischen Reich gekommen waren, um sich sportliche Wettkämpfe, Spiele und blutige Gemetzel anzusehen.

Der Platz in der Mitte war nun mit bequemen Sitzplätzen und einer Bühne ausgestattet, die billigeren Plätze befanden sich dagegen ringsherum auf den Steinstufen. Leider wurden sie informiert, dass die Sommersaison mit ihrem Opern- und Konzertprogramm – dort traten weltberühmte Künstler auf – in der vorigen Woche zu Ende gegangen war. Also würden sie die sagenhafte Akustik, die das Freilichttheater zu einem bedeutenden musikalischen Aufführungsort machte, nicht erleben können.

Mittlerweile war es Ende September, und Suzie fragte sich, wie lange das schöne Wetter noch anhalten würde. Früher oder später musste es herbstlich werden. Die Winter waren hier in den Bergen sicherlich streng. Bei dem Gedanken kam ihr die Frage, wo sie dann wohl sein würde und was sie von Mitte Oktober an, wenn ihr Vertrag mit Lord Tedburn auslief, arbeiten würde. Bis dahin waren es nur noch zwei Wochen.

Jeden Abend hatte sie das Internet fieberhaft nach passenden Stellenangeboten durchforstet, aber ohne großen Erfolg. Um dem Rat Professor Macgregor-Browns zu folgen, hatte sie sich bei einer Handvoll Universitäten beworben, jedoch mit wenig Hoffnung, nicht zuletzt weil die Vorlesungszeit in Kürze beginnen würde und die vakanten Stellen längst wieder besetzt sein dürften.

Am Donnerstagnachmittag erhielt sie allerdings eine sehr willkommene Textnachricht ganz anderer Art.

Hallo, Suzie. Ich höre von Alex, dass ihr Vater sie morgen besuchen kommt. Ich nehme an, das heißt, dass du dann einen freien Abend hast. Ich habe Eintrittskarten für ein besonderes Konzert. Wärst du interessiert? Michael

Suzie war ganz aufgeregt und lief auf die Terrasse, wo Alex sich gerade die Nägel feilte. Sie hielt ihr das Display vor die Nase und wartete, bis die Freundin die Nachricht gelesen hatte.

»Wie findest du das?«

Alex strahlte. »Willst du es wirklich wissen? Ich finde, du solltest zusagen und dich richtig schön machen. Und es kann auch nicht schaden, wenn wir dir vorher etwas zum Anziehen kaufen. Schließlich ist es ein besonderes Konzert, zu dem er dich einlädt, nicht wahr? Das bedeutet fast immer schicke Outfits.« Auf einmal war sie in allerbester Laune. »Ich werde mir auch etwas kaufen. Und am besten etwas Konservatives, meinem Vater zuliebe.«

Suzie schüttelte verunsichert den Kopf. »Ich weiß nicht. Es soll schließlich nicht so aussehen, als würde ich mich ihm an den Hals werfen.«

»Doch mal angenommen, du hättest den Hauch einer Chance, möchtest du nicht genau das tun?« Da schwang ein kleiner Triumph in Alex' Stimme mit.

»Na ja, schon, aber …«

»Kein Aber. Diesmal werde ich dich beraten, nicht umgekehrt. Du wirst Michael vor Augen führen, was er sich entgehen lässt.«

13

Suzie hatte sich mit Michael um sechs Uhr vor dem Hotel verabredet, und sie wurde immer nervöser. Da Lord Tedburn in ein, zwei Stunden eintreffen würde, ging es Alex kaum anders. Sie saßen voll Unbehagen auf der Terrasse und sahen gedankenverloren zu, wie die Sonne zu den Hügelkuppen sank.

Suzie machte noch etwas anderes Sorgen. Sie trug jetzt das furchtbar teure Kleid, das Alex für sie mit ihrer Kreditkarte bezahlt hatte, und hatte Angst, es zu zerknittern oder gar zu ruinieren. Außerdem fürchtete sie, es könnte zu aufreizend sein. Sie hatte noch nie ein Kleid mit so einem großen Ausschnitt besessen.

Alex und die Verkäuferin hatten über ihre Befürchtung gelacht und ihr versichert, dass sie darin keineswegs unschicklich aussah, aber sie schaute immer wieder mit Schrecken an sich hinunter, um zu prüfen, ob es wirklich alles bedeckte, was es bedecken sollte.

Und zu allem Überfluss brannten ihr die Augen von den Kontaktlinsen, die sie ebenfalls trug, weil Alex darauf bestand. Doch sie hatte schon den stillen Entschluss gefasst, nach dem Konzertabend wieder zu der Brille zurückzukehren.

Als die Glocken von mindestens drei Kirchen endlich sechs schlugen, stand Suzie auf, strich sich das Kleid glatt und ging zu Alex, um sie zu umarmen. »Viel Glück mit deinem Vater! Vielleicht wäre es ganz gut, sich anfangs über Belanglosigkeiten zu unterhalten und ihn erst mal ankommen zu lassen. Eine Flasche Wein könnte in der Situation auch hilfreich sein.«

»Dir auch viel Glück, Suzie! Du siehst hinreißend aus. Wahrscheinlich wirst du ihn ständig von dir wegschieben müssen.« Sie kicherte. »Das heißt, falls du dich überhaupt wehren willst.«

Als Suzie ins Foyer kam, wurde ihr das ungewohnte Vergnügen beschert, einen Mann bei ihrem Anblick staunen zu sehen. Michael stand an der Rezeption bei den Broschüren, wo sie den Flyer der Kunstakademie entdeckt hatte, und als er sich zu ihr umdrehte, riss er bewundernd die Augen auf. Sein Gesichtsausdruck war unmissverständlich.

»Guten Abend, Suzie. Wow, du siehst fantastisch aus!« Er klang vollkommen aufrichtig, und – wie hätte es anders sein können? – sie errötete.

»Hallo, Michael. Danke für das Kompliment. Du siehst auch sehr gut aus.«

Und das stimmte. Es war ein warmer Abend, und er trug ein schlichtes weißes Baumwollshirt und einen hellblauen Pullover über den Schultern. Als sie ihm die Hand gab, fiel ihr auf, dass er dieselbe Farbe hatte wie seine Augen. Dabei schoss ihr die Frage durch den Kopf, ob er ihn selbst gekauft hatte oder ob der Pulli das Geschenk einer Bewunderin war. Seiner Frau? Ihr blieb keine Zeit für weitere Überlegung, denn er schaute sie verwirrt an.

»Ist etwas nicht in Ordnung, Michael? Du wirkst gerade ein bisschen irritiert.«

Sein Gesicht hellte sich auf, als ihm die Erkenntnis kam. »Die Brille. Natürlich. Du trägst deine Brille nicht. Und mit den hochgesteckten Haaren siehst du aus wie ein Filmstar.«

»Hör damit auf, sonst werde ich den ganzen Abend rot. Die Kontaktlinsen trage ich nur, weil Alex mich dazu gedrängt hat, doch mir brennen davon die Augen. Also wirst du mich beim nächsten Mal wieder mit Brille erleben. Du hattest geschrieben, dass wir zu einem besonderen Konzert gehen, deshalb ist Alex heute Nachmittag mit mir zum Friseur gegangen und hat sich mit der Friseurin gegen mich verbündet. Die beiden fanden, eine Hochfrisur sei ein Muss.« Sie sah an sich hinunter und musterte ihren Ausschnitt. »Und anschließend hat Alexandra mir das Kleid ausgesucht.«

Als sie wieder aufsah, stellte sie fest, dass er ihrem Blick gefolgt war. Ihrer Verlegenheit half das wenig. Und seine nächste Bemerkung noch weniger.

»Das ist ein Missverständnis, fürchte ich. Ehrlich gesagt hätte ich deutlicher werden müssen. Es ist ein besonderes Konzert, weil es von den Kindern einer Sonderschule aufgeführt wird. Ich gehöre zum Kuratorium der Einrichtung. Wir werden auf harten Stühlen in der Turnhalle sitzen. Tut mir leid, dass ich das vorher nicht genauer erklärt habe.«

Na großartig, dachte Suzie. Jetzt würde sie albern wirken, weil sie unter lauter Eltern und Lehrern so aufgedonnert war. Es wurde immer peinlicher.

Sie gingen in den lauen Abend hinaus, und sie atmete ein paar Mal tief durch. Hoch über ihnen hörte sie die Schwalben zwitschern, die unter dem nun rötlichen Himmel hin und her sausten. Auf der Straße wurden die Schatten länger, und als sie losgingen, war sie froh, dass sie sich erfolgreich gegen Alex' Drängen gewehrt hatte, zu dem Kleid hohe Absätze zu tragen, und nicht nur, weil sie eine Turnhalle mit empfindlichem Holzboden betreten würde. Denn wie sie schon festgestellt hatte, bestand das Pflaster in Verona aus unebenen Steinplatten oder, schlimmer, aus Kopfsteinen, und sie hatte keine Lust, zu stürzen und sich zu verletzen.

Die Schule lag keine zehn Minuten vom Hotel entfernt, und Suzie genoss den Spaziergang, zumal sie dadurch noch Gelegenheit hatte, ihre Verlegenheit zu überwinden. Michael wechselte ab und zu ein paar Worte mit ihr. Insbesondere bat er sie, Alex auszurichten, dass sie sehr wahrscheinlich einen Platz in dem Kunstkurs bekommen werde, falls sie sich entschied, daran teilzunehmen. Aber die meiste Zeit gingen sie schweigend nebeneinander her. Allerdings war das kein unbeholfenes Schweigen. Tatsächlich war Suzie überrascht, wie wohl sie sich in Michaels Gegenwart fühlte, auch wenn sie nicht hätte sagen können, was er über sie dachte.

Die Schule befand sich in einem charmanten Renaissancebau. Hier wurden lernbehinderte Kinder unterrichtet. Suzie stellte beeindruckt fest, dass die Kinder auch die organisatorischen Aufgaben übernommen hatten. Sie kontrollierten zum Beispiel die Eintrittskarten und führten die Besucher zur richtigen Sitzreihe.

Wie Michael gesagt hatte, fand das Konzert in der Turnhalle zwischen Sprossenwänden und Basketballkörben statt. An einer Seite hatte man eine Bühne aufgebaut, auf der die Musikinstrumente bereitstanden, vom großen Flügel bis zu einer Reihe Trommeln.

Ein kleines Mädchen mit entzückendem Lächeln drückte ihr einen Plastikbecher mit Orangensaft in die Hand. Suzie war überzeugt, noch alberner zu wirken, wenn sie, herausgeputzt wie eine Hollywood-Diva, Saft aus einem Kinderbecher trank. Ihr kam auch gleich der erschreckende Gedanke, sie könnte sich das Kleid damit bekleckern, und darum hielt sie den Becher sehr achtsam und weit von sich.

Während sie durch die Stuhlreihen zu ihren Plätzen gingen, blieb Michael ab und zu stehen, um Bekannte zu grüßen. Suzie fing die neugierigen Blicke einiger Damen auf – und von ein paar Männern Blicke anderer Art. Vermutlich wunderten sie sich, wer sie wohl war. In anderen Jahren dürfte ihn seine Frau begleitet haben, und so las sie in manchen Gesichtern auch Mitgefühl für Michael. Sie lächelte höflich und versuchte, an nichts anderes zu denken als an das Konzert.

Sie setzten sich auf ihre Plätze und wechselten sporadisch ein paar Worte, während sie darauf warteten, dass es anfing. Suzie spürte bei Michael eine gewisse Anspannung. Vielleicht dachte er ebenfalls an seine Frau. Er erwähnte, dass er sich seit einigen Jahren für die Einrichtung engagierte, ging aber nicht ins Detail. Das hatte seiner Frau sicher viel bedeutet, schließlich war sie Lehrerin gewesen. Suzie fragte nicht nach, da sie sein Zögern spürte. Danach sprachen sie nur noch über allgemeine Dinge, und Suzie war erleichtert, als das Licht gedimmt wurde und das Konzert begann.

Inzwischen hatte sie den Orangensaft ausgetrunken und stellte den leeren Becher unter ihren Stuhl, froh, weil damit keine Katastrophe passiert war.

Das Orchester war bemerkenswert gut. Besonders die Violinistin und der Pianist, der sie begleitete, spielten sehr schön. Auch der Chor sang ausgezeichnet. Obwohl die Schüler alle um die dreizehn Jahre alt waren, erfüllten sie hohe Ansprüche. Nach dem Konzert gab es stehende Ovationen, denen sich Suzie anschloss.

Es wurde wieder hell in der Turnhalle, und es kam ihr sehr entgegen, als Michael zielstrebig mit ihr hinausging, ohne bei jemandem stehen zu bleiben. Als sie in die Dämmerung traten und er ihren Arm losließ, hätte sie fast nach seiner Hand gegriffen, denn sie spürte, dass er mit einem inneren Konflikt rang. Stattdessen versuchte sie, eine beiläufige Unterhaltung anzufangen, und machte einen Vorschlag.

»Alex und ich haben gestern ziemlich gut an der Piazza Bra gegessen. Wie wär's, wenn ich dich einlade? Ich würde mich gern für das Konzert und das Mittagessen in deinem Haus revanchieren.«

Er zögerte kurz mit der Antwort. In der Abenddämmerung war sein Gesicht nicht gut zu erkennen, sie spürte jedoch, dass er sorgfältig abwog, was er tun sollte. Schließlich kam er zu einer Entscheidung.

»Kommt nicht infrage. Du bist heute Abend mein Gast, und das Essen geht auf mich. Ich habe bereits einen Tisch in einem Restaurant reserviert, das ich kenne. Das ist nicht besonders chic, aber das Essen ist wirklich gut.« Sein Ton wurde wärmer. »Wenn ich geahnt hätte, dass ich heute mit einem Filmstar ausgehe, hätte ich natürlich ein eleganteres Lokal ausgesucht.« Jetzt hörte sie ihm an, dass er lächelte. »Wenn es dir nichts ausmacht, in einer schlichten Umgebung zu essen … es sind nur zehn Minuten zu Fuß bis dorthin.«

»Ich bin mit allem einverstanden, obwohl ich immer noch meine, dass ich dir einen ausgeben sollte.«

Doch davon wollte er nichts hören. Er führte sie durch die belebte Fußgängerzone. Auch Ende September blühte in Verona das Touristengeschäft, und sie sahen viele entspannte, gut gelaunte Gesichter. Suzie hoffte, dass Michael sich davon anstecken ließ. Sie selbst war in der schönen alten Stadt und mit dem gut aussehenden, großzügigen Mann an ihrer Seite wunschlos glücklich. Über ihnen kreisten nicht mehr die Schwalben, sondern die Fledermäuse. Sie sausten durch die Dunkelheit und um die Straßenlaternen. Lächelnd ging Suzie neben Michael her durch die abendlichen Straßen.

Das Restaurant war charmant. Es lag abseits der Touristenwege an einer breiten Allee auf der anderen Seite des Flusses, und wie angekündigt hatte es keinerlei Chic. Wie bei vielen Lokalen Veronas hatte der Name nichts mit Shakespeare oder *Romeo und Julia* zu tun. Es hieß schlicht *Da Beppe*.

Beppe, der Besitzer, war ein breitschultriger Mann mit grauem Stoppelbart. Er begrüßte sie beide herzlich, schüttelte ihr die Hand und klopfte Michael freundschaftlich auf den Rücken. Die beiden Männer kannten sich offenbar gut, und Suzie hörte bewundernd Michaels fehlerfreies Italienisch, das sogar deutlich vom Veroneser Dialekt gefärbt war. Dies war das erste Mal, dass Suzie ihn mehr als ein paar Worte Italienisch sprechen hörte. Natürlich hatte er eine italienische Frau gehabt und mit ihr in dieser Gegend gelebt. Da war es nicht verwunderlich, dass er die Landessprache so gut beherrschte.

Er stellte sie lediglich als »Suzie« vor, und ihr entging nicht, dass Beppe einen fragenden Blick auf sie richtete, bevor er ihren Tisch verließ. Anscheinend war Michael mit seiner Frau häufig in diesem Restaurant gewesen.

Professor Macgregor-Browns Bemerkung bestätigte sich. Auf der Theke stand ein großer Korb voll herrlicher Steinpilze. Es duftete wie im Wald, und sie dachte unwillkürlich an trockenes Laub, Moos und Wildkräuter. Pilze hatten eindeutig Hochsaison. Über der Bar hingen Spirituosenflaschen, und ein Regal war allein mit den verschiedensten Grappa-Sorten gefüllt, deren Farbspektrum von Farblos-Klar bis zu einem satten Goldgelb reichten, und in einigen schwammen Kräuterzweige.

Suzie kannte diesen kräftigen Brand und beschloss, es möglichst zu vermeiden, mehr als einmal daran zu nippen. Während ihrer Arbeit in dem Ferienlager hatte sie einmal guten, aber auch des Öfteren sehr schlechten Grappa gekostet, und eines stand fest: So etwas wie milden Grappa gab es nicht.

Interessiert betrachtete sie die Bilder an den Wänden ringsherum, die alle das gleiche Motiv hatten. Offensichtlich hatte Beppe oder jemand aus seiner Familie ein Faible fürs Windsurfen. Da hingen Fotos von Windsurfern, die über das Wasser rasten, durch die Luft sausten, sich am Strand entspannten und Medaillen und Pokale entgegennahmen.

Überrascht erkannte sie auf einem Schwarz-Weiß-Foto ihrem Tisch gegenüber drei Männer auf einer Siegertreppe, denen inmitten jubelnder Zuschauer Preise verliehen wurden.

Der Mann auf dem zweiten Platz war kein anderer als Beppe. Aber was Suzie noch mehr überraschte, war die Tatsache, dass der Sieger, der seinen Neoprenanzug schon geöffnet hatte und eine muskulöse Brust sehen ließ, Michael war. Ohne jeden Zweifel. Verlegen unterdrückte sie einen Schauder der Erregung, als sie ihn anblickte und auf das Foto deutete.

»Ein Mann mit vielen Talenten.«

Zuerst wirkte er verwirrt, dann unangenehm berührt, als sein suchender Blick auf dem Foto landete. »Ach Gott, das hatte ich ganz vergessen. Denk bitte nicht, ich hätte dich hierhergeschleppt, um anzugeben.«

»Nicht im Geringsten. Aber dass du ein Windsurfer bist, fasziniert mich.« Sie erzählte vom Surfen mit James am Wochenende, und nun war Michael es, der überrascht und beeindruckt war.

»Ihr seid nach dem Sturm am Sonntag rausgefahren?«

Sie nickte.

»Dann musst du ziemlich gut sein. Da herrschten noch extreme Bedingungen.«

»Warst du am Sonntag auch draußen?«

»Mit Beppe zusammen. Wir waren fast drei Stunden auf dem Wasser. Am Montag konnte ich kaum den Arm heben. Es war fantastisch.«

»Also seid ihr dicke Freunde?«

Michael lächelte. »Er ist mein bester Freund.« Dann schaute er ernster. »Ich konnte mich immer felsenfest auf ihn verlassen.« In dem Moment brachte Beppe die Speisekarten, und Michael lächelte wieder, als er ihm eröffnete, dass Suzie ihre Leidenschaft fürs Windsurfen teilte.

Beppe strahlte. »Er gewinnt nicht immer die Goldmedaille, weißt du? Ich habe ihn zigmal geschlagen.«

»Drei Mal, aber wen interessiert das schon?« Michael war

mit einem Mal lebhaft und heiter. Er schaute Suzie mit einem offenen, natürlichen Lächeln an, und sie freute sich für ihn und erwiderte es. »Das Windsurfen auf dem See ist eins der Dinge, die ich hier am meisten liebe.«

»Das andere ist meine Küche.« Beppe klopfte ihm auf die Schulter und ging wieder.

Auf Beppes Empfehlung bestellten sie sich als Vorspeise einen Salat aus rohen Steinpilzen und Salami, als Hauptgericht Steak. Sie unterhielten sich beim Essen zunächst zaghaft, aber im Laufe des Abends entspannten sie sich beide, wozu ihr gemeinsames Hobby und eine Flasche Bardolino in keinem geringen Maße beitrugen. Der Salat schmeckte wunderbar, und danach servierte Beppe ein großes T-Bone-Steak, das er in Streifen schnitt und unter ihnen aufteilte. Darüber streute er frisch gehobelten Parmesan, eine köstliche Kombination. Als Suzie keinen Bissen mehr hinunterbekam, sagte Michael etwas, das völlig vom Essen wegführte.

»Suzie.« Sein Tonfall ließ sie sofort aufhorchen. »Ich muss dir etwas über meine Frau erzählen.«

Er suchte sichtlich nach Worten, und sein trauriger Gesichtsausdruck verriet schon alles. Als er sich mehrmals räusperte, entschied sie, ihm über seine Beklommenheit hinwegzuhelfen. Sie griff über den Tisch, nahm seine Hand und dämpfte die Stimme.

»Michael, ich weiß.« Auf seinen verwirrten Blick hin erklärte sie es. »Ich war neugierig und wollte mehr über den berühmten Maler erfahren, den ich durch Zufall kennengelernt hatte, und da habe ich ein bisschen im Internet recherchiert. So habe ich von dem schrecklichen Unglück erfahren.« Sie drückte seine Hand. »Es tut mir ungeheuer leid für dich. Ich kann mir kaum vorstellen, was du durchgemacht hast.«

Er senkte den Blick, zog seine Hand aber nicht weg. Er legte die Gabel hin und saß dann ein paar Minuten lang reglos da. »Es war schlimm, wirklich schlimm.« Michael blieb beherrscht, aber nur mit Mühe. »Wir waren fünf Jahre verheiratet und haben uns innig geliebt, und plötzlich war sie nicht mehr da.«

»Das tut mir unendlich leid. Ich weiß nicht, was ich sagen soll.«

»Du bist sehr nett. Das meine ich ernst.« Er brachte ein schwaches Lächeln zustande, bevor er den Blick wieder senkte, und schließlich starrte er auf ihre Hand, mit der sie seine noch immer festhielt. »Das ist das erste Mal seither, dass ich allein mit einer Frau ausgehe – abgesehen von geschäftlichen Essen. Drei Jahre ist es jetzt her. Wie gesagt, Beppe ist mein bester Freund, und ich bin häufig zum Essen hier, aber immer allein oder mit mehreren Freunden.«

Er trank einen großen Schluck Wein, bevor er weitersprach, und dabei lächelte er sie wieder an. »Suzie, die Sache ist die, ich mag dich sehr und bin gern mit dir zusammen, doch dieser Abend hat mir umso schärfer bewusst gemacht, was ich verloren habe. Das Konzert, dieser Zweiertisch, an dem mir eine schöne Frau gegenübersitzt … das lässt die Erinnerungen lebendig werden.«

In seinen Augen glitzerten Tränen, aber er blinzelte sie weg. Hinter ihren Lidern brannte es ebenfalls, und das nicht von den Kontaktlinsen.

»Wie gesagt, Suzie, ich mag dich wirklich, und das vom ersten Moment an, als ich dich in Venedig im Restaurant gesehen habe und dir der Wein von der Nase tropfte. Doch es hat keinen Zweck. Es ist alles noch zu frisch. Ich weiß nicht, wie du zu mir stehst, aber es ist nur fair, dir sofort zu sagen, wie es in mir aussieht.«

So wie sie ihn bisher erlebt hatte, war sie schon weitgehend darauf vorbereitet gewesen, und trotzdem war sie schmerzlich enttäuscht. Sie tat jedoch ihr Bestes, um sich das nicht anmerken zu lassen, und drückte noch einmal seine Hand.

»Ich mag dich auch sehr, Michael. Du bist ein freundlicher, großzügiger, hilfsbereiter Mann. Ich hatte eine längere Beziehung, die vor einem Jahr abrupt endete, und das nicht einmal unter irgendwelchen tragischen Umständen. Trotzdem war mir bisher nicht danach, wieder mit einem Mann auszugehen. Ich kann mir gar nicht vorstellen, wie hart diese drei Jahre für dich gewesen sein müssen, und verstehe vollkommen, dass es Zeit braucht, bis du wieder daran denken kannst, dich auf jemanden einzulassen – wenn überhaupt.« Ihr gelang ein aufmunterndes Lächeln. »Aber eins weiß ich genau, Michael Turner. Ich wäre gern weiter mit dir befreundet. Gute Freunde sind schwer zu finden.«

Sie sah ihm an, wie sehr ihn das erleichterte. »Danke, Suzie. Du kannst immer auf mich zählen. Versprochen.«

Entschlossen, ihrer Enttäuschung keinen Raum zu geben, hob sie ihr Glas. »Lass uns darauf trinken!«

Er stieß mit ihr an und brachte ebenfalls ein kleines Lächeln zustande. »Auf die Freundschaft!«

14

Im Hotel angekommen, fühlte Suzie sich zurückgewiesen. Es war schön und gut, sich zu sagen, dass sie nur noch zwei Wochen in Italien sein würde und deshalb gar keine Zeit blieb, damit sich zwischen Michael und ihr etwas entwickeln konnte. Allenfalls eine flüchtige Urlaubsromanze. Aber sie kannte sich selbst gut genug, um zu erkennen, dass leicht mehr aus ihnen hätte werden können. Er war freundlich, er war großzügig, und sein Engagement für die Förderschule hatte Suzie noch mehr für ihn eingenommen. Er war fürsorglich, begabt und intelligent, und sie konnte nicht leugnen, dass sie ihn körperlich sehr anziehend fand. Unter anderen Umständen hätte sie sich leicht in ihn verlieben können und musste sich eingestehen, dass sie noch nie so für einen Mann empfunden hatte, auch nicht für Rob.

Deshalb ging sie niedergeschlagen in ihr Zimmer und schloss die Tür hinter sich. Ohne das Licht einzuschalten, öffnete sie die Terrassentür und trat ins Freie.

Obwohl fast elf Uhr, war es noch warm. Mit der schwülen Sommerhitze war es jedoch vorbei, denn der Oktober stand vor der Tür. Nicht mehr lange, und der Herbst würde kalte Winde von den Bergen herabbringen, und die Blätter würden fallen. Wo sie dann sein und was sie tun würde, stand noch immer in den Sternen.

Die Ellbogen auf die Balustrade gestützt, schaute sie über die flimmernden Lichter der Stadt, die ihr immer mehr ans Herz wuchs. Tränen stiegen ihr in die Augen. Sie wollte sich einreden, sie weinte, weil sie Michael wegen seines tragischen

Verlusts bedauerte, doch tief in ihrem Innern wusste sie, dass sie auch um ihrer selbst willen weinte. Da war sie nun fast dreißig Jahre alt und hatte sich noch immer kein stabiles Leben aufgebaut. Sie hatte keinen Job, kein eigenes Zuhause, keine bestimmte Richtung eingeschlagen, und sie hatte keinen geliebten Menschen an ihrer Seite. So schön die Aussicht über die Dächer Veronas war – ihr ging es miserabel.

Schließlich riss sie sich zusammen und trat wieder ins Zimmer. Als Erstes nahm sie die Tageslinsen heraus. Sie war nicht daran gewöhnt, sie längere Zeit zu tragen, und es war eine Wohltat, sie in den Abfalleimer zu werfen und die Brille aufzusetzen. Ihre Augen waren leicht gerötet, was nicht unbedingt an den Linsen liegen musste.

Als sie ihre E-Mails checkte, erhielt ihre gedämpfte Stimmung den dringend benötigten Auftrieb. Sie hatte eine Nachricht von Professor Macgregor-Brown bekommen, und das zauberte ein Lächeln auf ihr Gesicht. Er schrieb, dass er ihre Doktorarbeit gelesen habe, und lobte sie in den höchsten Tönen. Er schloss mit der Frage, ob sie ihn am Sonntagmittag noch einmal besuchen und mit ihm essen wolle. Also in zwei Tagen.

Suzie zögerte keine Sekunde. Sie war im Augenblick ohne Verpflichtung, denn Alex' Vater blieb noch bis Sonntagnachmittag und würde die Zeit mit seiner Tochter verbringen wollen. Sie antwortete sofort, dankte dem Professor für seine freundlichen Worte und nahm die Einladung an.

Am nächsten Morgen, als sie zum Frühstück hinunterging, rechnete sie damit, vorerst allein dort zu sitzen, und erlebte eine Überraschung, denn Alex wartete bereits an ihrem Tisch. Als sie aufblickte, sah Suzie sofort, dass nicht alles zum Besten stand.

»Hallo, Suzie, wie war dein Date?« Sie gab sich Mühe, gut gelaunt zu erscheinen.

»Das Konzert war sehr schön, und danach sind wir in ein gemütliches Restaurant gegangen und haben wunderbar gegessen. Ich erzähle dir noch davon, aber verrate mir doch erst mal, wie es mit deinem Vater gelaufen ist.«

Alex schüttelte den Kopf. »Gar nicht. Ich habe deinen Rat befolgt und während des Essens die Kunstakademie nicht erwähnt, sondern abgewartet, bis er sich entspannt hatte und den Abend zu genießen schien. Erst auf dem Rückweg zum Hotel habe ich die Sache angesprochen …«

Der Satz verebbte, und Suzie musste ihr einen Anstoß geben. »Und weiter?«

»Er reagierte, wie ich befürchtet hatte.« Sie klang tief deprimiert und enttäuscht.

»Er hat Nein gesagt?«

»Genau das.« Alex zögerte. »Na ja, tatsächlich hat er versprochen, darüber nachzudenken, doch ich habe schon an seinem Tonfall gehört, wie die Antwort ausfallen wird.«

Suzie versuchte, optimistisch zu bleiben. »Also hat er es noch gar nicht rundheraus abgelehnt?«

»Nicht direkt, aber …«

»Lass ihm Zeit. Man kann nie wissen. Und ich soll dir von Michael etwas ausrichten: Es sieht ganz danach aus, dass die Akademie dich aufnimmt, falls du dich entscheidest, den Kurs zu machen.« Entschlossen, Alex aufzumuntern, wechselte sie das Thema. »Was hast du dir für heute vorgenommen? Wollen wir etwas zusammen unternehmen?«

Alex sah auf die Uhr. »Vater hat schon gefrühstückt. Er will spazieren gehen. Er hat sich einen Reiseführer besorgt und will so viel wie möglich in Verona besichtigen. Wir treffen uns um zehn Uhr.«

»Möchtest du, dass ich mitkomme? Wenn du meinst, du brauchst moralische Unterstützung, begleite ich euch.«

Alex überlegte. »Vielleicht nicht heute. Es ist besser, wenn ich mit ihm allein bin. Heute Abend will er uns in ein berühmtes Restaurant zum Essen einladen. Also hast du den Tag für dich und kannst tun, was du willst.« Sie zwinkerte Suzie verschwörerisch zu. »Vielleicht magst du dich mit Michael treffen?«

»Daraus wird nichts …«

Suzie ging zum Buffet. Sie bediente sich am Obstsalat, nahm sich ein Croissant und bestellte sich bei der Kellnerin eine Kanne englischen Frühstückstee. Nachdem Suzie sich wieder an den Tisch gesetzt hatte, berichtete sie in allen Einzelheiten, was am vorigen Abend zwischen Michael und ihr passiert oder vielmehr nicht passiert war, und Alex sah sie dabei teilnahmsvoll an.

»Das tut mir wirklich leid, Suzie … für euch beide. Was für eine traurige Situation! Aber möglicherweise ist es auch ganz gut so.«

»Ganz gut?«

»Na ja, in zwei Wochen fliegen wir zurück. Dann ist es vielleicht besser, dass nichts passiert ist. Andernfalls würdest du mit Liebeskummer in England hocken und er in Italien.« Sie lächelte Suzie aufmunternd an. »Besser, es tut jetzt ein bisschen weh als später ganz furchtbar, oder?«

Suzie wusste nicht, was sie davon halten sollte. Trotz der erfreulichen E-Mail des Professors hatte sie am vergangenen Abend schlecht einschlafen können, denn ihr war immer wieder von Neuem durch den Kopf gegangen, was Michael ihr erzählt hatte. Zwar waren sie nun Freunde, und darauf war sicherlich Verlass, aber ihre Enttäuschung hielt sich hartnäckig, und sie hatte dem nachgetrauert, was hätte sein können. Später, als sie sich voneinander verabschiedeten, hatten sie nicht verabredet, sich noch einmal zu treffen. Wann oder ob er sich wieder bei ihr melden würde, war ungewiss. Während sie einerseits optimistisch darauf hoffte, sagte sie sich andererseits ganz pragmatisch, dass sie ihn wohl zum letzten Mal gesehen hatte.

Sie aß einen Löffel Obstsalat und sah Alex schulterzuckend an. »Keine brillanten Aussichten für uns beide, oder? Was wirst du nach deiner Rückkehr tun, wenn du hier nicht studieren darfst? Willst du dich zu Hause an einer Kunsthochschule einschreiben?«

Alex schüttelte traurig den Kopf. »Wie schon gesagt, das wäre Zeitverschwendung. Mein Vater würde das nie unterstützen. Nein, wenn ich nicht malen darf, dann kehre ich auf das Anwesen zurück und heirate irgendwann James oder einen anderen, der hübsch verpackt und mit einer schönen Schleife versehen an meiner Tür abgeliefert wird.« Ihre Miene wechselte von deprimiert zu besorgt. »O Gott, es ist Samstag! Heute findet die kalifornische Hochzeit statt. James könnte morgen schon auf dem Rückweg sein.«

»Ich kann ihn ziemlich gut leiden, weißt du?«

»Ich doch auch, Suzie, aber eben nicht auf die Art.«

»Hast du dir inzwischen überlegt, was du zu ihm sagen willst?«

»Halbwegs.« Alex verzog das Gesicht. »Doch ich fürchte mich schon davor.«

Suzie verließ das Hotel um kurz vor zehn und verbrachte den Tag, indem sie durch das Gassenlabyrinth der Altstadt bummelte, wo sie eine Sehenswürdigkeit nach der anderen bestaunte. Die Geschäfte öffneten gerade erst und sahen einem regen Samstag entgegen. Verlockende Gerüche wehten aus Bäckereien, die süßes Gebäck, aber auch Focaccia und Pizza verkauften. Da Suzie gerade erst gefrühstückt hatte, konnte sie der Versuchung widerstehen. Wenn sie wollte, könnte sie hier mühelos einige Kilo zulegen.

Nach einer Weile bog sie auf die Piazza delle Erbe ab, die wirklich der lebendige Mittelpunkt der Stadt war. Der Markt war längst aufgebaut, und Touristen suchten die Stände nach den passenden Souvenirs ab. Wie sie inzwischen wusste, wurde der Markt abends abgebaut, und der Platz diente wieder als Haupttreffpunkt Veronas, da an den beiden Längsseiten Bars und Restaurants lagen.

Diesmal schaute Suzie auch interessiert zu den Fassaden hoch. Rings um den Platz war kein Haus wie das andere. Sie stammten aus verschiedenen Epochen, waren unterschiedlich hoch, manche gelb, andere ockerfarben oder aus rotem Backstein und mal mit braunen, mal mit grünen Fensterläden versehen. Einige hatten Arkaden, andere Türmchen, Statuen oder Zinnen. Es gab Stimmen, die behaupteten, die Piazza delle Erbe sei der schönste Platz Italiens, und dieser Titel war hart umkämpft. Auf jeden Fall gehörte er zusammen mit anderen berühmten Plätzen wie der Piazza Navona in Rom oder der Piazza della Signorina in Florenz auf einen der obersten Ränge.

Nach dem Mittagessen stieg sie die scheinbar endlose Treppe zum Aussichtspunkt auf dem Hügel hinauf, dem Piazzale San Pietro. Dort angekommen, war sie froh, sich auf die Mauer setzen und verschnaufen zu können. Ganz Verona lag vor ihr ausgebreitet, das Stadtzentrum eingebettet in eine Flussschleife. Direkt unter ihr befanden sich das römische Amphitheater und dahinter die Burg. Ein Meer von roten Ziegeldächern, aus dem Türmchen und Kuppeln ragten, erstreckte sich vor ihr zu einem spektakulären Panorama, und Suzie machte davon Fotos und schickte sie ihren Eltern.

Für einen Moment überlegte sie, auch Michael eins zu senden, mit einer Zeile wie *Schönes Motiv für ein Gemälde*, beschloss dann jedoch, ihn nicht zu stören. Besser, er meldete sich bei ihr, wenn er dazu Lust hatte. Und das hoffte sie sehr.

Vom Hügel aus wanderte sie langsam im Bogen zu ihrem Hotel – mit einem Abstecher zu einer Eisdiele – und kam ziemlich müde auf ihrem Zimmer an. Da Lord Tedburn vielleicht gerade bei seiner Tochter war, verzichtete sie darauf, sich auf die Terrasse zu setzen, und legte sich aufs Bett. Sie döste sofort ein und wurde erst kurz vor sechs wach.

Um sieben Uhr klopfte sie frisch geduscht und umgezogen an Alex' Tür, und so gingen sie zusammen nach unten, um sich mit Lord Tedburn zu treffen. Dabei berichtete Alex trocken, dass ihre Vorhersage eingetroffen war: Ihr Vater erlaubte ihr den Kursbesuch nicht.

»Er weigert sich anzuerkennen, dass Kunst ein lohnenswertes Studium sein kann, und genauso wenig will er glauben, dass ich fähig bin, mich dem mit ganzem Ernst zu widmen.«

»Hättest du etwas dagegen, wenn ich heute Abend mit ihm spreche?«

»Tu das ruhig, aber die Mühe wird sich nicht lohnen.« Alex schüttelte traurig den Kopf. Sie stiegen die breite Treppe zum Foyer hinunter. »Wenn er sich einmal eine Meinung gebildet hat, lässt er sich nicht mehr davon abbringen.«

Lord Tedburn – wie immer förmlich gekleidet – wartete bereits auf sie und begrüßte Suzie sehr herzlich. Ein Taxi brachte sie an den Stadtrand zu einer wunderschönen Renaissancevilla mit eigenem Park und einem piekfeinen Restaurant mit Fresken an der Decke und Kronleuchtern aus Muranoglas. Da Alex sie vorgewarnt hatte, trug Suzie nicht nur das teure neue Kleid, sondern auch hohe Absätze.

Anders als bei dem Schulkonzert war sie damit in dem Restaurant keineswegs overdressed. Suzie fühlte sich sogar entschieden unwohl unter den erlesen gekleideten und mit funkelnden Edelsteinen behängten anderen weiblichen Gästen. Inzwischen verstand sie sich mit Alex ausgezeichnet und hatte schon fast vergessen, dass sie in einem exorbitant teuren Hotel wohnten. Doch dieses Restaurant führte ihr wieder vor Augen, wie unbedeutend sie in dieser Welt der Reichen und Berühmten doch war.

Selbstverständlich war das Essen ausgezeichnet, aber insgeheim fand Suzie, dass es bei Beppe besser schmeckte. Allerdings konnte das auch an der Gesellschaft gelegen haben. Die Atmosphäre am Tisch war alles andere als entspannt, obwohl sie schon eine Flasche Sekt geleert hatten, während sie auf ihre Vorspeisen warteten. Suzie und Alex hatten davon jede ein Glas getrunken, und Lord Tedburn hatte mit dem Rest kurzen Prozess gemacht. Erst als eine Flasche erschreckend teurer Barolo denselben Weg genommen hatte, wurde er beträchtlich milder.

Suzie nutzte das aus, um sich für die Sache ihrer Freundin einzusetzen, sobald Alex sich zur Damentoilette begeben hatte. »Lord Tedburn, ich frage mich, ob es mir wohl gestattet wäre, Alex' Kunststudium zu befürworten. Sie hat wirklich großes Talent, müssen Sie wissen.«

Lord Tedburn war einigermaßen überrascht und sah Suzie ein paar Sekunden lang an, bevor er antwortete. Als er dann sprach, war sie wiederum überrascht, nicht die geringste Verärgerung bei ihm zu hören, sondern Kummer.

»Dessen bin ich mir sicher. Ihre Mutter hat immer sehr gern gemalt – zum Zeitvertreib.« Letzteres betonte er. »Doch es gibt zwei Gründe, warum ich das für schlecht halte. Erstens führt ein Kunststudium zu nichts. Bestenfalls hätte sie damit ein Hobby.« Er schüttelte langsam den Kopf. »Sie würde sich ganz sicher keinen Namen machen. Das wissen wir beide. Am Ende wäre sie bloß enttäuscht, und das möchte ich vermeiden. Vor allem aber ist sie noch grün hinter den Ohren, wissen Sie? Ich kann mir gut vorstellen, dass sie in falsche Kreise gerät. Denn bisher hat sie sich auch nicht mit den besten Leuten abgegeben.«

Suzie drängte es zu widersprechen, doch sie versuchte, ihre Kritik möglichst diplomatisch zu verpacken. »Ich habe Alex in den letzten zwei Wochen recht gut kennengelernt, Lord Tedburn. Von daher glaube ich wirklich nicht, dass sie so unerwachsen ist, wie Sie denken. Vielmehr hat sie einen überraschenden Grad an Reife gezeigt.« Außer in dem Moment, als sie ihr das Glas Prosecco ins Gesicht geschüttet hatte, doch das behielt Suzie für sich. »Und ich habe gesehen, was sie mit Pinsel und Farbe zustande bringt. Sie ist außerordentlich gut.«

Er schüttelte den Kopf. »Außerdem ist es für sie an der Zeit zu heiraten. Sie wird nicht jünger. Ihre Mutter war in dem Alter schon mit mir verheiratet. Nein, ich bedaure, Alexandra enttäuschen zu müssen, aber so ist es besser für sie.«

Suzie unternahm noch zwei Versuche, solange sie beide allein waren, leider ohne Erfolg. Wie seine Tochter gesagt hatte, war er kein Mann, der sich umstimmen ließ.

Im Laufe des Abends dachte Suzie darüber nach und fand seine Äußerungen höchst unfair. Wäre sie an Alex' Stelle, würde sie mit der Faust auf den Tisch hauen und sich gegen seinen Willen an der Akademie einschreiben. Doch andererseits gab es da noch das Versprechen, das ein Mädchen seiner sterbenden Mutter gegeben hatte. Suzie seufzte leise und widmete sich dann ihrer Pannacotta.

15

Am Sonntagmorgen nahm Suzie den Bus nach Bardolino und stieg an der Haltestelle vor dem Haus des Professors aus. Während der ganzen Fahrt wurden sie immer wieder von Traktoren mit Anhänger aufgehalten, da die Traubenernte in vollem Gange war. Das erinnerte sie an Michael, der zwei Kilometer entfernt inmitten von Weinfeldern wohnte. Er hatte nichts mehr von sich hören lassen, und obwohl sie sich darauf eingestellt hatte, war sie enttäuscht.

Als sie auf das Tor zuging, schaute sie zum Nachbargrundstück, konnte aber nicht sehen, ob in James' Villa gerade jemand wohnte. Es schien fast so, als bräuchte Alex die nächste emotionale Hürde noch nicht gleich anzugehen. Nach dem stressigen Wochenende mit ihrem Vater war das wahrscheinlich ganz gut.

Suzie klingelte und wartete darauf, dass Paolina kam und sie hereinließ. Als sich das Tor öffnete, begrüßte Suzie sie herzlich und wehrte Dogberrys überschwänglichen Empfang sanft ab.

Der Professor erwartete sie im Wohnzimmer in einem Sessel, aus dem er über den See blicken konnte. Als er den Besuch hereinkommen hörte, stemmte er sich hoch, und das fiel ihm sichtlich schwer. Seine vierundachtzig Jahre waren ihm heute anzumerken. Suzie eilte zu ihm und griff unter seinen Arm, um ihm auf die Beine zu helfen.

»Ich freue mich ungemein, Sie wiederzusehen, Mack. Vielen Dank für die Einladung!« Sie hauchte ihm einen Kuss auf die Wangen.

Der Professor lächelte. »Das Vergnügen ist ganz meinerseits.« Er trat einen Schritt zurück, um sie zu mustern, und hielt sich an der Sessellehne fest. »Sie sehen bezaubernd aus. Sicher wären Sie jetzt lieber mit Leuten Ihres Alters zusammen.«

Sie versicherte ihm, wie gern sie ihn besuchte, und sie setzten sich, um zu plaudern. Nach ein paar Minuten Small Talk – hauptsächlich über die Weinernte und den außerordentlich guten Jahrgang, der zu erwarten war – sprach sie ihn zaghaft auf ihre Doktorarbeit an und war erleichtert, als er anerkennend lächelte.

»Exzellent, wissenschaftlich tadellos, eine maßgebende Arbeit. Ich bin immens beeindruckt.«

Suzie strahlte ihn an. »Aus Ihrem Mund ist das ein großes Lob – auch wenn vieles aus Ihrer Feder stammte.«

»Nur in einem Punkt habe ich leichte Bedenken.«

Suzies Lächeln erstarb. Sie richtete sich auf und wappnete sich für die Kritik, die nun folgen würde.

»Wie es scheint, konnten Sie sich für keine Seite entscheiden.«

»Was meinen Sie?«

»Nun ja, sind Sie denn nun Stratfordianer, Oxfordianer oder Baconianer, oder halten Sie einen anderen Kandidaten für den Mann, den wir unter dem Namen William Shakespeare kennen und als den bedeutendsten Dramatiker aller Zeiten betrachten?«

»Ich hielt es für das Beste, den Leser zu einem eigenen Urteil kommen zu lassen. Ich habe die Fakten präsentiert, aber die Entscheidung gebührt dem Leser.«

Sie erklärte weiter, dass ihr Doktorvater unerschütterlich daran festhielt, dass die Dramen von dem traditionellen Shakespeare geschrieben wurden, dem Mann mit geringer Schulbildung, der mit achtzehn Jahren Anne Hathaway in Stratford-upon-Avon hatte heiraten müssen. Suzies Doktorvater hatte

Francis Bacon, Christopher Marlowe und Edward de Vere, den Siebzehnten Earl von Oxford, als Urheber verworfen und sich über die Idee lustig gemacht, jemand anders könnte die Werke verfasst haben. Während sie seine Ansichten darlegte, sah sie immer wieder Zustimmung und Wohlwollen bei ihrem Gegenüber.

»Ich verstehe, meine Liebe. Als ich vor vielen, vielen Jahren meine Doktorarbeit schrieb, habe ich mich tatsächlich in einer ähnlichen Situation befunden und musste meine Ergebnisse an die Erwartungen des Mannes anpassen, der schließlich über meinen weiteren Lebensweg entscheiden würde.« Er senkte theatralisch die Stimme. »Aber nun, *entre nous*: Welche Position vertreten Sie? Wer war Shakespeare?«

Suzie holte tief Luft. Was sie gleich zu Beginn ihrer Shakespeare-Forschung entdeckt hatte, war, wie tief die Animositäten zwischen den Stratfordianern und den sogenannten Anti-Stratfordianern reichten. Es war recht bemerkenswert, wie aggressiv sich jene, die an den Shakespeare von Stratford glaubten, denjenigen gegenüber verhielten, die dessen Urheberschaft anzweifelten, und umgekehrt. Einem Außenstehenden mochte der akademische Streit trivial und unbedeutend erscheinen, aber für den Eingeweihten konnte er jene brennende Leidenschaft hervorbringen, wie man sie aus manchem düsteren Shakespeare-Stück kannte.

Durch ihre Lektüre wusste Suzie, dass Macgregor-Brown zum Lager der Anti-Stratfordianer gehörte, was ihr ganz recht war, denn da stand sie ebenfalls. Sie jedoch ging noch einen Schritt weiter, und daher war sie ziemlich nervös, als sie ihm ihre Meinung offenbarte.

»So gern ich glauben würde, dass ein junger, relativ unerfahrener Mann vom Land diese großartigen Werke verfasst hat, muss ich Ihnen doch zustimmen, dass das sehr unwahrscheinlich ist. Meiner Ansicht nach muss es jemand mit größerer Allgemeinbildung gewesen sein, der noch dazu eine besondere Liebe für Italien hegte. Das trifft auf alle zu, die Sie soeben aufführten, aber obwohl mir manche Fakten fehlen, um meine Hypothese zu stützen, bin ich seit meiner Doktorarbeit zu der Ansicht gelangt, dass Shakespeares Werke sogar von einer Frau stammen könnten.«

Diesmal wirkte der alte Mann tatsächlich überrascht, und sie legte hastig dar, dass Shakespeare sich in eine Italienerin verliebt haben könnte, nämlich in die dunkle Geliebte aus seinen Sonetten. Die geheimnisvolle Frau könnte in London gelebt haben, und durch sie könnte er allerhand über Italien erfahren haben. Oder vielleicht hatte er das Land tatsächlich besucht, nämlich während der sogenannten »verlorenen Jahre«. Er war nämlich für sieben Jahre komplett von der Bildfläche verschwunden. Oder, so fügte sie zögernd hinzu, die dunkle Geliebte war sogar die wahre Verfasserin der Werke und Shakespeare ein Schauspieler, der nur die notwendige männliche Absicherung in einer Zeit bot, als schreibende Frauen noch als Ausgeburt des Teufels betrachtet wurden.

Bei einem ausgezeichneten Mittagessen, das aus Artischockensalat, Rindergulasch und Polenta bestand, diskutierten sie weiter, und Suzie hatte große Freude daran. Nach seinem Gesichtsausdruck zu urteilen, fand der Professor die Unterhaltung genauso angenehm. Unter dem Tisch döste der Labrador zufrieden vor sich hin, mit dem Kopf auf einem von Suzies Füßen. Die Aussicht auf die Reste des Schmorfleischs war für ihn intellektuell reizvoller als die Frage, ob *Romeo und Julia* womöglich aus der Feder einer Frau stammte.

Betrüblich war nur zu sehen, wie schwierig es für den Professor war, seine Mahlzeit einzunehmen. Seine Hände zitterten stark. Er verschüttete sogar Wein, wenn er das Glas hob, sodass er ihm in den Ärmel rann. Suzie sah ihm an, wie frustrierend das für ihn war, und fast wäre sie Mack zu Hilfe geeilt, als er eine Gabel voll Gulasch auf den Boden fallen ließ. Doch ehe sie sich danach bücken konnte, spürte sie eine schnelle Bewegung an ihren Beinen und schaute unter den Tisch.

Dogberry nahm sich des Problems bereits an. Von da an blieb der Hund zu Füßen seines Herrchens und ließ ihn nicht aus den Augen.

Nach dem Essen begaben sie sich wieder ins Wohnzimmer, wo Paolina ihnen den Kaffee brachte. Während Suzie an dem Espressotässchen nippte, ließ sie den Blick schweifen und entdeckte ein Gemälde, das ihr bisher nicht aufgefallen war. Es war unverkennbar. Sie stellte das Tässchen hin und deutete zu der Wand hinüber.

»Neulich habe ich die Skizze dazu gesehen.« Auf seinen fragenden Blick hin erzählte sie, wie sie Michael kennengelernt hatte und wie es dazu gekommen war, dass er Alex' künstlerisches Talent bewertete. Als der alte Mann darauf einging, wurde er traurig und sein Ton düster.

»Sie wissen von seiner Frau? Was für ein schreckliches Unglück! Die beiden waren ein so schönes Paar. Ich kannte sie eine ganze Weile durch diverse Wohlfahrtseinrichtungen, mit denen wir zu tun hatten. Und schließlich haben er und Grazia mein Stadthaus in Verona für ein Jahr gemietet, solange die Umbauarbeiten an ihrem Haus andauerten. Das Gemälde ist das großzügige Geschenk eines vornehmen Mannes. Der Unfall war eine Tragödie. Ich fürchte, ich komme dieser Tage nur selten vor die Tür, seit ich das Autofahren aufgeben musste, und habe ihn seit der Beerdigung nicht mehr gesehen. Wie geht es ihm inzwischen?«

Suzie antwortete ehrlich. »Es wird Zeit brauchen. Er ist gesund und fit, doch man merkt ihm an, dass er trauert.«

Mack nickte nachdenklich. »Werden Sie ihn wiedersehen? Dann richten Sie ihm doch bitte meine besten Wünsche aus.«

»Das ist ungewiss, aber wenn, werde ich es gern ausrichten.«

Um vier Uhr verließ sie das Haus, da ihr Bus in etwa zehn Minuten kommen würde. Bevor sie sich verabschiedete, schenkte sie Mack einen Band mit Shakespeares Sonetten, die sie in einem Antiquariat in Verona erworben hatte.

Die Augen des alten Mannes leuchteten auf. »Ob er nun ein Mann oder eine Frau war, Shakespeare wusste, was Liebe ist. Sehen Sie, Suzie, ich finde genauso viel Genuss beim Lesen seiner Gedichte wie bei der Lektüre seiner Dramen. Wie brillant er die menschliche Natur und die Macht der Liebe erfasst hat.« Lächelnd zitierte er aus Romeo und Julia:

»›Lieb ist ein Rauch, den Seufzerdämpf' erzeugten,
Geschürt, ein Feu'r, von dem die Augen leuchten,
Gequält, ein Meer, von Tränen angeschwellt.‹

Denken Sie immer daran, Suzie: Nichts ist wichtiger als Liebe.«

Sie umarmte ihn, und ihr brannten die Augen, als sie durch das Tor auf die Straße trat. Er war ein reizender Mann, und es tat ihr leid, dass jemand, der so sehr an die Macht der Liebe glaubte, im Alter allein war. Hoffentlich war ihr nicht das gleiche Schicksal beschieden! Ihr blieb keine Zeit, um weiter darüber zu grübeln, da ein unverwechselbarer langer weißer Wagen mit flüsterndem Motor neben ihr anhielt und eine vertraute Stimme sie ansprach.

»Suzie, großartig, dich hier anzutreffen!«

Sie tauchte aus ihren Gedanken auf. »James, wie schön, dich zu sehen! Und Sie, Roberto.« Sie freute sich aufrichtig. »Wie war es in Kalifornien, James?«

»Schön.« Er blickte suchend an ihr vorbei. »Ist Alex bei dir?«

Suzie schüttelte den Kopf und erzählte von ihrem Besuch

bei dem Professor. »Und Alex unternimmt heute etwas mit ihrem Vater. Deshalb ist sie in Verona geblieben. Aber heute Abend reist er wieder ab.«

Seine Enttäuschung war nicht zu übersehen, doch er fasste sich schnell wieder. »Möchtest du auf einen Tee hereinkommen? Ich komme gerade vom Flughafen und lechze geradezu nach einem ordentlichen Tee.«

»Ich fürchte, daraus wird nichts. Mein Bus geht in zehn Minuten, und ich glaube, er ist der letzte für heute.«

»Nicht schlimm. Roberto oder ich werden dich zurückbringen.«

»Nein, das kann ich unmöglich annehmen …«

Roberto schaltete sich ein. »Ich fahre sowieso später noch nach Verona, um meinen Bruder zu besuchen. Also kann ich Sie ebenso gut mitnehmen. Wirklich.«

»Na gut, wenn Ihnen das nichts ausmacht.«

Suzie folgte dem Wagen durch das Tor der Villa und die Auffahrt entlang. Dort war es angenehm kühl unter den Bäumen, und es roch nach Kiefernharz. Sie atmete tief ein. Ja, James' Vater hatte sich ein schönes Fleckchen ausgesucht.

James und sie setzten sich auf die Terrasse unter einen Sonnenschirm und schauten über den See. Es war fast windstill, und James äußerte sich verwundert. »Das Besondere am Gardasee ist, dass der Wind normalerweise zuverlässig weht, morgens ist es der Pelèr und nachmittags der Ora. Der Pelèr weht von Norden her und der Ora von Süden her. Es kommt selten vor, dass mal wenig oder gar kein Wind ist.« Er grinste. »Nach einem ganzen Tag im Flugzeug hatte ich mich schon darauf gefreut, aufs Wasser rauszugehen.«

»Morgen ist auch noch ein Tag. Außerdem solltest du dich nach der Reise sowieso erst mal ausruhen. Wie lange wirst du noch bleiben?«

»Nicht so lange, wie ich möchte, aber lange genug, um Alex zu sehen. Sie hat mir gefehlt, weißt du?«

Suzie lächelte ihn an und nickte, doch innerlich war sie im Zwiespalt. Sollte sie etwas sagen, um seine Erwartungen zu dämpfen, oder sollte sie das Alex überlassen? Sie neigte gerade dazu, sich dazu nicht zu äußern, als James sie genau darauf ansprach.

»Hat sie etwas über mich gesagt?«

»Ja, sie spricht oft über dich.« Suzie biss die Zähne zusammen und hoffte, er möge nicht zu sehr ins Detail gehen wollen. Doch da wurde sie leider enttäuscht.

»Suzie, glaubst du, sie mag mich? Ich werde noch immer nicht schlau aus ihr. Ich dachte, alles läuft gut zwischen uns, aber jetzt bin ich mir nicht mehr so sicher. Du kennst sie doch inzwischen ganz gut. Wie siehst du die Sache?«

»Sie mag dich eindeutig, James. Da kannst du dir ganz sicher sein.« Sie sah, wie erleichtert er darüber war, und hoffte, dass sie die Situation nicht verschlimmert hatte. Hastig redete sie weiter, um das Problem zu entschärfen. »Nach allem, was sie bisher geäußert hat, bist du ihr ältester Freund. Sie hat mir ebenfalls erzählt, dass ihr schon im Sandkasten zusammen gespielt habt.« Das war die Wahrheit und würde ihn mit Sicherheit nicht auf falsche Gedanken bringen.

Er nickte. »Wir sind schon ewig miteinander befreundet. Sie war für mich immer wie eine Cousine oder sogar wie eine Schwester.«

Suzie nickte. »Genau das hat sie auch zu mir gesagt.« Sie wartete ab, ob er das weiter ausführen wollte, doch er schwieg, und darum beschloss sie anzudeuten, was Alex störte. »Man könnte allenfalls sagen, sie mag dich zu sehr.«

Das ließ ihn aufhorchen. »Wie kann man jemanden zu sehr mögen? Das ist doch eigentlich etwas Gutes, oder?«

Suzie wich lieber aus, bevor es zu kompliziert wurde. Schließlich sollte Alex dieses Gespräch führen, nicht sie. »Na klar. Du musst dich mit ihr zusammensetzen und mal darüber reden.«

Zum Glück erschien Roberto an der Terrassentür und hob zwei Finger hoch. »*Due minuti*, okay?«

Suzie nickte ihm zu, froh über die Rettungsleine, mit der sie dem Gespräch entkommen würde. »Danke für den Tee, James. Ich möchte dich nicht weiter aufhalten. Bestimmt sehnst du dich nach der Dusche und einem Nickerchen.«

James nickte müde und machte ihr dann ein großzügiges Angebot.

»Bleibt ihr noch länger in Verona? Ich muss gegen Ende der Woche zurück nach Hause, doch wenn du willst, kannst du gern meine Surfausrüstung benutzen. Ruf einfach Roberto an, dann lässt er dich ins Bootshaus. Nimm dir, was du willst und wann du willst.«

Suzie strahlte ihn an. »Ich weiß noch gar nicht, wie lange wir bleiben werden, aber das ist wirklich nett von dir. Mal sehen, was Alex vorhat. Ursprünglich hatten wir geplant, nach Mantua oder Padua zu fahren, doch in Verona wird ein Kunstkurs angeboten, mit dem sie liebäugelt. Dadurch könnten sich unsere Pläne ändern. Auf jeden Fall danke ich dir, James.«

Draußen stellte Suzie erleichtert fest, dass Roberto mit einem gewöhnlichen Fiat, nicht mit dem Rolls-Royce nach Verona fahren würde. Ehe sie einstieg, umarmte sie James und küsste ihn auf die Wangen. »Danke noch mal. Und sprich mit Alex.«

»Mach ich.« Und gerade als Roberto den Motor anließ, beugte James den Kopf zu ihrem offenen Fenster herab. »Übrigens, fast hätte ich es vergessen. Liebe Grüße von meinem

Cousin.« Er grinste breit. »Tommy würde mir glatt den Kopf abreißen, wenn ich dir das nicht ausrichte. Ich denke, du hast eine Eroberung gemacht, Suzie.«

Ihre Wangen glühten noch, als die Villa längst aus dem Blickfeld verschwunden war.

16

Zurück im Hotel traf Suzie Alex auf der Terrasse an. Allein.

»Ist dein Vater schon abgereist?«

Sie zog sich einen Korbsessel neben Alexandra und setzte sich. Der Himmel war bewölkt, aber es war noch warm, obwohl am nächsten Tag der Oktober begann.

»Vor einer halben Stunde.«

»Und er ist bei seiner Meinung geblieben? Kein Kunstkurs?«

»Der Mann ist ein Sturkopf.« Alex nahm ihre Sonnenbrille ab und putzte die Gläser mit dem Rocksaum. Dabei sah Suzie die Tränen in ihren Augen. Sie neigte sich zu ihr und legte eine Hand auf ihren Arm.

»Ich muss dir auch etwas erzählen. Ich habe eben mit James gesprochen.«

Alex seufzte schwer. »Also ist er wieder da. Wo hast du ihn getroffen?«

Suzie berichtete von der zufälligen Begegnung und dem anschließenden Gespräch. Alex sah sie dankbar an.

»Danke. Da hast du die Vorarbeit geleistet. Morgen muss ich Klartext mit ihm reden. Meinst du, er wird heute Abend anrufen?«

»Er kam gerade vom Flughafen und sah ziemlich fertig aus, doch es würde mich überraschen, wenn er sich nicht bei dir meldet. Er hat mich nämlich als Erstes gefragt, wo du bist.«

»Das habe ich mir schon gedacht.« Sie seufzte leise. »Versteh mich nicht falsch – eigentlich freue ich mich, dass er wieder da ist. Er ist mein ältester Freund, und es ist schön, ihn wiederzusehen. Aber die Sache ist die: Ich will ihm auf keinen

Fall wehtun und bin mir nicht sicher, wie ich das hinkriegen soll.«

In dem Moment klingelte ihr Handy. Sie schaute aufs Display und murmelte: »Da ist er schon!«, während sie den Anruf annahm.

»Hi, James. Willkommen zurück. Wie war die Hochzeit?«

Suzie ließ sie allein und ging in ihr Zimmer. Wie immer rief sie ihre E-Mails ab. An der Bewerbungsfront hatte es keine positive Entwicklung gegeben. Da war jedoch eine private Nachricht eingegangen, die sie sofort aufheiterte.

Hi, Suzie. Für morgen ist schönes Wetter mit gutem Wind angesagt, Stärke 5 bis 6. Hast du Lust, am Nachmittag mit mir surfen zu gehen? Ich kann dir die Ausrüstung leihen. Ich habe noch einen Neoprenanzug, der dir passen dürfte. Michael

Suzie ließ seine Nachricht auf sich wirken. Ein Satzteil stach besonders daraus hervor: *einen Neoprenanzug, der dir passen dürfte.* Es war nicht schwer zu erraten, wem der Anzug mal gehört hatte. Eines stand für sie felsenfest: Unter gar keinen Umständen würde sie irgendetwas anziehen, das von seiner Frau stammte. Sie überlegte gerade, was sie antworten sollte, als Alex ans Fenster klopfte und hereinkam.

»James holt mich morgen zum Mittagessen ab. Er fragt, ob du auch mitkommst.«

»Ich möchte nicht stören, Alex. Besser, ihr geht allein. Andererseits …« Ihr kam eine Idee. »Vielleicht doch.« Suzie zeigte ihr Michaels Nachricht und erzählte, dass James ihr angeboten hatte, sich an der Surfausrüstung zu bedienen. »Wie wär's, wenn ich einen Happen mit euch esse und euch dann allein lasse, damit ihr reden könnt? Anschließend verbringe ich den Nachmittag mit Michael. Was hältst du davon?«

Als James sie am nächsten Tag abholen kam, hatte der Wind aufgefrischt. Die Sonne schien noch, verschwand aber immer wieder hinter Wolken. Da stand ganz klar ein Wetterumschwung bevor. Während der Fahrt zur Villa erwähnte Suzie, dass sie am Nachmittag mit einem Freund zum Surfen verabredet sei, und fühlte sich verpflichtet, James dazu einzuladen, obwohl sie in Wirklichkeit wollte, dass er und Alex miteinander redeten. Seine Antwort befreite sie aus dem Dilemma.

»Nein, geht ihr mal ohne mich surfen, Suzie. Alex und ich haben uns viel zu erzählen.«

Suzie genoss das Mittagessen und auch, dass sie nur zu dritt waren und sie nicht die lärmende Freundesschar um sich hatte. Wie es aussah, war auch James froh, sich Alex ungestört zuwenden zu können. Als Suzie vom Tisch aufstand, um zum Bootshaus zu gehen, wechselte sie mit Alex einen Blick und zwinkerte ihr zu. Hoffentlich würde das Gespräch für die beiden nicht zu hart werden!

Sie war mit Michael um halb drei am Anleger verabredet und sah ihn dort sitzen, als sie im Neoprenanzug und mit dem Board unter dem Arm das Bootshaus verließ. Sowie sie ihn entdeckte, machte ihr Herz einen Freudensprung, ohne dass sie etwas dagegen tun konnte.

»Suzie, hi.«

Er sprang auf und tappte über die alten Bohlen auf sie zu. Er sah so gut aus wie immer – und ein Neoprenanzug kaschierte nichts. Michael wirkte sportlich, fit und ungeheuer anziehend. Kaum blickte er sie an, stieg ihr die Röte in die Wangen, und wie immer ärgerte sie sich darüber, sodass sie noch tiefer errötete. Er streckte ihr die Arme entgegen, und sie begriff gerade noch rechtzeitig, dass er ihr das Board abnehmen wollte. Nur knapp entging sie dem Fauxpas, sich ihm an die Brust zu werfen. Sie gab es ihm und lief zurück, um das Rigg zu holen.

Als sie damit das Bootshaus verließ, fuhr eine Windböe in das Segel und riss es ihr fast aus den Händen. Das würde ein herrlicher Tag auf dem Wasser werden.

Während sie sich fertig machten, wechselten sie kaum drei Sätze, doch was Michael sagte, war interessant und potenziell aufmunternd.

»Es ist großartig, dich wiederzusehen, Suzie. Seit dem Abend neulich habe ich viel an dich gedacht. Es tut mir leid, dass ich am Ende die Stimmung verdorben habe.«

»Du hast gar nichts verdorben. Ich freue mich, dass du mir das anvertraut hast. Und es ist unvorstellbar, was du seit dem Unglück durchmachst.« Sie lächelte ihn an. »Du weißt, ich bin da, wenn du mich brauchst.«

Er lächelte traurig. »Danke. Das bedeutet mir viel.«

Entschlossen, nicht länger bei dem traurigen Thema zu verweilen, watete sie ins Wasser, prüfte den Sitz ihres Trapezes und hob das Segel an, wobei sie darauf achtete, es nicht in den Wind zu halten. »Fahr du voraus, ich folge dir.«

»*Ladies first.* Ich kenne meinen Platz.«

Suzie kicherte. »Hast du dir etwas Bestimmtes vorgestellt?«

»Nein. Versuch nur, möglichst gegen den Wind zu fahren. Bei der Windstärke landen wir sonst gleich am anderen Ende des Sees.«

Da die nördliche Spitze des Gardasees über fünfzig Kilometer entfernt war, war ihr klar, dass er scherzte, aber sie würde seinen Rat befolgen. Sie nickte ihm zu und richtete das Segel auf, und als es sich blähte, stieg sie auf das Board und schoss wie ein Pfeil über das Wasser. Im Slalom fuhr sie an den Wellen hinauf und hinunter und auf die Mitte des Sees zu. Es war berauschend und eine echte Herausforderung. Sie hätte nicht glücklicher sein können.

Vor ihr baute sich eine Welle anderthalb Meter hoch auf,

und sie fuhr bewusst an ihr hinauf und flog ein ganzes Stück weit durch die Luft, um wieder auf dem Wasser zu landen und weiterzufahren. Dabei hörte sie ein wildes Jauchzen und merkte überrascht, dass sie selbst es ausgestoßen hatte. Sekunden später zog Michael an ihr vorbei. Er drehte den Kopf nach ihr und machte eine Mundbewegung, die nach einem *Wow!* aussah.

Anderthalb Stunden blieben sie zusammen auf dem See, dann war Suzie erschöpft. Und tatsächlich nahm sie zweihundert Meter vom Ufer entfernt einen spektakulären Sturz als Gelegenheit wahr, sich bäuchlings auf das Board zu legen und auszuruhen.

Nach zwei Minuten kam Michael mit einer schwungvollen Bremsung bei ihr an und sprang rückwärts vom Board ins Wasser. Er ließ es vom Wind zu ihr treiben, und sie spürte seine warme Schulter neben sich. Selbst durch zwei Lagen Neopren fühlte sich das wunderbar an.

»Wow, Suzie, du warst wirklich heiß da draußen!«

Sie drehte sich zu ihm, strich sich die Haare aus dem Gesicht und strahlte ihn an. »Ich hatte seit einer Ewigkeit nicht mehr so viel Spaß. Beim vorigen Mal war es auch fantastisch, aber da war der Wind extrem; es war ein ständiger Kampf gegen die Naturgewalten. Heute war es auch schwierig, doch gut machbar. Danke, dass du mich mitgenommen hast.«

»Danke, dass du mitgekommen bist. Jetzt muss ich nur noch Beppe beichten, dass ich eine neue Partnerin gefunden habe.«

Einen Moment lang herrschte Schweigen, während der Wind um die Segel pfiff, dann wurde ihm klar, was er gesagt hatte.

»Eine Surfpartnerin, meine ich.«

Er schaute genauso verlegen wie Suzie, doch sie war entschlossen, sich von dem Gefühl der Peinlichkeit nicht überrollen zu lassen.

»Du brauchst es nur zu sagen, wann immer du auf dem See Gesellschaft haben willst.« Ein paar Augenblicke lang blieb sie noch so liegen. Sie beruhigte sich damit, dass ihre Wangen schon von der Anstrengung geglüht hatten und es vielleicht nicht aufgefallen war, als sie bei seiner Bemerkung erneut errötet war. »Allerdings weiß ich nicht, wie lange wir noch in Verona bleiben werden.«

»Das habe ich mich auch schon gefragt. Der Leiter der Akademie hat mich heute Morgen angerufen, damit ich Alex etwas ausrichte. Sie kann ab morgen an einem dreitägigen Schnupperkurs teilnehmen, wenn sie möchte.«

»Jede Wette, dass sie begeistert ist. Das Problem ist nur, dass ihr Vater dagegen ist.«

Michael hätte sich die Worte sparen können, sein Gesichtsausdruck sagte bereits alles. »Also, er kann sie doch nicht davon abhalten, an einem dreitägigen Kurs teilzunehmen. Du richtest ihr das trotzdem aus, nicht wahr?«

»Definitiv.« Suzie schaute zum Ufer. Ohne Brille sah sie ein wenig verschwommen, doch sie glaubte zu erkennen, wer ihnen von dort aus zusah. »Du kannst es ihr auch selbst sagen. Ich meine, sie steht auf dem Anleger. Wollen wir zurück? Ich bin völlig erledigt.«

Es dauerte nur drei Minuten, bis sie an dem Steg ankamen. Es war tatsächlich Alex, die da stand, und sie war allein. Das war wohl kein gutes Zeichen. Suzie segelte bis zu ihr, stieg vom Board und ließ das Rigg aufs Wasser fallen, um mit ausgestreckten Armen ihre schmerzenden Schultern zu dehnen.

»Hi, Suzie. Ich habe mir schon Sorgen gemacht, als ich dich da draußen liegen sah. Alles okay?« Sie klang blendend gelaunt, doch Suzie kannte sie inzwischen gut genug, um zu wissen, dass es in ihr ganz anders aussah. Sie warf einen Blick über die Schulter. Michael war noch fünfzig Meter entfernt, kam aber schnell näher. Sie wandte sich Alex zu und senkte die Stimme.

»Es geht mir gut, danke, bin nur erschöpft. Aber wie geht es dir? Wie ist es mit James gelaufen?«

Alexandra ließ den Kopf hängen. »Ich hab gekniffen.«

»Wie meinst du das?«

»Ich habe gesagt, dass es sich seltsam angefühlt hat, weil wir schon so lange Freunde sind. Und am Ende habe ich gesagt, ich bräuchte mehr Zeit.«

»Er denkt also, er hat noch Chancen?«

Alex nickte und blickte auf. »Suzie, bin ich ein schrecklicher Mensch? Hätte ich ihm die Wahrheit sagen sollen ohne Rücksicht auf Verluste?«

Aus dem Augenwinkel sah Suzie Michael auf den Anleger zufahren. Er schwenkte das Board steil herum und sprang ins Wasser. Hastig versuchte sie, Alex zu beruhigen.

»Du bist nicht schrecklich. Du wolltest es ihm behutsam beibringen. Echte Freunde machen das so.«

Müde zog sie sich auf den Anleger und ging zu Michael, der im Seichten mit seinem Rigg hantierte.

»Komm und erzähl Alex von dem Schnupperkurs. Sie kann eine Aufmunterung gebrauchen.« Sie bot ihm die Hände, um ihm heraufzuhelfen, doch er schaffte das allein, und sie empfand einen Stich des Bedauerns.

Während Michael und Alex sich unterhielten, zog Suzie ihr Board aus dem Wasser und trug es ins Bootshaus. Als sie es verließ, hatte James sich inzwischen mit einem Krug frischer Limonade und vier Gläsern zu ihnen gesellt. Soweit Suzie sehen konnte, wirkte er trotz des Gesprächs mit Alex zufrieden wie sonst auch. Sie machte ihn mit Michael bekannt, und die zwei Männer setzten sich. Unweigerlich unterhielten sie sich übers Surfen. Deshalb setzte sich Suzie neben Alex und schnitt ein anderes Thema an.

»Hat Michael dir von dem Schnupperkurs erzählt?«

»Und ob.« Alex klang begeistert. »Und ich werde daran teilnehmen. Er geht von morgen bis Donnerstagabend, und am Freitag gibt es einen freien Maltag. Bist du einverstanden, wenn wir noch den Rest der Woche hierbleiben? Wir wollten ja eigentlich nach Mantua oder Padua fahren.«

»Ich richte mich gern nach dir, und ich kann mir nicht vorstellen, dass es woanders schöner ist als in Verona. Wenn mir langweilig wird, kann ich immer noch in den Zug nach Mantua steigen und da den Tag verbringen – nicht dass ich das wirklich vorhabe. Aber es ist nur eine halbe Stunde entfernt.«

Alex sah zu den Männern, die sich noch angeregt unterhielten, und senkte die Stimme. »Und was ist mit dir und Michael? Wie war es heute zwischen euch?«

Suzie mauerte. »Ich hatte einen fantastischen Surfnachmittag mit einem Freund. Was könnte ich mir mehr wünschen?«

»Ja, was wohl?«

Suzie wich ihrem Blick aus.

17

Sie verlebten eine schöne Woche, obwohl das Wetter durchwachsen war. James reiste zurück nach England, noch immer in der Hoffnung, es würde zwischen ihnen beiden doch noch klappen. Alex war tagsüber bei ihrem Schnupperkurs und kam abends glücklich strahlend ins Hotel zurück.

Am Donnerstag fuhr Suzie doch noch mit dem Zug nach Mantua und verbrachte den Tag in dem entzückenden Städtchen, schlenderte durch die mittelalterlichen Bogengänge und entkam auf diese Weise den Regenschauern. An drei Seiten von Seen umgeben, die vom Mincio gespeist wurden, wirkte die Stadt wie die Kulisse vieler Shakespeare-Stücke, die Suzie schon auf der Bühne gesehen hatte, und auch Romeo war nach Mantua verbannt worden.

Der Palazzo Ducale und seine Umgebung waren reizvoll und verströmten historisches Flair, vom Kopfsteinpflaster bis zu den typischen Zinnen, und Suzie hätte einen wunderbaren Tag erlebt, wenn zwei Dinge nicht gewesen wären.

Keine ihrer Bewerbungen hatte bislang zu etwas geführt, und daher stand wohl fest, dass sie bei ihrer Rückkehr nach England arbeitslos sein würde. Und als wäre das nicht schlimm genug, hatte auch Michael seit Montag nichts mehr von sich hören lassen. Nach dem gemeinsamen Surfen auf dem See hatte er sich eine halbe Stunde mit James unterhalten und sich dann verabschiedet. Er hatte verlegen gewirkt, als er Suzie auf die Wangen geküsst hatte, und etwas Ermutigendes zu ihr gesagt.

»Solch einen Nachmittag habe ich schon sehr, sehr lange nicht mehr erlebt, Suzie. Es war schön. Danke dafür.«

Da er in der Woche nach dem Sturm mit Beppe surfen gewesen war, verstand sie seine Bemerkung so, dass ihre Gesellschaft ihm etwas bedeutete und nicht bloß das tolle Surferlebnis. Er hatte sichtlich gezögert und nach den richtigen Worten gesucht, sie dann jedoch bloß angelächelt und war mit seinem Board ins Wasser gewatet.

Als sie ihm nachsah, wie er davonsurfte zu der Stelle, wo er sein Auto abgestellt hatte, empfand sie das gleiche anhaltende Bedauern wie nach dem Konzert, vielleicht ein wenig gemildert von dem Hoffnungsschimmer, den seine Abschiedsworte in ihr entfacht hatten. Dennoch, so sagte sie sich bei einem Sandwich unter dem nassen Sonnenschirm an der Piazza Sordello, in einer guten Woche würden wieder tausend Meilen zwischen ihnen liegen.

Und damit wäre die Sache zu Ende.

Am Abend traf sie sich mit Alex zum Essen, und die Stimmung blieb ernst, trotz der Flasche Wein, die sie sich teilten. Alex hatte jeden Moment in der Akademie genossen und freute sich auf den freien Maltag. Suzie sah ihr an, wie glücklich sie das Malen machte und wie sehr es sie schmerzte, dass sie nicht bleiben durfte, um den kompletten Diplomkurs zu absolvieren. Während des Essens versuchte Suzie noch einmal, Alex zur Vernunft zu bringen.

»Ich habe noch mal über das Versprechen nachgedacht, das du deiner Mutter gegeben hast. Sie kann eigentlich nur gemeint haben, dass du ihm gehorchen sollst, solange du noch ein Kind bist. Eine Mutter möchte eben, dass ihr Kind glücklich wird, nicht wahr? Meiner Ansicht nach würdest du das Richtige tun, wenn du dich durchringst und deinem Vater sagst, mir ist egal, was *du* willst, ich bleibe hier.«

Alex sah sie kleinlaut an. »Und wovon soll ich leben? Wie soll ich den Kurs bezahlen? Wo soll ich wohnen? Ich könnte ja nicht in diesem Hotel bleiben oder in irgendeinem anderen.«

»Hast du keine eigenen Ersparnisse?« Suzie wunderte sich.

»Auf dem Konto habe ich nicht mal tausend Pfund. Mein Taschengeld wird mir jeden Monat überwiesen, und ich gebe es aus. Ganz einfach. Das erwartet mein Vater von mir, also tue ich es. Diese Ferien wurden mit der Familienkreditkarte bestritten, und mein Vater hat mir am Sonntag gesagt, dass er sie sperrt, wenn ich ihm nicht gehorche.«

»Wie gemein!« Suzie trank einen Schluck Wein und schüttelte verständnislos den Kopf. Sie musste an Lord Capulet denken, Julias Vater. Lord Tedburn war auf seine Weise genauso gnadenlos wie der Mann aus dem Drama, der das Leben seiner Tochter ruinierte und ihren Tod herbeiführte, indem er ihr befahl zu gehorchen. »Wo nicht: geh, bettle, hungre, stirb am Wege!« So weit würde Alex' Vater nicht gehen, dennoch benahm er sich wie ein Tyrann. Sie griff zu ihr hinüber und drückte ihre Hand, um ihr Mut zuzusprechen. »Das wird sich alles finden.«

Alex erwiderte nichts, doch ihr war anzusehen, dass sie das für unwahrscheinlich hielt.

Zumindest für Suzie zeigte sich ein Silberstreif am Horizont, als sie in ihr Hotelzimmer zurückkam und ihre E-Mails abrief. Außer einer Absage von einer Universität, bei der sie sich um einen Lehrauftrag beworben hatte, fand sie eine interessante Nachricht. Sie stammte von Professor Macgregor-Brown, und er lud sie wieder zu sich ein, diesmal am Samstag zum Tee. Das Interessante steckte in folgenden Zeilen:

Ich würde gern über ein kleines Projekt mit Ihnen sprechen, an dem ich nun seit ein paar Jahren arbeite. Seit ich Sie kenne, denke ich, das könnte der richtige Zeitpunkt sein, um es zu verwirklichen.

Was für ein Projekt kann das sein?, fragte sie sich. Und inwiefern konnte es wichtig sein, dass er sie kennengelernt hatte? Wollte er vielleicht noch ein Buch über seinen verehrten Shakespeare schreiben, oder ging es um etwas ganz anderes? Wollte er vielleicht sogar, dass sie daran mitwirkte? In der Fachwelt in einem Atemzug mit solch einem so berühmten Namen zusammen genannt zu werden wäre ein enormer Schritt auf der Karriereleiter und würde ihre Chancen, an einer Universität angenommen zu werden, ohne Frage um ein Vielfaches verbessern. Sie schüttelte ihre trübe Laune ab und ging mit neuem Optimismus ins Bett.

Am Freitag schlenderte sie den ganzen Tag durch Verona und suchte mit gemischten Gefühlen nach dem Kastanienhain, der in der ersten Szene des ersten Aktes von *Romeo und Julia* erwähnt wurde.

Bei ihrer Rückkehr ins Hotel fand sie Alex auf der Terrasse auf Knien, wo sie mit bloßen Händen dünne Porzellanscherben zusammenfegte. Beunruhigenderweise war ihr Gesicht gerötet. Ihre Wangen waren nass von Tränen. Suzie ging sofort zu ihr.

»Du hast eine Tasse fallen lassen? Lass nur, das Zimmerpersonal wird sich darum kümmern.«

Alex sah zu ihr hoch, noch sichtlich voller Zorn. »Nicht fallen lassen, ich habe sie hingeschleudert.« Sie wischte sich mit dem Handrücken die Augen. »Das war albern, aber ich war dermaßen wütend, dass ich die blöde Tasse über die Terrasse gepfeffert habe.«

Suzie ging in die Hocke und klaubte ebenfalls Scherben auf. Dann setzten sie sich zusammen auf das leicht feuchte Korbsofa. Der Himmel war bedeckt, und obwohl es noch nicht einmal sechs Uhr war, herrschte ein düsteres Licht. Das passte zu Alex' Stimmung.

»Das ist so was von ungerecht!« Sie zog ein Papiertaschentuch aus der Hosentasche und trocknete sich wütend die Augen. »In den paar Tagen an der Akademie war ich mal richtig glücklich, und Professor Milanese sagt, ich bin wirklich begabt. Er hat mir dringend ans Herz gelegt, den Diplomkurs zu absolvieren. Ich habe gerade meinen Vater angerufen, um ihn ein letztes Mal anzuflehen, und was kam dabei heraus? Nichts als Scherben.«

Suzie legte die Hand auf Alex' Arm. »Also wieder ein Nein?«

»Nicht nur das, sondern auch die strenge Anweisung, am Samstag ins Flugzeug nach England zu steigen. Andernfalls sperrt er die Kreditkarte und streicht mir das Taschengeld. Dann bin ich pleite.« Sie unterdrückte einen frustrierten Schluchzer. »Das ist so unfair!«

Suzie tätschelte ihr beruhigend den Arm und überlegte, was am besten zu tun wäre. Was sie an Alex' Stelle tun würde, war gar keine Frage – aber sie würde damit auch kein Versprechen an eine todkranke Mutter brechen oder unermesslichem Reichtum den Rücken kehren. Trotzdem hatte Alex recht. Ihr Vater verhielt sich, aus welchen Gründen auch immer, herzlos und bewies, dass er nicht im Geringsten an die Gefühle, Hoffnungen und Ambitionen seiner Tochter dachte. Doch das behielt Suzie erst einmal für sich. Die Entscheidung lag nicht bei ihr. Die musste Alex selbst treffen. Sie durfte sie allenfalls sanft ermutigen.

»Und wenn du nächste Woche noch mal persönlich mit ihm sprichst, wenn du wieder zu Hause bist? Man kann nie wissen. Wenn er dich so unglücklich sieht, dringst du vielleicht zu ihm durch.«

»Der Kurs fängt am Montag an. Aber vielleicht ist es nicht schlimm, wenn ich die ersten beiden Tage verpasse …« Alex klang noch immer hoffnungslos. »Wie auch immer, es ist zwecklos. Er wird es mir nicht erlauben. Du weißt, er hat sich noch nie umstimmen lassen.«

Suzie war entschlossen, Alex aus ihrer Niedergeschlagenheit zu reißen. »Ich könnte jetzt ein Gläschen vertragen. Komm. Ich gebe einen aus. Lass uns an der Piazza delle Erbe in eine Bar gehen.«

Es kostete ein wenig Mühe, aber schließlich konnte sie Alex überreden, sich die Tränen wegzuwischen und mit ihr in die Dämmerung hinauszugehen.

Inzwischen waren die Marktstände verschwunden, und man konnte über die Menschenscharen hinweg zum anderen Ende des Platzes sehen. Eine lateinamerikanische Band spielte mit Panflöten und Trommeln charmante Lieder, ringsherum brannten schon die Laternen, und es herrschte eine romantische Stimmung – aber weder Alex noch Suzie konnten sich darauf einlassen. Die Pfützen vom gestrigen Regen waren verdunstet, und es war ein recht warmer Abend. Daher setzten sie sich unter eine Markise, und Suzie tat etwas, was sie selbst überraschte. Sie bestellte beim Keller zwei Grappa.

Als die serviert wurden, orderte sie sicherheitshalber auch zwei Gläser Mineralwasser. Alex folgte Suzies Beispiel und kippte ihren Schnaps hinunter. Während sie nach Luft schnappte, nahm Suzie den Gesprächsfaden wieder auf.

»Er kann dir also die Kreditkarte sperren und das Taschengeld verweigern. Was meinst du, was er noch tun könnte, wenn du nächsten Samstag nicht im Flugzeug sitzt?«

»Er wird fuchsteufelswild sein. Also, wer weiß?«

»Aber er würde nicht den Capulet geben und dich auf die Straße setzen, oder?« Die Gnadenlosigkeit jenes Vaters ging ihr nicht aus dem Kopf. »Er würde dich nicht verstoßen oder enterben oder etwas in der Art?«

Alex rang sich ein Grinsen ab, was ihr trotz des Grappas sichtlich schwerfiel. »Ich habe keine Ahnung. Ich glaube aber nicht, dass er mich verstößt. Das würde zu einem Skandal führen. Er ist viel zu stolz auf den Ruf der Familie, um das zu riskieren. Finanziell kann er einiges gegen mich unternehmen. Vielleicht streicht er mich aus dem Testament und hinterlässt alles Rafe.«

»Ihr beide steht euch doch nahe, oder? Dein Bruder würde das sicher in Ordnung bringen, wenn es so weit käme.«

Alex trank einen großen Schluck Wasser und nickte unsicher. »Theoretisch ja. Aber wenn es um Geld geht, werden viele Leute plötzlich sonderbar. Ich würde mich nicht auf ihn verlassen. Außerdem wird mein Vater hoffentlich noch nicht so bald sterben, und bis dahin würde ich am Existenzminimum leben.«

Suzie dachte, dass das Existenzminimum für jemanden aus ihren Kreisen vermutlich hieße, sich keinen Urlaub in Italien leisten zu können. Doch das sprach sie nicht aus. Sie wusste aus eigener Erfahrung, mit wie wenig Geld man tatsächlich auskommen konnte. Wenn Alex nur eine günstige Unterkunft fände und vielleicht noch einen Teilzeitjob. Ihr kam James' Villa mit all den ungenutzten Schlafzimmern in den Sinn. Er würde sicher gern aushelfen, wenn Alex ihn darum bäte. Doch dazu würde es wahrscheinlich nicht kommen. Trotzdem riskierte sie es, die Idee aufzubringen.

»Hast du mal überlegt, James zu fragen, ob du in der Villa wohnen darfst? Von dort gibt es eine ganz gute Busverbindung nach Verona. Die Fahrt dauert zwar eine Stunde, aber das ist kein Weltuntergang, hm?«

Alex blickte auf. »Und was wäre meine Gegenleistung? Er ist ein anständiger Kerl, doch es wäre nur menschlich, einen Gefallen dafür zu erwarten.« Sie schüttelte den Kopf. »Ich könnte das nicht, Suzie. Das wäre zu schräg.«

»Ich denke trotzdem, er wird es verstehen, wenn du ihm freiheraus sagst, wie es dir damit geht. Ihr seid schließlich beste Freunde, und das seit einer Ewigkeit. Er würde dich bestimmt da wohnen lassen – ohne Bedingungen.«

Alex schüttelte den Kopf. »Es gibt noch einen Grund, warum das nicht geht. Er würde mir damit helfen hierzubleiben – gegen den ausdrücklichen Wunsch meines Vaters. Dann würde der mit James' Vater sprechen – und vergiss nicht, die Villa gehört ihm –, und der würde mich ganz schnell rauswerfen. James würde auch in der Tinte sitzen. Es ist unmöglich.«

»Tja, dann musst du dir eben ein billiges Zimmer suchen und vielleicht auch einen Teilzeitjob, um die Miete zu bezahlen.«

»Einen Job? Ich spreche kein Wort Italienisch. In welchem Job käme ich damit durch? Nicht mal als Tellerwäscherin, nehme ich an. Und die Wirtschaftslage in Italien ist derzeit nicht rosig. Da werde ich nichts finden, jede Wette.«

»Und wenn du dich an die Akademie wendest? Vielleicht können die bei der Zimmersuche helfen.«

»Da habe ich heute Nachmittag schon nachgefragt. Sie haben mir eine Liste mit Adressen gegeben. Doch selbst die billigsten Zimmer kann ich mir nicht leisten. Ich wäre schnell pleite.« Sie zog ein Papiertaschentuch hervor, um sich die Augen zu wischen und die Nase zu putzen. Als sie Suzies Blick begegnete, schüttelte sie den Kopf. »Es hat keinen Sinn. Er hat gewonnen.«

Suzie fühlte mit ihr, und dabei wurde ihr klar, dass sie gute Freundinnen geworden waren. Und Freundinnen halfen einander. Seit ein paar Tagen wälzte sie das Problem nun schon und hatte sich langsam auf eine Entscheidung zubewegt. Nun war es an der Zeit, sie in die Tat umzusetzen.

»Nein, er hat nicht gewonnen. Hör zu. Er hat mir für den

Monat in Italien viertausend Pfund aufs Konto überwiesen, und ich habe kaum etwas davon ausgegeben. Wenn wir sparsam leben, sollten wir uns davon die Kaution für eine kleine Wohnung am Stadtrand leisten können und mindestens bis Weihnachten auskommen. Bis dahin wirst du wissen, ob du weiter an der Akademie studieren willst. Vielleicht finden wir auch beide einen Job. Und was noch wichtiger ist: Wenn dein Vater sieht, dass du das konsequent durchziehst, hart arbeiten kannst und Schwierigkeiten aus dem Weg gehst, könnte er seine Meinung doch noch ändern. Ich spreche ganz gut Italienisch. Daher sollte ich einen Job in der Gastronomie oder in der Tourismusbranche finden, mit dem ich uns beide über Wasser halten kann.«

Alex sah sie mit großen Augen an. »Das würdest du für mich tun? Suzie, das ist verrückt. Was wird dann aus deiner Karriere? Du wärst mit solch einem Job völlig unterfordert. Ich kann nicht zulassen, dass du für mich solch ein Opfer bringst.«

»Ich täte das auch für mich selbst. Ich mag Italien. Ich liebe Verona. Ich habe nichts, was mich nach England zieht, zurzeit jedenfalls. Also, warum sollte ich nicht hierbleiben und mal schauen, was sich entwickelt?« Sie hob die Hand. »Und bevor du fragst: Es geht mir dabei nicht um Michael. Ich weiß, wie es gerade in ihm aussieht, und akzeptiere, dass zwischen uns nichts passieren wird – nicht in absehbarer Zeit. Das ist schade, aber so ist es nun mal. Nein, hier geht es darum, etwas Neues zu versuchen und einer Freundin zu helfen.«

Alex warf sich in ihre Arme und brach in Tränen aus. Als sich ein paar Leute nach ihnen umdrehten, bekam Suzie heiße Wangen. Trotzdem ließ sie Alexandra in Ruhe weinen. Schließlich hob Alex den Kopf von Suzies Schulter. Ihr liefen noch Tränen über die Wangen, doch sie konnte schon wieder lächeln.

»Das macht mich sprachlos, Suzie. Bisher hat noch niemand

so etwas für mich tun wollen, aber ich kann das unmöglich annehmen. So viel sollte keiner von einem Freund verlangen.«

»Du kannst und du musst das annehmen. Außerdem finde ich, dass ich dir das schuldig bin.«

»Du mir schuldig?«

»Ja, weil ich dich ungerecht beurteilt habe. Ich habe einfach das Urteil deines Vaters übernommen, ohne nach deiner Sicht der Dinge zu fragen. Das war ein großer Fehler, den ich sehr bereue. Seit ich dich besser kenne, weiß ich, dass er falschliegt, und wenn ich dazu beitragen kann, ihm das zu beweisen, umso besser.«

Sie strich Alex über die feuchte Wange. »Wie gesagt, ich bin gerne hier, und ich bin überzeugt, dass wir für dich das Richtige tun … und wer weiß? Vielleicht auch für mich.« Sie zog eine Handvoll Servietten aus dem Spender und reichte sie Alex. »Wisch dir die Tränen weg, trink aus und lass uns essen gehen.«

»Suzie, ich kann dir gar nicht genug dafür danken.«

»Mach dir da mal keinen Kopf. Aber eine Bedingung gibt es: Versprich mir, dass du dir die Finger wund arbeitest und versuchst, die beste Malerin der Welt zu werden.«

»Soll ich besser werden als dein Michael?« Alex grinste sie an.

»Er ist nicht mein Michael.«

»Sagt wer?«

»Sagt er.«

18

Am nächsten Morgen beim Frühstück bekam Suzie die E-Mail zu lesen, die Alex an ihren Vater senden wollte. Sie erläuterte darin ihre Pläne und stellte klar, dass sie auf alle Strafmaßnahmen, die er treffen könnte, vorbereitet war. Ihr sei bewusst, schrieb sie, dass sie ohne sein Geld und ohne seine Hilfe auskommen müsse, sie habe sich aber entschlossen, ihren beruflichen Werdegang nicht mehr nach seinen Wünschen auszurichten. Und sie fügte sogar hinzu: *Ich bin mir sicher, dass Mutter mich in dieser Angelegenheit unterstützen würde, wenn sie noch am Leben wäre.*

Suzie war auch beeindruckt, weil Alex darauf bestand, die E-Mail Zeile für Zeile mit ihr durchzugehen und zu löschen oder zu ergänzen, was Suzie für richtig hielt. Es war nicht mehr zu bezweifeln: Nach einem holprigen Start hatte sich zwischen ihnen eine echte Freundschaft entwickelt. Und auch deshalb war Suzie von der Richtigkeit ihres Vorhabens überzeugt. Alex sollte ihr Potenzial ausschöpfen können, und Freunde mussten einander helfen.

Alex zeigte auch gleich, dass sie gar nicht mehr so grün hinter den Ohren war, wie ihr Vater glaubte.

»Da die Kreditkarte noch funktioniert, habe ich heute Morgen schon die volle Jahresgebühr an die Akademie überwiesen. Da kann Vater keinen Riegel mehr vorschieben. Und die E-Mail an ihn schicke ich nicht vor Montag ab. Also, wenn du einen Wunsch hast, brauchst du es nur zu sagen, und wir erfüllen ihn dir am Wochenende.«

Suzie grinste sie an. »Danke, ich habe alles, was ich brauche.« Nachdem sie entschieden hatte, in Verona zu bleiben, wollte sie sich tatsächlich noch etwas kaufen, nämlich einen Neoprenanzug. Doch den würde sie von ihrem eigenen Geld bezahlen. Sie wäre erst mal damit zufrieden, sich die Surfboards und Riggs weiterhin von James oder Michael zu borgen – der sich allerdings seit fünf Tagen nicht mehr gemeldet hatte. Doch wenn sie auch im Winter noch aufs Wasser hinauswollte, würde sie einen guten, warmen Neoprenanzug benötigen.

Wie sich herausstellte, war Alex mit den Gedanken gerade ebenfalls bei Kleidungsstücken, aber in ganz anderer Hinsicht.

»Ich habe mir noch etwas überlegt, Suzie. Ich habe einen Haufen wirklich teurer Designerklamotten und Schuhe bei mir. Es gibt eine Webseite, die sich auf solche Sachen spezialisiert hat. Ich werde dort ein paar zum Verkauf anbieten. Davon lassen sich auch einige Rechnungen bezahlen.«

Suzie staunte. Sie hatte Alex bisher fast nur in Designerkleidung gesehen. Die Entscheidung, darauf zu verzichten, war ihr sicher nicht leichtgefallen. »Also kommt es, wie dein Vater befürchtet: Du wirst zum Bohemian?« Sie zwinkerte ihr zu.

»Keine Sorge. Ich werde mich regelmäßig waschen und die Unterwäsche wechseln. Die anderen in dem Schnupperkurs kamen immer in T-Shirt und Shorts oder Jeans. Da werde ich die teuren Sachen nicht mehr brauchen. Ich würde mich gern anpassen.«

Suzie nickte anerkennend und zeigte ihr dann die E-Mail von Professor Macgregor-Brown. Alex fand sie genauso interessant wie sie selbst.

»Was für ein Projekt kann das sein? Hoffentlich etwas Aufregendes.«

Was der Professor ihr eröffnete, war definitiv aufregend, nicht nur das. Als Suzie in seinem Haus auf dem Sofa Platz nahm und schließlich Dogberry davon abbringen konnte, auf ihren Schoß zu klettern, hörte sie gespannt zu, was ihr der alte Herr zu sagen hatte. Schon mit dem ersten Satz überraschte er sie.

»Ich weiß nicht, ob ich es bereits erwähnt habe, Suzie, aber meine Frau war gebürtige Veroneserin.«

»Ihre Frau? Ich muss zugeben, ich wusste nicht, dass Sie verheiratet waren.«

Er nickte bedächtig. »Ich lernte sie bei einer Konferenz in Verona kennen, und es war Liebe auf den ersten Blick.« Er lächelte versonnen. »Wie bei Romeo und Julia. Wir waren fünfundvierzig Jahre verheiratet, und das waren die schönsten Jahre meines Lebens. Vor zehn Jahren ist sie gestorben, und ich dachte, mein Leben sei damit auch zu Ende. Ich fühlte mich verloren, verlassen und einsam.«

Selbst nach so langer Zeit geriet seine Stimme noch ins Schwanken, und Suzie musste sich beherrschen, um ihn nicht in den Arm zu nehmen.

»Das tut mir sehr leid. Sie vermissen sie noch immer?«

Seine Antwort kam sofort. »Jeden Tag, Suzie. Jeden einzelnen Tag.« Er schwieg einen Moment, dann holte er tief Luft. »Nun ja, das Leben geht weiter, und bald werde ich auch von der Bühne abtreten. In den vergangenen zwei Jahren habe ich darüber nachgedacht, was von mir bleibt. Ja, ich habe einige Bücher geschrieben, einen gewissen akademischen Erfolg vorzuweisen, doch ich möchte ein größeres Vermächtnis hinterlassen.«

Suzie wartete gespannt, ohne ihn mit einer Frage zu unterbrechen, und nach ein paar Augenblicken fuhr er fort.

»Ines, so hieß meine Frau, stammte aus einer sehr reichen Familie. Daher habe ich von ihr diese Villa geerbt und auch ein schönes Stadthaus in Verona. Nach ihrem Tod stand ich also mit den Häusern da und hatte außerdem mehr Geld, als ich verbrauchen kann … Ich würde gern darauf verzichten, wenn ich sie dafür zurückbekäme.«

Er streckte einen Fuß aus und kraulte Dogberry geistesabwesend den Rücken. Suzie hörte den Hund genießerisch brummen. Sein großer schwarzer Kopf ruhte wie immer auf ihrem Fuß, und sie hatte den deutlichen Eindruck, dass er lächelte, als er zu ihr heraufblickte.

Sie bückte sich und kraulte ihm die Ohren, wobei sie seinen wedelnden Schwanz auf den Boden schlagen hörte. Da der Professor mit den Gedanken offenbar meilenweit entfernt war, versuchte sie, das Gespräch wieder in Gang zu bringen. »An welche Art Vermächtnis denken Sie?«

»Wir haben keine Kinder bekommen, und ich selbst habe auch keine nahen Verwandten mehr. Damit das Vermögen nicht irgendeinem entfernten Cousin zufällt, den ich gar nicht kenne, möchte ich etwas Lohnendes aufbauen. Ich habe mit der Idee gespielt, ein Stipendium zu stiften und eine Forschungsstelle in Oxford – die würden sich darum reißen. Aber dabei besteht immer das Risiko, dass Universitätspolitik ins Spiel kommt. Ich möchte, dass die Wissenschaftler, die mir nachfolgen, Forschungsfreiheit haben, ohne Druck von oben, und daher bin ich von der Idee abgerückt. Aber nun haben mich unsere interessanten Gespräche über Shakespeare überzeugt, dass eine Alternative nötig ist.« Er schaute Suzie an und nickte bekräftigend. »Ich glaube, ich habe die Lösung gefunden.«

Es war wundervoll zu sehen, wie lebhaft er auf einmal war. Suzie neigte sich nach vorn und hörte aufmerksam zu, während er seine Pläne darlegte.

»Im Lauf der Jahrhunderte hat Italien viele englischsprachige Dichter, Schriftsteller und Dramatiker inspiriert, nicht nur Shakespeare.« Der Professor lächelte. »Ob er nun ein Mann oder eine Frau war. Es ist klar, dass Chaucer von Boccaccios *Decamerone* beeinflusst wurde, und nicht zu vergessen die großen Romantiker wie Shelley und Byron, wie auch im zwanzigsten Jahrhundert Schriftsteller wie E. M. Forster, Ernest Hemingway und Robert Graves. Was ich nun gern tun möchte, ist Folgendes: Ich möchte hier in Italien ein Forschungszentrum einrichten, um Wissenschaftler aus aller Welt zu unterstützen, die zum Einfluss Italiens auf die anglophone Literatur forschen.«

»Wenn Sie sagen, ›hier in Italien‹, meinen Sie dann Verona?« Suzie hörte selbst, wie aufregend sie das fand.

»Genau. Verona hat eine lange, illustre Tradition als Stätte der Gelehrsamkeit. Haben Sie mal die alte Bibliothek besichtigt, die *Biblioteca Capitolare*? Sie soll die älteste der Welt sein, und es ist so gut wie gesichert, dass Größen wie Dante und Petrarca sie genutzt haben. Zufällig bin ich mit dem derzeitigen Direktor befreundet, und wir haben uns unterhalten.« Er lächelte wieder. »Er ist von meiner Idee begeistert. Mit seiner Unterstützung könnte etwas Gutes daraus werden.«

Suzies Herz klopfte wie wild. »Und meinen Sie, ich könnte Ihnen bei dem Projekt helfen?«

Er schüttelte den Kopf und löste bei ihr eine Woge der Enttäuschung aus. Aber nur für zwei Sekunden. »Sie sollen mir nicht *helfen*, Suzie, Sie sollen die Einrichtung *leiten*.«

»Ich soll sie leiten …?« Ihre Stimme wurde mit jedem Wort schwächer und sein Lächeln umso breiter.

»Ich bin mittlerweile zu alt und tauge nur noch als knorriges Aushängeschild. Sie dagegen sind meiner Meinung nach genau die Richtige für den Posten. Ihre wissenschaftlichen Leistungen sind die ideale Voraussetzung, Sie sprechen beide Sprachen, und vor allem sind Sie ein Mensch, der gut mit Leuten umgehen kann. Glauben Sie mir, das wird essenziell sein.

Sie werden Ihre ganze Sozialkompetenz brauchen, um die örtlichen Autoritäten auf Ihre Seite zu bekommen, und enormes Taktgefühl, damit wir von den akademischen Kreisen in Großbritannien und darüber hinaus ernst genommen werden. Aber ich bin überzeugt, wenn das jemand schafft, dann Sie.« Plötzlich wurde er ernst. »Also, sagen Sie mir: Sind Sie interessiert?«

»Ob ich …?« Suzie fehlten die Worte. Hastig riss sie sich zusammen, denn es drängte sie, ein paar Dinge klarzustellen. »Prof… Mack, ich bin ungeheuer dankbar und fühle mich geehrt, weil Sie mich für ein so bedeutendes Projekt in Erwägung ziehen, und ich würde das Angebot sehr gern annehmen. Sind Sie auch wirklich sicher, dass ich die Richtige dafür bin? Sie kennen mich inzwischen ja ganz gut und wissen, dass ich nicht gerade ein extrovertierter Mensch bin und meine Verlegenheitsschwelle sehr niedrig ist. Als Repräsentantin Ihrer Forschungseinrichtung möchte ich Sie auf keinen Fall enttäuschen.«

»Sie werden mich nicht enttäuschen, Suzie, dessen bin ich mir sicher.« Jetzt lächelte er wieder. »Und machen Sie sich keine Sorgen wegen Ihrer Unsicherheit. Das gibt sich mit der Zeit. Ich werde das Haus in Verona dafür nutzen, vorausgesetzt, wir bekommen vom Stadtrat die Genehmigung. Es sollte sich gut für einen Umbau eignen, wie er mir vorschwebt, und wenn das Forschungszentrum an Mitarbeitern und Einfluss gewinnt, können wir uns zu gegebener Zeit nach etwas Größerem umsehen. Fürs Erste ist dort im Erdgeschoss und im ersten Stock reichlich Platz für das Zentrum.

Falls Sie interessiert sind, können Sie die Wohnung im obersten Stock haben – natürlich mietfrei. Sie müssen schließlich irgendwo wohnen, und ich denke, Sie werden sie ganz komfortabel finden. Sie ist möbliert und hat zwei Schlafzimmer, sollte also groß genug sein für Sie selbst und eine Freundin, wenn Sie wollen. Anfangs bekämen Sie nur ein bescheidenes Gehalt. Wenn wir eine gewisse Bedeutung erlangen, kann es erhöht werden. Später sollten wir auch in der Lage sein, Fördergelder zu bekommen und weiter zu wachsen. Wie klingt das? Reizt Sie der Posten?«

Diesmal konnte sie sich nicht zurückhalten und sprang auf, sodass der dösende Hund hochschreckte, lief zu dem Professor und schüttelte ihm die Hand. Wäre er nicht ihr künftiger Arbeitgeber gewesen, hätte sie ihn geküsst. Er drückte ihre Hand mit beiden Händen.

»Darf ich das als Zusage verstehen?«

Inzwischen war auch Dogberry aufgesprungen. Er wedelte heftig mit dem Schwanz und kratzte sie mit seinen Pranken. Suzie streichelte ihn kurz mit der freien Hand, um sich dann wieder dem Professor zuzuwenden.

»Das dürfen Sie. Ja, bitte. Und vielen, vielen Dank! Ich kann mir keine schönere Arbeit vorstellen. Wann soll ich anfangen?«

Ihr dämmerte gerade, dass sie nicht nur eine gute Stelle bekleiden würde, sondern dass durch die dazugehörige Wohnung auch das Haupthindernis für Alex' Pläne aus dem Weg geräumt war. Sie würden einen Platz zum Leben haben und keine Miete zahlen müssen!

»Ausgezeichnet. Sie können anfangen, sobald Sie wollen. Sollen wir sagen, Montag in einer Woche? So wird Ihr Urlaub nicht verkürzt, und Sie können vorher alles Nötige erledigen. Nun lassen Sie uns Tee trinken und ein Stück von Paolinas Kuchen essen. Dabei können wir die Details besprechen. Das bedeutet, wir gründen eine gemeinnützige Stiftung mit Kuratoren und so weiter.

Ich fürchte, während der nächsten paar Monate haben Sie eine steile Lernkurve zu bewältigen, bis Sie die verborgenen Geheimnisse des hiesigen Rechtssystems und der lähmenden

Bürokratie durchdrungen haben.« Er ließ ihre Hand los, und Suzie richtete sich lächelnd auf. »Aber das schaffen Sie. Und ich werde immer hinter Ihnen stehen.«

Als Suzie mit einem Satz Schlüssel seines Veroneser Hauses die Villa verließ, lächelte sie noch immer glücklich vor sich hin. Je detaillierter sie über das Projekt sprachen, desto begeisterter war sie davon. Sie bekam nicht irgendeinen Job, sondern einen, der auf ihre Qualifikation und Erfahrung zugeschnitten war. Von einem so verantwortungsvollen Posten hätte sie nicht mal zu träumen gewagt. Zunächst würde sie nicht besonders viel verdienen, aber da sie keine Miete zu zahlen brauchte, stünde ihr mehr Geld zur Verfügung als bei ihrer letzten Arbeitsstelle in London. Und eine innere Stimme flüsterte, dass sie in der Nähe eines gewissen Malers bliebe – ob er sie nun bei sich haben wollte oder nicht.

Während sie an der Bushaltestelle wartete, rief sie Alex an, um ihr die tolle Neuigkeit zu berichten. Alexandra freute sich überschwänglich, zum einen für Suzie, aber auch für sich selbst.

»Du meinst, wir können da wirklich umsonst wohnen?« Sie wagte wohl nicht so recht, daran zu glauben. »Bist du sicher?«

»Absolut, und ich schlage vor, wir treffen uns dort in einer Stunde. Mack hat mir schon die Schlüssel gegeben.«

Sie nannte ihr die Adresse und fügte hinzu, dass sich das Haus laut dem Professor mitten in der Altstadt befand, nicht mal zweihundert Meter von der Arena entfernt. Sie verabredeten sich für sechs Uhr. Nachdem sie auch ihre Mutter angerufen und ihr von der glücklichen Fügung erzählt hatte, lächelte sie während der gesamten Busfahrt vor sich hin.

Ihre Mutter war hocherfreut gewesen – und sehr erleichtert. Suzie war klar, welche Sorgen sich ihre Eltern gemacht hatten, seit sie die Stelle in der Stiftung verloren hatte. Sie waren ihr immer eine große Stütze gewesen und wussten, wie wichtig ihr dieses Jobangebot war, auch wenn sie dadurch weit voneinander entfernt leben würden. Das gab ihnen allen Auftrieb, und Suzie vermutete stark, dass ihr Vater am Abend die Sherry-Flasche aus dem Schrank holen und das Ereignis gebührend feiern würde.

Als sie um zehn vor sechs vor dem Haus in der Altstadt ankam, stand Alex schon da und schaute an der Fassade hinauf. Es war ein stattliches Reihenhaus in einer engen Straße, einen Steinwurf von der Piazza delle Erbe entfernt, und stammte dem Aussehen nach aus einem der vorigen Jahrhunderte. Sie schloss drei verschiedene Schlösser auf, drückte auf die Klinke und öffnete die Tür einen Spaltbreit. Nachdem sie einen Berg Reklamezettel von der Fußmatte aufgehoben hatte, ließ sich die Tür ganz öffnen, und sie betraten den Flur.

Als Erstes beeindruckte sie, wie elegant die Innenräume im Vergleich zu der schlichten Fassade waren. Die hohen Decken waren mit floralen Ornamenten bemalt wie in manchen Schlössern. Im Erdgeschoss gab es eine kleine Küche und zwei große Zimmer. Durch das hintere gelangte man in einen hübschen Garten, wo eine Palme in der Mitte stand und eine Kletterrose an der Hauswand hinaufrankte. Rosa Blütenblätter lagen auf dem Boden, deren Duft durch die französischen Fenster hereinwehte.

Im ersten Stock befanden sich ein großes Bad und mehrere große Zimmer, in einem davon ein Fresco mit Nymphen und Putten an der Decke. Hinter einer verschlossenen Tür entdeckten sie eine Treppe, die zu der Wohnung im Dachgeschoss führte.

Die war für sie beide perfekt: die Küche modern, das Bad tadellos, das Wohnzimmer riesig und die beiden Schlafzimmer bequem groß. Die Räume waren mit schönen antiken Stücken möbliert, darunter zwei massive Betten mit hohem, geschnitztem Betthaupt. Alle Zimmer waren mit Heizkörpern ausgestattet, die schon in ein paar Monaten ihren Zweck erfüllen würden. Vor allem aber hatten sie eine schöne Aussicht über die umliegenden Dächer zu den Bergen, und es gab sogar eine Dachterrasse, wenn auch mit allerhand Gerümpel.

Alex hüpfte buchstäblich vor Freude.

»Das ist fantastisch! Ich hatte mich schon darauf gefasst gemacht, dass ich mir nur eine Bruchbude leisten kann. Und jetzt bekommen wir diese superschöne Wohnung. Ich bin begeistert.«

Suzie konnte nur zustimmen, und auch die Räume in den unteren Etagen gefielen ihr und sollten sich leicht in das Forschungszentrum verwandeln lassen, das der Professor sich vorstellte. Sie machte ein paar Fotos, um sie ihren Eltern zu schicken, und dann beschlossen sie, zur Feier des Tages essen zu gehen.

Suzie schlug Beppes Restaurant vor. Ob wegen der guten Küche oder weil die Chance bestand, dort auf Michael zu treffen, fragte sie sich lieber nicht. Doch ihre Freundin dachte für sie mit. Als sie draußen unter dem Schriftzug *Da Beppe* standen und die Speisekarte im Fenster lasen, fasste Alex sie beim Arm.

»Was, wenn dein Michael im Lokal sitzt? Gehen wir zu ihm an den Tisch?«

»Er ist nicht ›mein‹ Michael …« Suzie merkte, dass ihr Einwand allmählich langweilig klang, und schnaubte leise. »Wenn er da ist und uns an seinen Tisch einlädt, setzen wir uns natürlich zu ihm, doch dazu wird es nicht kommen, ganz sicher.« Bevor sie sich zu sehr auf diesen Gedankengang einlassen konnte, richtete sie ihr Augenmerk lieber auf Alex. »Apropos, hast du ihm mitgeteilt, dass du dich an der Akademie eingeschrieben hast?«

»Ja. Ich habe ihm heute Mittag eine E-Mail geschickt. Er hat noch nicht reagiert. Wahrscheinlich ist sein Handy abgeschaltet.« Sie grinste schelmisch. »Ich könnte jetzt anrufen und ihm sagen, wo wir sind. Soll ich ihn einladen?«

»Lass ihn in Ruhe, Alex. Wahrscheinlich arbeitet er. Außerdem will ich nicht den Eindruck erwecken, dass ich hinter ihm her bin.«

Das Restaurant war gut zur Hälfte besetzt, aber Michael war nicht da. Suzie verspürte eine leise Enttäuschung, ließ sich das jedoch nicht anmerken, zumal Beppe gerade zu ihnen kam und sie begrüßte. Zu ihrer Überraschung nahm er sie bei den Schultern und küsste sie auf die Wangen.

»Ciao, bella.« Er ließ sie los und schüttelte Alex die Hand. »Noch so eine Schönheit. Heute muss mein Glückstag sein.«

Er sprach Italienisch, doch Alex hatte ihn offenbar verstanden, obwohl sie nur eine Handvoll Vokabeln kannte. Immerhin waren die Wörter *»bella«* und *»fortunato«* ziemlich allgemeinverständlich.

Alex lächelte ihn breit an. »*Buona sera*, Beppe. Und ich fürchte, das ist schon alles, was ich auf Italienisch sagen kann. Aber ich werde es noch lernen.«

Beppe brachte sie zu demselben Zweiertisch, an dem Suzie und Michael in der vorigen Woche gesessen hatten. Nachdem Beppe sie allein gelassen hatte, damit sie sich in Ruhe ein Gericht aussuchen konnten, deutete Suzie auf die Fotos an den Wänden. Alex blickte demonstrativ zu dem, das Michael mit nacktem Oberkörper zeigte, und zwinkerte Suzie zu. »Das wird dich mächtig vom Essen ablenken. Was für ein Adonis!«

Suzie konnte das nicht bestreiten, doch sie hielt es für klüger, ihn nicht mit solchen Augen zu betrachten. Schließlich waren sie nur gute Freunde. Das hatte er ganz klar zum Ausdruck gebracht.

Das Essen war ausgezeichnet. Nach einem gemischten Salat als Vorspeise nahmen sie beide Beppes hausgemachte Lasagne, und die schmeckte himmlisch. Alex seufzte genüsslich und sagte, sie müssten unbedingt häufiger bei Beppe essen. Als der an ihren Tisch kam, um die leeren Teller abzuräumen, hörte Suzie entzückt zu, wie Alex nochmals ihre paar Brocken Italienisch bemühte.

»*Lasagne molto buono*, Beppe.« Um das zu unterstreichen, führte sie nach italienischer Art die Fingerspitzen an die Lippen und küsste sie.

Der Mann strahlte sie an und antwortete auf Englisch mit starkem italienischem Akzent. »Danke, schöne Dame.« Dann wandte er sich Suzie zu und sprach wieder Italienisch. »Meine Frau und ich müssen dringend unser Englisch verbessern. Unser achtjähriger Sohn beherrscht es besser als wir. Inzwischen kommen so viele ausländische Gäste zu uns, da brauchen wir es, um uns zu verständigen. Wie wär's, wenn deine Freundin uns Englisch beibringt und wir ihr Italienisch? Damit wäre beiden Seiten geholfen.«

Suzie unterbreitete Alex den Vorschlag, und die war sofort einverstanden. Das erste Treffen wurde für Dienstag um fünf Uhr im Restaurant festgesetzt. Vielleicht würde sich Alex dadurch schneller in Verona einleben.

17

Der Sonntag verlief für sie beide ruhig, vom Montag ließ sich das nicht behaupten. Am Vormittag brach die Hölle los. Suzie saß in ihrem Zimmer und informierte sich im Internet über ähnliche Forschungszentren in aller Welt, um sich einen Eindruck über die Anforderungen zu verschaffen, als es hektisch an der Tür klopfte. Es war Alex, und sie hielt ihr Tablet in der Hand.

»Vor einer halben Stunde habe ich die E-Mail an meinen Vater gesandt. Gerade ist die Antwort gekommen.« Sie zuckte hilflos mit den Schultern. »Du kannst dir sicher denken, dass er aus der Haut gefahren ist.«

Währenddessen meldete Suzies Handy den Eingang einer Nachricht. Sie ahnte schon, wer der Absender war. Ihre Vermutung wurde bestätigt. Sie kam von Lord Tedburn. Der Ton war höflich, aber kühl, und er wies sie an, Alexandra zur Vernunft zu bringen, die völlig unfähig sei, ohne den gewohnten Luxus auszukommen.

Suzie hielt Alex das Display hin, damit sie den Text lesen konnte. »Er ist nicht gerade glücklich darüber. Was steht in deiner?«

Alex reichte ihr das Tablet herüber, und Suzie las die E-Mail aufmerksam. Er war verärgert, sogar wütend, aber sie sah erfreut, dass er seiner Tochter nicht drohte, sie zu verstoßen oder ähnlich Drakonisches anzutun. Er warnte sie noch einmal, dass er ihr das Taschengeld streichen werde. Also nahm er an, dass die bestrafte Tochter schnell in den Schoß der Familie zurückkehren würde, wenn sie die harte Realität von Armut kennengelernt hatte.

Suzie blickte auf. »Ehrlich gesagt finde ich, dass er nicht so schlimm reagiert wie befürchtet. Ja, er ist verärgert, aber weit entfernt von einem Grafen Capulet.«

»Warte nur ab. Hast du gesehen, was er am Ende schreibt? Rafe kommt am Mittwoch hierher, wahrscheinlich um mich einem peinlichen Verhör zu unterziehen.«

Suzie gab sich Mühe, ermutigend und optimistisch zu bleiben. »Das ist in Ordnung. Du kannst ihm alles erklären. Ich bin sicher, er wird das verstehen.«

»Ich wünschte, ich wäre so zuversichtlich wie du.«

Am Nachmittag fuhr Suzie mit dem Bus nach Bardolino und verbrachte zwei Stunden bei Professor Macgregor-Brown. Sie sprachen weiter über ihr gemeinsames Projekt, und als er schließlich andeutete, er sei müde, stand sie auf, um sich zu verabschieden. Dabei machte er einen Vorschlag.

»Sie haben den ganzen Nachmittag gesessen, Suzie. Wie wär's, wenn Sie noch eine Weile spazieren gehen, bevor Sie zurückfahren?«

Suzie sah auf die Uhr und schüttelte den Kopf. »Der letzte Bus geht in einer Viertelstunde. Den muss ich kriegen. Ich werde heute Abend in Verona einen Spaziergang unternehmen.«

»Vergessen Sie den Bus. Ich habe mir deswegen Gedanken gemacht. Es ist sehr umständlich für Sie, so viel Zeit im Bus zu verbringen, wenn Sie mich besuchen. Mein Auto steht nur noch in der Garage, weil ich nicht mehr gern fahre, aber es ist noch versichert und angemeldet. Wie wär's, wenn Sie es sich ausleihen und die Strecke damit zurücklegen?« Als er ihren Gesichtsausdruck sah, fuhr er fort: »Wirklich, ich benutze es inzwischen kaum noch, und ich bräuchte kein schlechtes Gewissen mehr zu haben, wenn ich Sie immer wieder bitte herzukommen. Sie haben doch einen Führerschein, oder?«

»Ja, das schon, aber ich kann doch unmöglich auch noch Ihren Wagen …«

»Er steht ungenutzt herum. Nehmen Sie ihn.« Er lächelte. »Da das geklärt ist, werde ich mich jetzt hinlegen. Möchten Sie vielleicht Dogberry mitnehmen? In letzter Zeit, seit ich nicht mehr so beweglich bin, hat er wenig Auslauf. Er zieht schon mal an der Leine, doch eigentlich ist er brav.«

Suzie und der Hund unternahmen einen schönen Spaziergang. Nach einem kurzen Tauziehen gelangten sie zu einem Kompromiss: Er würde ihr nicht die Arme ausreißen, und sie würde stehen bleiben, wenn er schnüffeln und interessante Stellen markieren wollte. Ihre Eltern hatten nie einen Hund gehabt, aber Suzie kam gut mit Dogberry zurecht, sogar mit den Kotbeuteln, und freute sich an seiner Gesellschaft.

Der Himmel war bewölkt und der Wind frisch. Sie versuchte, sich zu erinnern, wie der Nachmittagswind hieß, der von Süden her wehte, doch es fiel ihr nicht ein. Es waren einige Kite- und Windsurfer auf dem Wasser. An einer Bank am Ufer legte sie eine Pause ein und schaute den Manövern zu, während Dogberry sich neben ihre Beine setzte, den Kopf an ihr Knie lehnte und hechelte. Es sah hübsch aus, wie die bunten Segel und Lenkdrachen vor den Berghängen leuchteten. Suzie war nicht im Mindesten überrascht, als sie merkte, dass sie dabei nach Michael Ausschau hielt. Leider war es unmöglich, auf diese Entfernung jemanden zu erkennen.

Auf dem Rückweg zum Haus des Professors machte sie bei James' Villa halt, um Roberto und Rosa Guten Tag zu sagen, und wurde glatt zu Tee und selbst gebackenen Plätzchen eingeladen. Dogberry war entzückt, ebenfalls einen Keks zu bekommen, und verschlang ihn, ohne ihm Gelegenheit zu geben, seinen Geschmack auf der Zunge zu entfalten. Roberto wiederholte noch einmal James' Angebot, sich an der Ausrüstung im Bootshaus zu bedienen, und erwähnte, dass James sich am Morgen per E-Mail angekündigt hatte. Er werde gegen Ende der Woche mit einigen Freunden in die Villa kommen.

Suzie horchte auf. Vielleicht bekam Alex dadurch die Gelegenheit, ihr Gespräch mit James zu Ende zu bringen. Im nächsten Moment fiel ihr ein, dass Tommy unter den Freunden sein könnte, und sie fragte sich, wie sie auf ein Wiedersehen reagieren würde.

Das Auto des Professors erwies sich als ideal. Sie hatte schon befürchtet, es könnte ein großer altmodischer Wagen sein, tatsächlich war es ein recht neuer Mini. In solch einem Modell hatte sie ihren Führerschein gemacht, sodass es ihr vertraut war, auch wenn sich das Lenkrad auf der anderen Seite befand. Suzie verabschiedete sich von Mack und dem Hund und kam unfallfrei in der Dämmerung vor ihrem Hotel an.

Ein Portier trat zu ihr, nahm ihr den Autoschlüssel ab und setzte den Wagen in die Hotelgarage, sodass Suzie entspannt ins Foyer gehen konnte. In ein paar Tagen, wenn sie die Zimmer in dem teuren Hotel aufgeben mussten, würde sie es mit dem Parken nicht mehr so bequem haben. Sie erinnerte sich, dass Michael erwähnt hatte, wie streng die Polizei war und wie deftig die Strafzettel für Falschparken ausfielen. Aber im Augenblick war das noch kein Problem.

Oben angekommen klopfte sie gleich bei Alex an. Die wirkte ernst, jedoch nicht entmutigt.

»Mein Vater hat mir sage und schreibe fünf E-Mails geschickt, und wir haben eine halbe Stunde lang telefoniert. Wie angekündigt wird er seine Überweisungen an mich stoppen und die Kreditkarte sperren, wenn ich nicht am Samstag ins Flugzeug nach Hause steige. Ich habe immer wieder versucht, ihm begreiflich zu machen, wie wichtig mir das Kunststudium ist, aber meinem Eindruck nach hat er sich in eine Ecke manövriert und kann sich nicht eingestehen, dass er falschliegt. Er ist überzeugt, dass ich mit eingeklemmtem Schwanz zu ihm zurückkomme, und er klingt auch gar nicht mehr allzu verärgert. Tatsächlich war sein letzter Satz am Telefon: ›Pass auf dich auf, und mach's gut.‹«

»Na, das freut mich. Und ich habe dir auch etwas zu berichten: James kommt gegen Ende der Woche nach Bardolino. Das hat Roberto erzählt, als ich nach einem Spaziergang bei ihm und Rosa vorbeigeschaut habe.«

»Ich weiß. James hat mir geschrieben. Er bringt noch ein paar Freunde mit, und wir wissen beide, wer noch dabei ist. Rafe.«

Suzie lächelte mitfühlend. »Dann hast du diese Woche wohl einiges vor dir. Doch das heißt auch, dass du klare Verhältnisse schaffen wirst, bevor nächsten Montag dein Kurs beginnt.«

»Ach, übrigens habe ich eine Antwort von Michael bekommen. Er ist in der Schweiz gewesen, um ein Porträt zu malen.« Sie grinste Suzie an. »Er ist mir also nicht aus dem Weg gegangen … oder dir.«

»Das habe ich auch gar nicht angenommen.« Sie wich Alex' Blick aus. »Hat er etwas Besonderes geschrieben?«

»Eigentlich nicht. Tut mir leid. Er wünscht mir nur gutes Gelingen und hat mich gebeten, dir Grüße auszurichten.«

Grüße. Genau das hatte Suzie erwartet, und trotzdem fand sie das enttäuschend. Doch um nicht in Trübsal zu verfallen, erzählte sie von ihrem Nachmittag bei Mack, dem Spaziergang mit dem Hund und ihrer Rückfahrt nach Verona. Alex ließ das Thema »Michael« ruhen, und Suzie war ihr dafür dankbar.

Rafe traf am frühen Mittwochabend ein, zusammen mit James und Tommy. Alle drei begrüßten Suzie mit Wangenküssen, aber bei Tommy spürte sie besondere Zuneigung. Dass er die so deutlich zeigte, trieb ihr unweigerlich die Röte ins Gesicht.

Sie gingen alle zusammen in einem der Restaurants gegenüber der Arena essen. Es war ein sonniger, windstiller Tag gewesen, sodass es noch angenehm war, draußen zu sitzen. Beim Essen plauderten sie über harmlose Dinge wie Alex' ersten Italienisch-Englisch-Unterricht mit Beppe und seiner Frau, der mit Rotwein und Lasagne zu Ende gegangen war. Alex erklärte grinsend, dass ihr Italienisch zwar noch in den Kinderschuhen steckte, sie jedoch wenigstens eine üppige Quelle ausgezeichneten, kostenlosen Essens aufgetan hatte.

Irgendwann kam Rafe dann doch auf das leidige Thema zu sprechen. »Vater ist auf hundertachtzig, Al. Bist du noch immer entschlossen, die Kunstsache durchzuziehen?«

»Ja, Rafe. Das ist schon in trockenen Tüchern.«

»Obwohl Vater Nein gesagt hat?«

»Ich fürchte, ja. Ich habe endlich meine Begabung entdeckt und weiß, dass ich für mich das Richtige tue.« Sie sah ihren Bruder an. »Es tut mir leid, dass Vater dagegen ist, aber ich bin kein Kind mehr. Ich muss selbst über mein Leben entscheiden.«

»Du weißt, dass er dir das Taschengeld streicht?«

»Ja, und das ist in Ordnung. Suzie hat eine neue Stelle, und zu der gehört eine mietfreie Wohnung. Ich werde meine Designerklamotten im Internet verkaufen und stundenweise arbeiten gehen, vielleicht als Tellerwäscherin. Wir werden zurechtkommen.« Sie lächelte ihn an. »Ich werde eine Zeit lang nicht mehr in so teuren Restaurants essen gehen können, doch das macht mir nichts aus.«

Rafe wandte sich Suzie zu. Sein Gesichtsausdruck war

schwer zu deuten. Sie glaubte, Neugier und Respekt in seinen Augen zu sehen. »Ich muss sagen, es ist großartig, dass du hier bei Alex bleibst. Mein Vater ist darüber hocherfreut. Was für eine Stelle hast du ergattert? Heißt das, du bleibst auf unbestimmte Zeit in Verona?«

Suzie erläuterte die Pläne des Professors und sah bei Tommy reges Interesse. Als sie zum Ende kam, überraschte er sie, indem er sofort darauf einging.

»Das klingt fantastisch, Suzie. Wer weiß? Vielleicht bin ich einer der ersten Benutzer.« Er erzählte, dass er nach seinem Militärdienst vor einem Jahr an der Nottingham University mit dem Doktorandenstudium in Amerikanistik begonnen habe. Das Thema seiner Doktorarbeit sei Ernest Hemingway, der seine Kriegserlebnisse in Italien in den Roman *In einem anderen Land* hatte einfließen lassen.

Suzie betrachtete Tommy mit wachsendem Interesse. Gutes Aussehen, Geld und Intelligenz ergaben ein hübsches Komplettpaket. Aber wie stand sie dazu, falls er tatsächlich mehr von ihr wollte? Um derlei spekulative Gedanken aus ihrem Kopf zu verbannen, zumindest für den Augenblick, ging sie begeistert auf seine Bemerkung ein.

»Das wäre toll, Tommy. Und sorge doch dafür, dass sich das an deiner Uni herumspricht. Gib mir deine E-Mail-Adresse, dann halte ich dich auf dem Laufenden, wie sich das Projekt entwickelt.«

»Ich werde jedem davon erzählen, und ich garantiere dir, dass ich an deine Tür klopfe, sobald das Forschungszentrum steht.« Kurz begegnete sie seinem Blick und sah darin ein Verlangen, das sich mit Sicherheit nicht auf das Forschungszentrum bezog.

»Darauf freue ich mich schon.« Und sie merkte, dass sie das ernst meinte.

»Also werdet ihr beide den Winter über hier sein?« James klang erfreut. »Dann komme ich her, sooft es geht, um Alex zu sehen. Hoffentlich können wir mal wieder auf dem See zusammen surfen. Und vielleicht auch mit deinem Freund Michael. Der ist ja auch ein passionierter Windsurfer.«

Suzie lächelte und nickte nur, da sie unsicher war, ob sie sich mit Michael noch mal treffen würde – oder ob James wirklich noch wegen Alex zum Gardasee kommen würde, wenn er erst einmal wusste, wie sie zu ihm stand.

Rafe und Alex sprachen weiter über ihre Entscheidung, in Verona zu bleiben, und am Ende des gemeinsamen Essens hatte Suzie den Eindruck, dass Alexandras Bruder endlich begriffen hatte, wie ernst es ihr mit dem Kunststudium war.

Währenddessen war Tommy ganz auf Suzie konzentriert, stellte noch einige Fragen zum Aufbau des Forschungszentrums und plauderte dann über andere Dinge. Einmal blickte sie zu Alex, die ihr daraufhin zuzwinkerte und unauffällig mit dem Kopf auf ihn deutete. Suzie wusste, was sie ihr zu signalisieren versuchte. Es war für jeden offensichtlich, dass der gut aussehende Tommy auf sie stand. Bei dem Gedanken sah sie Alex grinsen und wurde unausweichlich rot.

Die drei Männer wohnten in der Villa am See, und als sie sich vor dem Restaurant trennten, schien James es zu bedauern, dass er Alex in Verona zurücklassen musste. Er bestand darauf, dass sie am nächsten Tag zum See herauskämen, und bot an, Roberto mit dem Rolls-Royce zu ihrem Hotel zu schicken. Aber da Suzie am Vormittag mit dem Professor zu einer Besprechung verabredet war, sagte sie, sie werde mit dem Mini fahren und Alex um zehn Uhr bei ihm absetzen. Später werde sie sich ihnen beim Mittagessen anschließen.

Als Suzie ihr Hotelzimmer betrat, ging auf ihrem Handy gerade eine Nachricht ein. Überrascht und erfreut sah sie den

Absender: *Michael.* Also hatte er sie wohl doch nicht ganz vergessen.

Hi, Suzie. Morgen ist gutes Wetter. Lust auf Surfen? Nachmittags wäre wahrscheinlich am besten. Michael

Sie las die Textnachricht mehrere Male. Eins war restlos klar: Aus keinem einzigen Wort ließ sich herauslesen, dass zwischen ihnen mehr sein könnte als Freundschaft. Das versetzte ihr einen Stich, aber sie unterdrückte ihre Enttäuschung sofort und antwortete ihm.

Großartig. Bin zum Mittagessen in James' Villa. Wollen wir uns am Anleger treffen? 3 Uhr? S.

Sie setzte bewusst kein X vor ihr Namenskürzel. Als sie das Handy hinlegte und sich zurücklehnte, ging ihr eine Frage durch den Kopf. Wäre die Nachricht von Tommy gewesen, hätte er ein X vor seinen Namen gesetzt? Die Antwort lautete höchstwahrscheinlich ja.

20

Suzie und Alex fuhren am Donnerstagmorgen durch Nieselregen nach Bardolino. Als der See unter einem Ring von Wolken ins Blickfeld kam, bestätigte sich, was sie vermutet hatte. Wenn Michael von »gutem Wetter« sprach, meinte er das nicht im üblichen Sinne. Für einen passionierten Windsurfer war Sonnenschein unwichtig. Was zählte, war der Wind, und allem Anschein nach würde das ein guter Nachmittag zum Surfen werden. Sie hatte ihren neuen Neoprenanzug bei sich und freute sich darauf, ihn einzuweihen. Hoffentlich würde er sie in den nächsten paar Monaten warm halten, wenn der Herbst in den Winter überging und die Wassertemperatur noch weiter sank.

Sie ließ den Wagen und Alex an der Villa zurück und ging zum Haus des Professors, wo sie von Dogberry überschwänglich begrüßt wurde. Ebenso herzlich, aber nicht ganz so lebhaft wurde sie von seinem Besitzer empfangen, der heute ein wenig müde wirkte. Mack und sie hielten bei Kaffee und Paolinas Plätzchen eine Planungsbesprechung ab, während der große Hund unter dem Tisch schnarchte.

Die Zeit verging wie im Flug. Es war fast halb eins, als sie James' Villa betrat.

Dort schien alles wie immer zu sein, sodass Suzie sich einen Moment lang fragte, ob Alex der Mut doch wieder verlassen hatte. Vor einer Weile hatte es aufgehört zu regnen, und es klarte schnell auf. James war draußen auf dem Rasen und übte mit Tommy putten. Rafe saß am Ende des Anlegers, schaute über den See und telefonierte. Alle drei machten einen zufriedenen Eindruck. Nur Alex war nirgends zu sehen. Gerade als

Suzie anfing, sich Sorgen zu machen, wurde die Tür im Esszimmer geöffnet, und Alexandra kam herein. Sie lächelte, zwar nicht gerade strahlend, aber immerhin.

»Alex, hallo.« Suzie drehte sich zur Terrasse um, um zu sehen, ob James und die anderen noch draußen waren, und sprach leise. »Hast du ihm reinen Wein eingeschenkt? Wie hat er es aufgenommen?«

»Ja, habe ich, doch das perlte an ihm ab. Er liebt mich – das hat er wortwörtlich gesagt –, und deshalb macht es ihm nichts aus. Ich bin die einzig richtige Frau für ihn, und er ist sicher, dass ich das früher oder später noch erkennen werde. Er ist bereit, so lange zu warten, wie es eben dauert.« Sie schüttelte den Kopf. »Ich weiß nicht, was ich noch tun könnte. Es ist, als hätte ich einen jungen Hund, der immer wieder angelaufen kommt, obwohl ich ihn ständig wegschubse.«

»Wow! Das ist beeindruckend.« Suzie warf ihr ein vergnügtes Lächeln zu. »Shakespeare hätte das bestimmt gefallen. Das klingt, als wäre er völlig in dich vernarrt. Du solltest sein Engagement bewundern. Bald wird er abends schmachtend zu deinem Fenster heraufsehen.« Sie lächelte breiter und zitierte eine berühmte Stelle aus *Romeo und Julia* mit einer kleinen Veränderung.

»Doch still, was schimmert durch das Fenster dort? Es ist der Ost, und Alex die Sonne!«

Sie grinste noch, als jemand ihr Gespräch unterbrach.

»Hi, Suzie. Wie war's bei deinem grantigen alten Professor?«

James stand mit einem Putter in der Hand an der Terrassentür, hinter ihm Tommy, dessen Gesicht bei Suzies Anblick aufleuchtete. Das bewirkte nur, dass sie errötete, und sie wandte sich frustriert ab. Gleichzeitig fragte sie sich, wieso sein Lächeln das bei ihr auslösen konnte. Wie sollte sie reagieren? Als wollten sie sie noch mehr verwirren, kamen er und James zu ihr und küssten sie auf die Wangen. Als Tommy von ihr wegtrat, lächelte er sie weiter an, und sie wurde von Neuem rot.

Wie viel James von ihrem spöttischen Zitat gehört hatte, war schwer zu sagen, doch er benahm sich völlig unbeschwert.

»Hi, Suzie. Alex sagt, dass du am Nachmittag mit deinem Freund Michael surfen gehst. Ist es in Ordnung, wenn Tommy und ich mitkommen?«

»Na klar, Jungs. Klingt großartig. Und der Professor ist nicht im Mindestens grantig. Für mich ist er der geistreiche Großvater, der mir immer gefehlt hat.«

James ging zu Alex und legte liebevoll einen Arm um ihre Schultern. »Schade, dass du keine Lust hast, surfen zu lernen. Ich würde es dir gern beibringen.«

Alex lehnte kopfschüttelnd ab. »Nein, danke. Rafe und ich sind keine Wasserratten – wir liegen höchstens am Strand oder schwimmen ein bisschen im warmen Meerwasser wie neulich in Venedig.«

Suzie schaute zum Anleger, wo Rafe noch immer telefonierte. Er saß seitlich zu ihnen, sodass man seine ernste Mimik sehen konnte. »Das sieht nach einem unerfreulichen Gespräch aus.«

Tommy gab dazu Auskunft. »Um mit Shakespeare zu sprechen: ›Sie sind ein Liebespaar, von bösem Stern bedroht.‹ Er hat Probleme wegen seiner Freundin.« Tommy grinste. »Aber die Probleme macht nicht sie, sondern jemand anders.«

Suzie wechselte einen Blick mit Alex. Sie selbst hörte zum ersten Mal, dass Rafe eine Freundin hatte.

»Ich erkläre es dir später, Suzie. Er hat mir den ganzen Vormittag lang davon erzählt.« Wehmütig lächelnd schüttelte Alex den Kopf. »Definitiv eine Geschichte für deinen Mr Shakespeare.«

Suzie war neugierig, doch in dem Moment kam Roberto herein und verkündete, dass das Mittagessen fertig sei.

Wie immer setzte sich Tommy neben sie und war sehr aufmerksam und gesprächig. Er wollte ihr immer wieder Wein nachschenken, doch da sie am Nachmittag aufs Wasser wollte, beschränkte sie sich auf ein Glas von dem guten Roten. Nachdem sie wieder einmal hervorragend gegessen hatten, diesmal ein Pilz-Risotto und *Bistecca alla milanese* mit gebratenem Fenchel und Parmesan, zogen sie ins Wohnzimmer, um den Kaffee zu trinken.

Soweit Suzie es an den schaumgekrönten Wellen sehen konnte, war der Pelèr inzwischen vom Ora abgelöst worden, der von Süden wehte, und es versprach ein herrlicher Nachmittag zu werden. Während sie ihren Kaffee trank, schaute sie immer wieder zu Rafe hinüber, der beim Essen ungewohnt still gewesen war. Er wirkte angespannt. Es gab sichtlich Ärger im Paradies.

Kurz vor drei zog sie ihren neuen Neoprenanzug an und ging zum Bootshaus. Sie wählte ein mittelgroßes Segel, riggte es auf und trug ihre Ausrüstung zum Ufer. Dort sah sie jemanden mit James und Tommy plaudern, der ihr inzwischen vertraut war, und lächelnd gesellte sie sich zu ihnen. Auch Michael lächelte, sowie er sie kommen sah, sodass sie neue Hoffnung schöpfte.

»Hi, Suzie. Neuer Anzug?«

Sie küsste ihn auf die Wangen und riss sich zusammen, um nicht in dem kleinen Erregungsschauder zu schwelgen, den die Berührung in ihr auslöste. »Hi, Michael. Ja, den habe ich mir kürzlich gekauft. Vielleicht ist er für heute noch zu warm, doch ich wollte unbedingt einen für den Winter haben.«

Sie unterhielten sich noch kurz mit den anderen, aber nur übers Windsurfen. Es ergab sich keine Gelegenheit für persönliche Bemerkungen, und Michael schien auch gar nicht daran gelegen zu sein. Deshalb schluckte sie ihr Bedauern hinunter und beteiligte sich an der Fachsimpelei.

Währenddessen stellte sie Vergleiche zwischen den Männern an. Alle drei sahen gut aus und waren fit. Michael war drei, vier Jähre älter als die anderen beiden, und mit seinem von Trauer gezeichneten Gesicht wirkte er noch reifer. Bei einem Schönheitswettbewerb würden wohl die meisten Punkte an Tommy gehen, das musste sie zugeben, doch in ihren Augen hatte nur Michael das gewisse Etwas. Sie würde sich immer zu ihm hingezogen fühlen.

Es wurde tatsächlich ein herrlicher Nachmittag auf dem Wasser. Michael und James bewiesen enormes Können. Tommy und sie waren nicht ganz so geübt, aber sie alle hatten viel Spaß.

Nach einer Stunde, als sie allmählich müde wurde, sah Suzie auf dem Anleger des Professors einen schwarzen Hund sitzen. Sie löste sich von den anderen und segelte hin, um ihm Guten Tag zu sagen. Es dauerte einen Moment, bis Dogberry sie in dem fremdartigen Aufzug erkannte, aber dann warf er sich in den See und paddelte ihr entgegen. Sie ließ ihr Rigg aufs Wasser fallen und watete ans Ufer, während er unter eifrigem Schwanzwedeln neben ihr herschwamm.

Im Seichten ging sie in die Hocke, um ihn gehörig zu kraulen und zu loben. Dann ging sie an dem Anleger entlang zu ihrem zurückgelassenen Board und hievte es auf die Bohlen. Dogberry trabte neben ihr her. Als sie sich aufrichtete, kam Michael angefegt und drehte sich in den Wind, um abzubremsen. Sobald der Hund ihn erkannte, warf er sich erneut ins Wasser, um auch ihn zu begrüßen.

Danach saßen sie zu dritt auf dem Anleger und entspannten sich. Dogberry und Michael waren offenbar alte Bekannte. Michael kraulte ihm den Bauch, als der Labrador sich auf den Rücken drehte und, die Beine in die Luft gereckt, mit dem Schwanz wedelte.

»Ich habe ihn drei Jahre lang nicht gesehen, aber er kennt mich noch.«

»Vielleicht kann er dich gut riechen.« Suzie grinste ihn an. »Und? Was gibt es Neues? Wie geht es dir?«

»Danke, gut. Ich war wegen eines Auftrags in Zürich und bin gestern zurückgekommen. Und wie steht's bei dir? Du hast mir gefehlt, weißt du?«

Nein, das wusste Suzie nicht, aber sie freute sich darüber.

»Tja, du hast mir auch gefehlt.«

Sie lächelte noch, als sie ihm erzählte, was für einen Posten ihr der Professor angeboten hatte und dass sie dadurch in Verona bleiben würde. Michael schien sich für sie zu freuen, wirkte jedoch auch nachdenklich und deutete mit keinem Wort an, ob das für sein Leben irgendeine Bedeutung hatte. Realistisch betrachtet, so dachte sie wehmütig, hieß das wohl nur, dass er einen zweiten Partner zum Windsurfen hatte. Dann sagte er jedoch etwas Unerwartetes.

»Er ist ein gut aussehender Mann, dein Freund.«

»Mein Freund?« Natürlich errötete sie, und im nächsten Moment wurde ihr klar, von wem er sprach. »Du meinst Tommy? Wir sind nicht zusammen. Ich kenne ihn kaum. Er ist James' Cousin.«

»Ach so. Na, jedenfalls ist er ziemlich attraktiv. Wenn er genauso wohlhabend ist wie sein Cousin, muss ich sagen, du könntest es schlechter treffen.«

Suzies Wangen brannten wie Feuer, aber sie nahm sich energisch zusammen und schlug einen sehr bestimmten Ton an. »Vielen Dank, doch zurzeit bin ich nicht zu haben. Ich werde mich auf einen traumhaften Job konzentrieren müssen. Wenn ich mich jetzt mit Tommy einließe – oder mit irgendeinem anderen –, würde mich das nur ablenken.« Ihr war schleierhaft, warum sie »oder mit irgendeinem anderen« hinzugefügt hatte, und sie bereute es bereits, aber währenddessen wechselte Michael das Thema und redete wieder übers Surfen.

Kurz darauf hörten sie einen Ruf und sahen James auf dem Anleger gestikulieren, sie sollten herüberkommen. Nachdem sie den Hund noch mal gestreichelt und sich wortreich von ihm verabschiedet hatten, nahmen sie ihre Boards und liefen am Ufer entlang zum Nachbargrundstück, wo sie zum Tee eingeladen wurden. Enttäuscht hörte Suzie zu, als Michael ablehnte.

»Danke, James, aber ich muss los. Ich habe in einer Stunde einen Termin beim Bilderrahmer, und ich muss mich noch duschen und umziehen.« Er gab den Männern die Hand und Suzie einen Kuss auf die Wangen. Zuerst schien es, als wollte er noch etwas zu ihr sagen, doch dann stieg er auf sein Board und segelte elegant davon.

Wieder blieb sie enttäuscht zurück. Und diesmal hatte sie die Situation noch verkompliziert mit ihrer Behauptung, sie sei an keinem Mann interessiert. Verärgert über sich selbst trug sie die Surfausrüstung ins Bootshaus. Wie dumm konnte man eigentlich sein?

An dem Abend schlug James vor, noch einmal in dem Nachtclub tanzen zu gehen, in dem sie vor dem Trip nach Kalifornien gewesen waren. Suzie wäre gern nach Verona zurückgefahren und hätte einen ruhigen Abend verbracht. Die anderen drängten sie aber, sich ihnen anzuschließen – vor allem Tommy.

Tatsächlich wurde es ein lustiger Abend. Als sie mit Alex gegen zwei Uhr vor dem Hotel ankam, klingelten ihr noch die Ohren von der lauten Musik, und sie fühlte sich erschöpft, weil sie praktisch pausenlos getanzt hatte. Tommy hatte sie mit Beschlag belegt, und wenn er sie mal kurz allein gelassen hatte, war Rafe für ihn eingesprungen. Eines war nun jedoch unmissverständlich klar geworden: Sobald die Musik langsamer wurde, hatte Tommy die Arme um sie gelegt und sie an sich gezogen. Also mochte er sie wirklich sehr. Sie ihn zwar auch, aber nicht so sehr wie ihren Maler. Da war für sie allerdings nichts zu gewinnen. Es war frustrierend.

Ihre Frustration hielt nicht allzu lange an. Als sie am nächsten Vormittag wach wurde und auf ihr Handy schaute, war eine neue Nachricht eingegangen.

Tut mir leid, dass wir gestern nicht viel Zeit zum Reden hatten. Wie wär's, wenn wir heute Abend essen gehen? Michael

Sie brauchte nicht lange zu überlegen. Die Idee hatte für sie einen beträchtlichen Reiz.

Super Idee. Wo? Bei Beppe? S.

Und er antwortete zwei Augenblicke später.

Treffen uns dort um acht. Okay? M.

Suzie sandte eine kurze Antwort und ging dann im Schlafanzug auf die Dachterrasse. Die französischen Fenster von Alex' Zimmer standen weit offen. Suzie fand sie an ihrem Bett über Kleiderberge gebeugt, die sie sortierte.

»Hi, Alex. Du packst?« Heute war ihr letzter Tag in dem Luxushotel.

»Gewissermaßen. Ich sortiere die Sachen aus, die ich verkaufen will, und überlege noch, welche ich behalten möchte.« Sie lächelte schief. »Das ist schwerer, als ich dachte.«

»Du bereust es doch nicht schon, oder?«

»Bei manchen Teilen fällt es mir schwer, mich von ihnen zu trennen, aber nein, ich bereue die Entscheidung nicht. Die war goldrichtig, und ich stehe für immer in deiner Schuld, weil du mir die Rettungsleine zugeworfen hast.«

Suzie freute sich. »Gern geschehen. Doch das ist keine große Sache. Die Wohnung hat Platz genug für zwei und kostet mich nichts. Außerdem bin ich gern mit dir zusammen.«

»Ja, aber du warst auch schon vor Macks Angebot bereit, mit mir hierzubleiben, und das heißt schon was.«

Suzie tat den Dank schulterzuckend ab. »Ich mache das wirklich gern. Es freut mich, dass du jetzt glücklich bist. Nun muss nur noch für Rafe und seine Freundin eine Lösung her. Übrigens, worum geht es denn da?«

»Das ist eine schwierige Geschichte.« Nach allem, was Alex erzählte, waren Rafe und seine Freundin Melanie schon seit einigen Jahren mal zusammen, mal getrennt, und inzwischen wurde es ernst zwischen ihnen. Es gab nur ein Problem. Worin das bestand, konnte Suzie sich denken.

»Sie kommt aus einer ganz normalen, bürgerlichen Familie, und Vater ist gegen sie.«

»Unfassbar …« Suzie schnaubte ungläubig. »Weißt du, manche Leute behaupten, dass Shakespeares Stücke heute nicht mehr aktuell sind. Deine Familie ist der lebende Beweis des Gegenteils.« Sie schüttelte den Kopf, während Alex nickte.

»Das kannst du laut sagen. Ich habe den ganzen Tag auf ihn eingeredet, er soll sich auf die Hinterbeine stellen, so wie ich. Und er kann sich eine Scheibe von dir abschneiden.«

»Von mir?«

»Du hast mich dazu gebracht, für mich einzutreten, und ich habe das keine Sekunde bereut – außer vielleicht bei dem ein oder anderen Designerstück. Rafe muss das Gleiche für sich tun.«

»Und glaubst du, das wird er?«

»Hoffentlich. Vielleicht kannst du am Wochenende mal mit ihm reden? Ihn zur Vernunft bringen? James möchte sowieso, dass wir zu ihm in die Villa kommen.«

Suzie zögerte. »Ich weiß nicht. Habe ich mich nicht schon genug in eure Familienangelegenheiten eingemischt?«

»Überhaupt nicht. Das war keine Einmischung, das war total hilfreich. Bitte, sprichst du mit ihm? Mir zuliebe?«

Suzie nickte zögernd. »Also gut, wenn du meinst. Aber ich kann keine Wunder versprechen.« Sie beschloss, das Thema zu wechseln. »Übrigens, das ist unser letzter Abend hier. Hast du schon überlegt, was du unternehmen willst?«

»Rafe und Tommy wollen heute nach Padua fahren, und James hat mich gefragt, ob ich mit ihm essen gehe. Ehrlich gesagt würde es mich nicht überraschen, wenn er den beiden befohlen hat zu verschwinden, damit er mit mir allein sein kann. Er wollte ein intimes Abendessen mit mir in der Villa, doch ich habe gesagt, ich möchte lieber ins Restaurant gehen. Er hat schnell nachgegeben. Willst du mitkommen? Ich würde mich sicherer fühlen, wenn du dabei bist …«

Suzie schüttelte den Kopf und erzählte von Michaels Einladung. Alex war natürlich begeistert.

»Eine tolle Neuigkeit! Je mehr Zeit du mit ihm verbringst, desto besser. Früher oder später wird er daran denken müssen, mit seinem alten Leben abzuschließen, und wenn der Moment da ist, musst du an seiner Seite sein.«

Suzie nickte und schwieg. Es fragte sich nur, wann … oder ob der Moment überhaupt kommen würde.

Ziemlich nervös erschien Suzie kurz nach acht in Beppes Restaurant. Den ganzen Nachmittag über hatte sie geschwankt und dann entschieden, sich für Michael nicht chic zu machen.

Da er es vorzog, mit ihr nur befreundet zu sein, war es sicherlich besser, sich das neue Kleid und die High Heels für eine andere Gelegenheit aufzuheben. Alex war natürlich anderer Meinung gewesen und hatte sie überreden wollen, sich ins Zeug zu legen und ihn zu verführen. Aber das war noch nie Suzies Art gewesen, und sie würde jetzt nicht damit anfangen.

Stattdessen ging sie in Jeans und Turnschuhen – nicht zuletzt weil es gegen Abend angefangen hatte zu regnen. Aber sie zog dazu ihren weichen grauen V-Ausschnitt-Pulli an. Rob hatte ihr den vor zwei Jahren in einer teuren Boutique auf Lanzarote gekauft, und sie trug ihn noch immer gern.

Als sie die Tür des Restaurants aufdrückte, wurde sie ihr aus der Hand gerissen, und Beppe stand vor ihr.

»Guten Abend, Madam.« Er begrüßte sie tatsächlich auf Englisch. »Willkommen in meinem Reich. Wie geht es Ihnen heute Abend?« An der Aussprache würde er noch feilen müssen, aber der Erfolg seiner ersten Unterrichtsstunde war durchaus zufriedenstellend.

»Guten Abend, Sir. Es geht mir gut, danke. Und wie geht es Ihnen?«

Er strahlte sie an und setzte die Unterhaltung in seiner Muttersprache fort. »Mehr kann ich noch nicht, doch ich lerne.« Er nahm ihr den tropfenden Regenschirm ab, küsste sie auf die Wangen und zeigte zu einem Tisch in einer Ecke. »Da sitzt er seit fünfzehn Minuten und guckt nervös auf die Uhr.« Er zwinkerte ihr zu. »Vielleicht hatte er Angst, dass du ihn sitzen lässt.«

Suzie ging zu Michael und tippte ihm auf die Schulter. *»Ciao, bello. Come stai?«*

Er riss den Kopf hoch und freute sich, sie zu sehen. Ganz eindeutig. »*Ciao, bella.* Du siehst umwerfend aus, wie immer.« Er sprang auf und zog sie sanft zu sich, um ihr einen Kuss auf die Wangen zu hauchen. Als sie seine Lippen an sich spürte, durchfuhr sie das gewohnte Kribbeln, und natürlich wurde sie rot. Aber sie versuchte, sich nichts anmerken zu lassen, und nahm ihm gegenüber Platz.

»Das war eine gute Idee. Denn das ist der letzte Abend, an dem ich im Luxus schwelgen kann, und den möchte ich feiern. Morgen ziehen wir in die Wohnung.«

»Wie geht es Alex?«

Suzie erzählte, dass James und sie im Rolls-Royce zu einem Sternerestaurant am See gefahren seien.

Michael schmunzelte. »Als mittellose Kunststudentin in einer Mansarde zu wohnen wird ein Schock für sie sein, oder?«

»Sie wird damit klarklommen. Wirklich … ganz im Ernst. Sie will ihre Designerklamotten im Internet verkaufen.«

Er nickte anerkennend. »Das ist gut für sie. Aber erzähl mir von dir, Suzie. Ich freue mich, dass du offenbar den perfekten Job an Land gezogen hast. Du bist bestimmt begeistert.«

Nachdem sie ihr Essen bestellt hatten, berichtete sie Näheres über das geplante Forschungszentrum, und er hörte aufmerksam zu. Nach und nach kamen sie auf anderes zu sprechen. Sie erzählte von ihrer Arbeit bei der Stiftung, von ihren Eltern und schließlich sogar von Rob und seinem Job in Kanada.

»Und ist es dir schwergefallen, ihn ziehen zu lassen?« Er trank einen Schluck Wein und lehnte sich zurück. »Wart ihr lange zusammen?«

»Fast drei Jahre. Nein, eigentlich war es nicht tragisch. Doch es hat mir etwas ausgemacht. Weißt du, man gewöhnt sich daran, jemanden zu haben, und wenn das von heute auf morgen vorbei ist, ist das hart.« Während der letzten drei Worte wurde ihr klar, wie sie auf Michael wirken mussten. Sie biss sich auf die Zunge und murmelte eine lahme Entschuldigung. »Tut mir leid. Das weißt du natürlich besser als ich.«

Er schwieg zunächst, und sie trank ebenfalls einen großen

Schluck Wein. Heute Abend aßen sie Forelle und tranken dazu eine Karaffe Weißwein aus der Umgebung, der sehr gut war. Um Michael Zeit zu lassen, aß sie in Ruhe ihren letzten Bissen Fisch und legte das Besteck hin. Dann erst ging er leise darauf ein.

»Das ist wohl wahr.«

Das war alles, was er sagte. Sie war erleichtert, denn sie hatte befürchtet, er könnte für den Rest des Abends deprimiert sein. Um ganz sicherzugehen, machte sie eine Bemerkung übers Windsurfen, und tatsächlich entstand daraus eine lebhafte Unterhaltung. Von dort brachte sie das Gespräch auf seine Kindheit in den Cotswolds und seine berufliche Laufbahn, und er berichtete gut gelaunt von einigen Erlebnissen während seines Kunststudiums.

Suzie war froh, dass Lord Tedburn sie nicht belauschen konnte. Michaels Geschichten waren zwar urkomisch, hätten aber auch Tedburns schlimmste Vorurteile über die »Lasterhöhlen« bestätigt. Bis zum Ende des Abends hatte sie recht viel über ihn erfahren und definitiv den Eindruck, dass er ihr gegenüber lockerer geworden war und sich in ihrer Gesellschaft wohlfühlte. Als sie das Restaurant verließen, blickte sie schon optimistischer in die Zukunft.

Auf dem Rückweg zum Hotel änderte sich das allerdings.

Da es noch regnete, teilten sie sich Suzies Schirm. Michael hielt ihn über sie, und sie schob die Hand in seine Ellenbeuge und genoss es, wie sich sein Bizeps im Ärmel wölbte und dass sich ihre Schultern immer wieder berührten. So gingen sie durch die fast menschenleeren Straßen. Man hörte nur den Regen auf den Schirm prasseln und ihre Füße in den Pfützen patschen.

Selbst bei diesem Wetter war es schön, durch die Altstadt zu laufen. Es hätte sogar romantisch werden können, wenn er romantische Gefühle für sie gehabt hätte. Wie bisher spürte sie von seiner Seite nichts. Als sie auf die Piazza delle Erbe einbogen, ging er langsamer und blieb schließlich stehen.

»Komm, wir stellen uns für einen Moment unter die Markise, in Ordnung? Ich muss dir etwas sagen.«

Er befreite sich von ihrer Hand und legte den Schirm auf einen der verlassenen Tische. An einem warmen, trockenen Herbstabend hätten vor dem Restaurant allerhand Leute gesessen, doch jetzt hielt sich auf dem ganzen Platz keine Menschenseele auf. Auf den nassen Pflastersteinen schimmerte das orangegelbe Licht der Laternen, aber auch in seinen Augen, und sie ahnte plötzlich, dass er ihr nichts Gutes eröffnen würde.

So war es.

»Es ist so, Suzie … Ich gehe von hier weg.« Anscheinend fiel es ihm schwer, die richtigen Worte zu finden.

»Weg von hier? Du meinst, von Verona?«

»Von Italien. Ich kehre nach England zurück, endgültig. Meine Mutter lebt noch in den Cotswolds. Ich werde bei ihr wohnen, bis ich etwas Passendes mit Atelier gefunden habe. Und dann fange ich ein neues Leben an.«

Suzie war am Boden zerstört. Sie hatte sich mehr oder weniger damit abgefunden, dass er für eine neue Beziehung noch nicht bereit war, sich aber darauf verlassen, ihn weiter regelmäßig zu sehen, und sei es auch nur beim Windsurfen. Plötzlich wurde ihr bewusst, dass sie schon zu lange schwieg. Der Regen trommelte auf die Markise über ihnen und tropfte ringsherum von den Rändern. Sie wusste nicht, was sie sagen sollte. Und so brachte sie nur ein »Oh …« zustande.

Nachdem von ihr weiter nichts kam, fuhr er fort.

»Mir gefällt das Haus in Bardolino sehr, doch da sehe ich überall nur sie … Grazia, meine Frau. Es ist, wie du vorhin sagtest: Man gewöhnt sich daran, jemanden bei sich zu haben, und plötzlich ist es vorbei, und das tut weh.« Das Licht spiegelte sich wieder in seinen Augen, und diesmal sah sie Tränen darin schimmern. »Es tut verdammt weh. Deshalb hat es keinen Sinn. Ich muss von hier weg.«

»Und für wann hast du das geplant? Es wird wahrscheinlich eine Weile dauern, bis das Haus verkauft ist.« Suzie hoffte, ihn dadurch noch zwei, drei Monate zu haben, bevor sie sich trennen mussten. Sie wurde enttäuscht.

»Ich werde es vorerst nicht verkaufen. Ich lasse es durch ein Touristikunternehmen an Urlauber vermieten. So brauche ich mich um nichts zu kümmern.«

»Wann reist du ab?«

»Sofort. Dieses Wochenende. Es ist besser, einen Schlussstrich zu ziehen.« Er zögerte. »Ich bin sicher, du verstehst das. Ich wollte es dir persönlich sagen. Und du sollst wissen, dass du mir fehlen wirst, Suzie. Sehr sogar.«

Plötzlich übte ihr Traumjob in Verona nicht mehr denselben Reiz aus wie vorher. Wenn der sich nicht ergeben hätte, wäre sie am nächsten Tag planmäßig nach England abgereist, wodurch sich die Entfernung zwischen ihr und Michael beträchtlich verringert hätte.

Kurz spielte sie mit dem verrückten Gedanken, den Professor anzurufen und ihm zu sagen, sie könne das Angebot doch nicht annehmen, aber sie verwarf den Gedanken. Sie war eine Verpflichtung eingegangen und schuldete es dem alten Mann – und auch ihrer Karriere –, zu ihrem Wort zu stehen. Und in demselben Land zu leben wie Michael würde nichts an der Tatsache ändern, dass er von ihr nur Freundschaft wollte, so gern sie selbst einen Schritt weiter ginge. Nein, so sagte sie sich energisch, besser in Verona einen guten Job haben, als in England ohne Arbeit dazustehen und bei Michael immer wieder abzublitzen. Sie holte tief Luft und gab sich Mühe, heiter zu klingen.

»Natürlich verstehe ich das. Du musst tun, was für dich das Beste ist. Ich bin froh, dass du das Haus erst mal nicht verkaufst. Vielleicht hast du irgendwann Lust, hierher zurückzukehren und da weiterzumachen, wo du aufgehört hast.« Sie nahm seine Hände. »Und ich werde dich auch schrecklich vermissen, aber ich verstehe deine Lage.«

So standen sie ein paar Augenblicke lang da, und die Zeit schien stillzustehen. Selbst die Regengeräusche verblassten, und sie spürte nur noch die Wärme seiner Hände und einen wachsenden Verlustschmerz. Es drängte sie sehr, sich zu ihm zu neigen, damit vielleicht ein Kuss daraus würde, doch sie tat es nicht.

Und er ebenso wenig.

21

Suzie verbrachte den Samstag mit Alex und den anderen in der Villa am See. Wie um ihren Kummer zu verschärfen, wehte überhaupt kein Wind. Sie hatte nicht gut geschlafen, und nach Michaels niederschmetternder Eröffnung vom gestrigen Abend wusste sie, was sie jetzt dringend brauchte: einen tollen Wellenritt über den See, um Dampf abzulassen. Im Laufe des Vormittags ergab es sich, dass sie und Tommy mit Paddelbrettern aufs Wasser gingen.

James und Alex setzten sich zusammen und redeten, Rafe telefonierte weiterhin beinahe pausenlos mit Melanie. Die Regenwolken hatten sich über Nacht verzogen, die Sonne schien, und der See lag so still da wie ein Mühlteich. Es war schön, sanft am Ufer entlangzupaddeln und den schnatternden Enten auszuweichen, die bemerkenswert gelassen blieben, als zwei Menschen an ihnen vorbeiglitten. Es machte Spaß, in die Gärten der Villen zu spähen und die Leute zu betrachten, die auf dem Fußgängerweg, der stellenweise am Ufer entlangführte, spazieren gingen, joggten oder Rad fuhren.

Nach einer halben Stunde machten sie halt bei einem kleinen Ausschank mit ein paar Gartentischen am Ufer und bestellten Kaffee. In Anbetracht dessen, dass das Lokal kaum mehr als eine Bretterbude war, schmeckte er hervorragend. Suzie lehnte sich entspannt zurück und plauderte mit Tommy über seine Doktorarbeit und ihre eigenen Pläne für das Forschungszentrum. Dabei nahm das Gespräch eine unerwartete Wende.

»James hat mir erzählt, dass du dich in Michael verliebt hast, diesen Maler.«

Suzie verschluckte sich an ihrem Cappuccino und fühlte das Blut in ihre Wangen steigen. Sie wischte sich mit einer Serviette Kaffeetropfen vom Kinn und gewann damit ein wenig Zeit.

»Ich habe mich in niemanden verliebt.« Sie holte tief Luft. »Ich lebe zwar in der romantischsten Stadt Italiens, werde aber nicht in Julias Fußstapfen treten.«

Er grinste. »Schön zu hören. Für die beiden ist es immerhin nicht gut ausgegangen.«

Suzie versuchte, beim Thema »Romeo und Julia« zu bleiben, doch Tommy fing schon im nächsten Satz wieder mit ihr und Michael an. »Da gibt es also keine große Liebesgeschichte?«

Suzie seufzte. »Zwischen Michael und mir wird nichts laufen. Außerdem hat er mir gestern Abend erklärt, dass er nach England zurückgeht.«

»Was? Auf Dauer?«

»Anscheinend.« Sie klang unwillkürlich niedergeschlagen, und das konnte ihm nicht entgangen sein.

»Und du musst hierbleiben?« Er wartete ihre Antwort nicht ab. »Wow, das ist hart. Wirst du klarkommen?«

»Selbstverständlich. Ich habe den neuen Job, auf den ich mich konzentrieren muss.« Um aus der Defensive zu kommen, drehte sie den Spieß um. »Und wie steht's bei dir? Bist du verheiratet oder verlobt oder dergleichen?«

Er lächelte. »›Dergleichen‹, könnte man sagen. Ich bin nach dem Examen gleich zum Militär gegangen. Es ist schwierig, als aktiver Soldat eine tiefergehende Beziehung anzufangen. Seit ich den Militärdienst beendet habe, bin ich ein bisschen wie du. Ich konzentriere mich auf meine wissenschaftliche Arbeit. Ja, ich hatte ein, zwei Freundinnen, aber nichts Ernstes.« Jetzt war er es, der verlegen wirkte. »Das heißt, bis ich dich getroffen habe.«

»Bis du mich getroffen hast?« Suzies Wangen waren gerade

abgekühlt, doch seine Bemerkung trieb ihr wieder die Hitze ins Gesicht.

»Glaubst du an Liebe auf den ersten Blick, Suzie? Du weißt schon, wie bei Romeo, als er Julia zum ersten Mal sah?«

Suzie suchte Zuflucht bei dem Ingwerplätzchen, einer Beigabe zu ihrem Kaffee, und wickelte es umständlich aus der Plastikhülle, um es dann krümelweise zu verzehren. Sie war sprachlos. Als das Plätzchen endlich verschwunden war, rang sie sich zu einer nüchternen Antwort durch.

»Ich bin sicher, dass es die gibt – oder zumindest eine anfängliche Vernarrtheit. Aber ob die zu etwas Dauerhaftem führt, kann man nicht wissen, oder? Was dich betrifft, Tommy, danke. Es freut mich ehrlich, dass du von mir angetan bist, und ich mag dich auch, doch im Moment bin ich nicht zu haben.«

»Wegen deines Malers?«

»Ich weiß es nicht. Ehrlich, ich weiß es nicht.« Ihre Wangen brannten noch, aber sie fühlte sich schon etwas selbstbewusster. »Es ist eine komische Sache mit der Liebe. Für Shakespeare war alles schön klar und eindeutig. Mann trifft Frau und verliebt sich. Frau verliebt sich in Mann, sie überwinden ein paar Hindernisse, und am Ende werden sie miteinander glücklich.«

»Oder es endet wie bei Romeo und Julia mit Tränen.«

»Durchaus, doch auf dem Weg dahin gibt es kein Zaudern und kein Zappeln. Da gibt es nur Lieben oder Hassen, und das war's. Im ersten Akt liebt Othello Desdemona, im zweiten bringt er sie um. Im wirklichen Leben geht es nicht so zu, zumindest nicht in meinem. Mein Malerfreund – wir sind nämlich nur Freunde – hat mich vom ersten Moment an angezogen. Aber die Umstände machen es unmöglich, dass mehr daraus wird. Es ist in den Anfängen stecken geblieben. Dafür kann keiner etwas.« Sie brachte ein kleines Lächeln zustande. »Shakespeare hätte dem nichts abgewinnen können. Zu undramatisch.«

»Doch du stehst noch immer auf ihn.«

Suzie war inzwischen entspannter, und es fiel ihr leicht, ehrlich zu antworten. »Ich mag ihn sehr, Tommy, aber es wird kein Happy End geben.«

»Ich hoffe für dich, dass es doch noch dazu kommt. Wenn es jedoch nicht klappt und du nach einer anderen Liebe Ausschau hältst, dann denkst du an mich, ja?«

»Aber klar, Tommy.«

Nach einem von Rosas üppigen Mittagessen, das mit *Pannacotta* endete, ging Suzie zum Pool und legte sich auf eine der Liegen. Da sie zum Essen zwei Gläser Wein getrunken hatte, fühlte sie sich schläfrig, und die unruhige Nacht und ihr Paddelausflug taten ein Übriges. Am Vortag waren die Jungs noch im Pool geschwommen und hatten gestaunt, wie kalt das Wasser schon geworden war. Daher hatte sie keine Lust hineinzusteigen. Lieber ließ sie sich von der Herbstsonne bescheinen und schloss die Augen. Bevor sie wegdöste, sprach sie jemand an.

»Hallo, Suzie. Was dagegen, wenn ich mich zu dir setze?«

Sie hätte erwartet, Tommy zu sehen, doch es war Rafe, und er wirkte ungewohnt kleinlaut.

»Ganz und gar nicht. Die Sonne wärmt noch.«

Er setzte sich auf die Nachbarliege und brauchte eine Weile, bis er zu sprechen anfing.

»Äh … Suzie … meine Schwester hat mich zu dir geschickt. Ich soll dich um Rat fragen.«

Suzie sah seine Verlegenheit. Da sie Alex etwas versprochen hatte, stützte sie sich auf die Ellbogen und wandte sich ihm zu.

»Wenn ich helfen kann, gern. Aber ich fürchte, meine Erfahrungen als Kummerkastentante sind beschränkt.«

Das brachte ihn zum Lächeln. »Danke, Suzie … ich nehme an, Alex hat dir schon erzählt, worum es geht.«

»Nicht viel. Sie hat nur erwähnt, dass du gerade mit einem Problem ringst. Wie wär's, wenn du es mir schilderst?«

Zunächst noch zögernd, dann immer freimütiger erklärte er ihr die ganze traurige Geschichte. Dabei wurde zunehmend deutlich, dass er seine Melanie liebte. Sie lebte in Exeter, eine halbe Stunde vom Herrenhaus entfernt, und arbeitete als Pharmazeutin im Krankenhaus. Rafe und Melanie waren seit drei Jahren zusammen und verstanden sich sehr gut. Sie war jedoch keine Adlige. Er hatte mit seinem Vater darüber gesprochen, sie zu heiraten, und der hatte sich entschieden dagegen ausgesprochen.

»Warum eigentlich?« Suzie fragte, obwohl sie die Antwort zu kennen glaubte.

»Wegen der Erbfolge.« Als er Suzies Gesichtsausdruck sah, führte er das näher aus. »Den Tedburns gehört das Herrenhaus seit 1616. Der Titel geht immer an den ältesten Sohn, und das bin in diesem Fall ich. Deshalb meint Vater, ich sollte eine Frau von Stand heiraten.« Er schaute sie missmutig an. »Das ist ziemlich das Gleiche, was er Alex im Hinblick auf James gesagt hat.«

»Und hat er jemanden für dich im Sinn?«

»Er hat mir im Lauf der Jahre einige geeignete Kandidatinnen vorgestellt. Seine derzeitige Wahl ist eine entfernte Cousine von Prinz Charles, die in Cornwall lebt.«

»Und die gefällt dir nicht?«

»Sie ist nett, doch sie ist nicht Melanie. Es ist ganz einfach. Ich will Melanie. Das weiß ich genau. Sie hat sich auch für mich entschieden. Aber Vater will davon nichts hören.«

Suzie legte sich wieder hin und schaute zu den weißen Quellwolken hoch. Es war unvorstellbar, dass im einundzwanzigsten Jahrhundert noch jemand so dachte wie Lord Tedburn. Shakespeare hätte Rafes Dilemma nur zu gut verstanden. Sie wusste, wie sie an seiner Stelle handeln würde, und beschloss, ihm das Gleiche zu raten wie seiner Schwester. »Bist du sicher, dass du meinen Rat hören willst?«

»Ja, bitte. Alex ist jetzt viel glücklicher, und das hat sie dir zu verdanken. Das sagt sie, und ich weiß, sie hat recht. Also ja, bitte, ich möchte hören, was du dazu meinst.«

Suzie sagte es ihm. »Du musst tun, was für dich das Richtige ist, Rafe, und nicht, was dein Vater für das Richtige hält. Für mich ist ziemlich klar, dass er dich und Alex liebt, auch wenn er archaische Vorstellungen über Erziehung hat. Er wird wollen, dass du glücklich wirst, auch wenn du gegen seine Wünsche handelst. Ich an deiner Stelle würde ihm sagen, dass ich mich entschieden habe, und basta.«

»Und wenn er ausrastet?«

»Dann lass ihn ausrasten. Was kann er schon Schlimmes tun? Er kann dich wohl kaum verstoßen. Das würde die Erbfolge auch zunichtemachen. Sag ihm, du willst die Frau heiraten, die du liebst. Erinnere ihn daran, dass selbst der künftige König von England eine Bürgerliche geheiratet hat und die Zeiten sich geändert haben. Mach ihm klar, dass du es mit oder ohne seinen Segen tun wirst.«

Einen Moment lang herrschte Schweigen.

»Genau das hat Alex mir auch geraten.« Er schien zu überlegen. »Es ist nur so, dass ich mich seinen Wünschen noch nie widersetzt habe. Das widerstrebt mir einfach.«

»Letzten Endes musst du selbst entscheiden, Rafe. Ich kann dir nur versichern, dass ich an deiner Stelle nicht zögern würde. Es ist dein Leben, um das es hier geht, und dein Glück.«

Alex und sie übernachteten in der Villa. Suzie war erleichtert, weil niemand vorschlug, zum Nachtclub zu fahren. Stattdessen warfen die drei Männer den Grill an. Suzie bot an, ihnen zu helfen, doch sie drückten ihr ein Glas Champagner in die Hand und befahlen ihr, sich zu entspannen. Das tat sie dann auch. Sie setzte sich auf eine Bank am Wasser, trank ihren Schampus und beobachtete abwechselnd die Boote auf dem See und die Vorgänge im Garten.

Rafe wirkte noch besorgt. Sie hoffte, ihre Ratschläge würden ihm helfen. Alex war glücklich, und Suzie freute sich, wenn sie sie lachen hörte. Was die anderen zwei Männer anging, so waren sie sich in ihrem Mienenspiel manchmal so ähnlich, dass sie lächeln musste, aber eigentlich taten sie ihr leid – vor allem weil sie zum Teil daran schuld war.

Es war eine ungewöhnliche Erfahrung für sie, dass ein gut aussehender Mann sich so offensichtlich nach ihr sehnte. Und James war ganz eindeutig bis über beide Ohren in Alex verliebt. Im Laufe des Abends sah sie bei beiden oft sehnsüchtige Blicke. Sie lehnte sich zurück und versuchte zu ergründen, was sie dabei empfand.

Sie mochte Tommy, und dass er viele ihrer Interessen teilte, machte ihn noch sympathischer. Sie verstanden sich wirklich gut, das ließ sich nicht bestreiten. Also warum hatte sie ihn abgewiesen und gesagt, sie sei nicht interessiert? Kurz und eindeutig wegen Michael. Doch inzwischen war er nur noch ein Schiff, das nachts vorbeigezogen war – zwar ein begehrenswertes, wenn auch leicht schadhaftes Schiff, aber eines, das in die entgegengesetzte Richtung fuhr. Und was hieß das nun für sie und Tommy? Wenn er Wort hielt und tatsächlich im nächsten Jahr zum Forschungszentrum kam, was würde sie dann tun?

Noch nie hatte ihr ein Mann gestanden, dass er sich auf den ersten Blick in sie verliebt hatte. Sie hatte einen guten Eindruck von Tommy, aber könnte sie ihn auch lieben? Er sah gut aus, war intelligent und irrwitzig reich. Doch konnte sie sich vorstellen, tiefe Gefühle für ihn zu entwickeln? Darüber dachte sie den ganzen Abend nach, während sie an ihrem Champagner nippte.

22

Die letzten Oktoberwochen waren für Suzie bittersüß. Sie dachte oft an Michael, hörte aber wenig von ihm außer einer gelegentlichen E-Mail, in der er knapp von seiner Suche nach einem geeigneten Haus berichtete. Sie las seine Nachrichten mit größter Aufmerksamkeit, wie sie etwa ein bislang unentdecktes Meisterwerk von Shakespeare lesen würde, doch sie konnte in Michaels Worten keinen Hinweis entdecken, dass er doch mehr von ihr wollte als Freundschaft. In ihren Antworten schrieb sie, wie es mit dem Forschungszentrum voranging, und setzte am Schluss allenfalls ein X vor ihren Namen. Auf andere Vertraulichkeiten verzichtete sie.

Dagegen bekam sie regelmäßig Anrufe und E-Mails von Tommy. Er berichtete, wie er mit der Doktorarbeit vorankam, und fragte sie häufig um Rat. Es machte ihm sichtlich Spaß, nach sieben anstrengenden Jahren beim Militär wieder an der Uni zu sein, auch wenn es manchmal den Anschein hatte, als fehlte ihm die Aufregung. Er erzählte ihr alles von sich, und allmählich öffnete sie sich und redete mit ihm über ihre Kindheit und ihre Hoffnungen.

Soweit sie sah, hoffte er noch immer auf eine gemeinsame Zukunft mit ihr. Sie fühlte sich geschmeichelt, wusste jedoch, dass sie sich nicht an ihn binden konnte, zumindest noch nicht. Sie genoss die Gespräche mit ihm, freute sich sogar auf seine Anrufe. Inzwischen nahm er einen festen Platz in ihren Gedanken ein, aber nicht in ihrem Herzen. Das hing eigensinnig den Erinnerungen an einen trauernden Maler nach, obwohl sie sich immer wieder sagte, dass sie auf ihn nicht zu hoffen brauchte.

Das Forschungszentrum nahm langsam Gestalt an, und dementsprechend wuchs ihr Arbeitspensum. In einer Hinsicht war das ein Segen, denn es nahm sie ganz in Anspruch und hinderte sie daran, sich in träumerischen Gedanken zu verlieren. Sie erledigte fast alle Vorgänge gern – ihr Erstkontakt mit der italienischen Bürokratie war wie von Mack vorhergesagt allerdings oft unerfreulich gewesen und manchmal noch immer enorm frustrierend.

Ihr Aufgabenfeld reichte von der Installation neuer Toiletten bis zur Inbetriebnahme moderner Rechner und der Einrichtung eines Bankkontos – wobei noch mehr bürokratische Hürden zu nehmen waren. Sie erstellte eine Webseite, schrieb Pressemitteilungen und verbrachte enorm viel Zeit damit, Briefe an akademische Institute in der ganzen Welt zu verschicken, um die bevorstehende Eröffnung bekannt zu geben, die für Anfang nächsten Jahres geplant war – vorausgesetzt, die erforderlichen Genehmigungen wurden erteilt.

Sie sah den Professor fast täglich und war immens erleichtert, als er anbot, wegen der rechtlichen Form der Stiftung mit Anwälten in Kontakt zu treten. Bei einer Besprechung Ende November, bei der es um die Satzung und die Stiftungsorgane ging, fiel überraschenderweise ein vertrauter Name.

»*Professore*, haben Sie schon eine Liste mit infrage kommenden Kuratoren erstellt?«, erkundigte sich der Anwalt.

Er war ein großer, makellos gekleideter Herr in den Sechzigern, der Vertrauenswürdigkeit und Unfehlbarkeit ausstrahlte, aber auch genügend Rasierwasserduft verströmte, um einen Elefanten zu betäuben. Wenn Suzie von einem Termin mit ihm nach Hause kam, sprang sie unter die Dusche und zog sich komplett um. An diesem Tag hatte sie sich an das ferne Ende des glänzenden Mahagonitisches gesetzt, weil sie hoffte, dem größten Teil der Wolke zu entgehen, doch das feuchte Herbstwetter war inzwischen unangenehm kalt geworden, und die Fenster waren daher geschlossen.

Zwischen dem Anwalt und ihr saß Mack, anscheinend unempfindlich gegen den Rasierwassertsunami, und las die Namen der anzufragenden Kuratoren vor. Zuletzt nannte er »Michael Turner, den berühmten Porträtmaler«.

Selbst jetzt noch, sechs Wochen nach jenem verregneten Oktoberabend, löste sein Name bei Suzie ein leichtes Zittern aus, und sie fragte sich, ob ihn der Kuratoriumssitz nach Verona zurückbringen könnte, und sei es auch nur für einen Tag. Der Anwalt ließ sich von Mack die Liste geben, und sie gingen zum nächsten Tagesordnungspunkt über.

Suzie dachte noch an Michael, als sie nach der Besprechung in der Kanzlei, eingemummt in ihren Wintermantel, auf dem Heimweg war und weiße Atemwolken ausstieß. Die Gipfel der Berge hinter der Stadt waren verschneit, und in den Alpen bereiteten sich die Skiorte schon auf den Saisonbeginn vor. Suzie war derart in Gedanken versunken, dass sie auf der Piazza Bra beinahe mit Alex zusammengestoßen wäre, die ihr entgegenkam.

»Hi, Suzie. Ich würde zu gern wissen, woran du gerade gedacht hast.« Alex, in Jeans und einer kuscheligen Jacke, die sie auf dem samstäglichen Markt am Stadion erworben hatte, sah glücklich aus – wie schon seit Wochen, nämlich seit sie täglich zur Akademie ging. »Du warst meilenweit weg.«

»Hallo, Alex. Ich habe nur nachgedacht.«

»Über was Geschäftliches oder etwas Privates?«

Suzie blickte lächelnd auf. »Ein bisschen von beidem, könnte man sagen.« Und sie erzählte, dass Michael auf der Liste der infrage kommenden Kuratoren stand.

»Genial. Das wird ihn nach Verona bringen.«

»Schon möglich. Aber das bedeutete nicht unbedingt einen Sinneswandel.«

Alex ließ sich nicht entmutigen. »Glaub das nicht. Er ist seit Wochen in England, und das ist eine lange Zeit, wenn man jemanden vermisst. Wart's nur ab. Ich wette, er kommt reumütig zu dir und sagt, dass er ohne dich nicht leben kann.«

»Schön wär's.« Nicht zum ersten Mal nahm Suzie sich vor, nicht so viel an Michael zu denken, und wechselte das Thema. »Übrigens, hast du schon etwas von Rafe gehört, ob er mit eurem Vater wegen Melanie gesprochen hat?«

Alex schüttelte verärgert den Kopf. »Er wird kneifen, das weiß ich. Jedes Mal, wenn ich mit ihm telefoniere, dränge ich ihn dazu, aber er kann sich nicht überwinden. Er ist so sehr daran gewöhnt zu tun, was Vater will, dass er einen kräftigen Schubs brauchen wird.«

Suzie dachte an das Gespräch mit ihm zurück. »Ich weiß. Ich habe ja auch auf ihn eingeredet. Hoffentlich tut er's noch. Und wie läuft es bei dir? Gehst du heute Abend noch aus?«

»Ja, aber nicht zum Spaß. Ich arbeite heute und morgen im Restaurant.«

Durch ihre Englisch-Italienisch-Stunden bei Beppe und seiner Frau hatte es sich ergeben, dass sie an stressigen Abenden in der Restaurantküche half, als Mädchen für alles. Das hieß, sie spülte, wusch Geschirr, würfelte Möhren, schälte Kartoffeln und füllte Salzstreuer nach.

Suzie war entzückt, denn Alex war gleich in ihrem Element gewesen, und Beppe und seine Frau waren sehr mit ihr zufrieden. Das war ein gutes Zeichen, da dies für Alexandra der erste »richtige« Job war, und Suzie freute sich für sie. Der Lohn war gering, aber da ständig Geld über ihr PayPal-Konto hereinkam, weil modebewusste Italienerinnen auf Schnäppchenjagd ihr die Designerkleider abkauften, war Alex bisher mit ihren Einkünften über die Runden gekommen, ohne Suzie um Geld bitten zu müssen. Suzie war stolz auf sie und sah, dass Alex' Selbstbewusstsein wuchs. Was ihr Vater über sie dachte, wussten sie natürlich nicht.

»Sollte James nicht dieses Wochenende wieder herkommen, Alex?«

»Nicht dieses, aber am nächsten, zusammen mit Rafe. Und er hat uns beide in die Villa eingeladen. Also, wenn du möchtest …?«

»Wenn *du* möchtest, Alex. Das solltest auf jeden Fall du entscheiden. Ich bin natürlich immer für kostenloses Essen und Surfen zu haben, doch du bist diejenige, die James auf Abstand halten will.«

»Wie du sagst, es gibt Essen umsonst. Also bin ich auch dafür.« Sie grinste. »Ich habe seit zwei Wochen kein Fleisch mehr gegessen. Ein leckeres Steak käme mir gerade recht. Ich schreibe ihm und sage für uns beide zu. Er kann uns mit dem Wagen abholen lassen.«

Da sie nicht mehr im Hotel mit Parkservice wohnten, hatte Suzie den Mini zurückgegeben, denn Parkplätze in der Innenstadt waren rar. Wenn sie den Professor am See besuchte, fuhr sie mit dem Bus und fand das eigentlich ganz bequem. Aber sie nahm die Einladung in die Villa gern an. Für Alex würde es ein nostalgischer Spaß werden, in den Rolls-Royce zu steigen, nachdem sie sich so gut an das »normale« Studentenleben gewöhnt hatte.

In ihrer Wohnung angekommen, checkte Suzie ihre E-Mails. Währenddessen rief ihre Mutter an und jagte ihr einen Riesenschreck ein.

»Suzanne, Liebes, dein Vater liegt im Krankenhaus.«

Suzie stockte das Blut in den Adern. »Warum? Was ist passiert?«

»Er hatte einen Herzanfall. Er hat sich in der Nacht sehr unwohl gefühlt. Ich musste den Notarzt rufen. Er liegt jetzt im Royal Devon and Exeter Hospital und wird entweder noch heute Abend oder gleich morgen früh operiert.«

Suzie kannte die Klinik gut. Als Teenager hatte sie sich bei einem Sturz vom Pferd einen Arm gebrochen und war dort behandelt worden. »Was für eine Operation?«

»Der Arzt sagt, es ist keine große Sache. Doch ich finde, es hört sich beängstigend an. Sie führen an der Leiste eine Kamera in die Arterie ein und schieben sie bis zum Herzen, um zu sehen, was da los ist, und dann beheben sie das Problem auch gleich.« Ihre Stimme schwankte, und Suzie wusste, was sie zu tun hatte.

»Heutzutage kann man bei Herzkrankheiten fantastisch helfen, Mum. Mach dir keine Sorgen. Hör zu, ich steige morgen in einen Flieger nach Bristol und komme mit dem Bus nach Exeter. Ich fahre direkt zum Krankenhaus und sollte am späten Nachmittag da sein.«

Ihre Mutter wehrte zunächst höflich ab, war dann aber doch dankbar für die Unterstützung. Sobald Suzie aufgelegt hatte, lief sie nach nebenan und erzählte Alex, was passiert war. Alexandra beeilte sich, ihr Mut zuzusprechen.

»Mein Vater hat das vor ein paar Jahren auch durchgemacht. Das nennt sich ›Angioplastie‹ und ist heutzutage ein Routineeingriff. Wenn die Kamera zu der verstopften Arterie gelangt, wird ein Ballon aufgepumpt und die Stelle gedehnt, sodass das Blut wieder ungehindert fließen kann. Vater hatte zwei solcher Verengungen und war zwei Tage nach dem Eingriff wieder fit.«

Suzie hoffte, dass es so einfach werden würde. Sie rief den Professor an. Der sagte, sie solle sich die nötige Zeit nehmen. Nach dem Telefonat buchte sie einen Flug, der kurz nach Mittag von Venedig aus startete.

Als sie am nächsten Tag am Marco-Polo-Flughafen saß und darauf wartete, dass man ihren Flug aufrief, ging auf ihrem Handy eine Nachricht von Alex ein.

Rafe holt dich in Bristol vom Flughafen ab und bringt dich zur Klinik. Mach dir keine Sorgen. Guten Flug. xx

Suzie schrieb sofort zurück, das sei nicht nötig, aber Alex antwortete, dass Rafe das von sich aus angeboten hatte und sich nicht davon abbringen ließ zu helfen. Suzie war gerührt. Sie war auch mächtig beeindruckt, als sie später in Bristol das Terminal verließ und Rafe in einem Aston-Martin-Sportwagen warten sah. Sie umarmte ihn und bedankte sich herzlich, doch Rafe winkte ab.

»Ich musste Melanie für ein paar Tage nach Bristol bringen und wollte heute oder morgen sowieso nach Devon zurück. Der Flughafen liegt praktisch auf dem Weg. Also mach dir bitte keine Gedanken.«

Während der Fahrt nach Devon unterhielten sie sich, und Suzie war froh, über etwas anderes zu reden als den Gesundheitszustand ihres Vaters. Dabei kamen sie auch auf Alex zu sprechen. Suzie konnte freudig berichten, wie gut es für sie lief.

»Sie ist quietschfidel. Sie bekommt Bestnoten, und gerade wurden zwei Bilder von ihr bei einer regionalen Ausstellung angenommen. Wenn sie so weitermacht, wird sie mal der neue David Hockney.«

»Vater staunt nicht schlecht, dass sie sich so gut an ein Leben ohne Luxus anpasst.«

»Du kannst ihm erzählen, dass sie sich auf dem Wochenmarkt einen Pulli für fünf Euro gekauft hat und davon schwärmt, wie gut er passt. Und außerdem hat sie die ganze Transaktion auf Italienisch bestritten. Sie hat den Wechsel zur

Kunststudentin schmerzlos vollzogen und ist damit restlos glücklich.«

»Sie schuldet dir eine Menge, Suzie.«

»Überhaupt nicht. Alex ist sehr zielstrebig. Sie hätte das auch ohne mich geschafft, da bin ich mir sicher.« Sie drehte den Kopf zu ihm. »Aber das Beste ist, wie selbstbewusst sie geworden ist. Unabhängig davon, wie erfolgreich sie als Malerin sein wird, tut ihr das Studium gut, und euer Vater sollte das erfahren.«

»Das freut mich wirklich sehr. Ich werde ihm erzählen, was du berichtet hast.«

»Und sag ihm doch auch, dass sie keineswegs das befürchtete Lotterleben führt. Sie ist eine vernünftige, hart arbeitende Frau.«

Rafe setzte sie kurz nach halb sechs vor dem Krankenhaus ab. Sie beeilte sich, zum Zimmer ihres Vaters zu gelangen. Er war wach, als sie eintrat, und ihre Mutter saß bei ihm. Suzie stürmte an sein Bett und küsste sie beide, setzte sich auf die Bettkante und nahm seine Hand.

»Bist du schon operiert worden, Dad? Du siehst gut aus.« Für jemanden, der gerade unterm Messer gelegen hatte, wirkte er erstaunlich munter.

Er lächelte zu ihr hoch und drückte ihre Hand. »Ja, alles erledigt. Ich bin so gut wie neu – das behaupten die Ärzte jedenfalls.«

»Der Chirurg war hier und sagte, dass der Eingriff ein voller Erfolg war.« Die Freude ihrer Mutter war ansteckend, und Suzie fühlte sich immens erleichtert und wischte sich ein paar Tränen von den Wangen.

»Also wirst du bald entlassen?«

»Morgen oder übermorgen, soweit ich weiß.«

Das kam ihr unglaublich vor. Sie gab ihm einen dicken Kuss auf die Wange. »Ich bin ungeheuer froh.«

»Nun erzähl mal von dir, Suzanne. Wie ist es dir ergangen?« Ihre Mutter war noch blass und mitgenommen, doch an ihrem Lächeln sah Suzie, dass sie sich allmählich von dem Schreck erholte.

Um sieben Uhr verließen sie das Krankenhaus. Suzie fuhr ihre Mutter mit dem Auto nach Hause. Sie waren beide nicht besonders hungrig, sodass sie sich mit Tee und Toast begnügten. Suzie erzählte ihrer Mutter den ganzen Abend von Verona. Im Laufe der Unterhaltung erwähnte sie auch Michael als einen Bekannten, mit dem sie auf dem Gardasee surfen war, doch ihre Mutter hatte offenbar ein feines Gespür für die Untertöne.

»Und du magst diesen Mann?«

Suzie antwortete ehrlich. »Ja, Mum, sehr sogar, aber es wird nichts daraus werden.« Im Kreuzverhör offenbarte sie, was Michaels Frau zugestoßen war.

Ihre Mutter schüttelte mitfühlend den Kopf. »Der arme Mann! Wie furchtbar!« Nach kurzem Schweigen blickte sie auf. »Lass ihm Zeit. Seine Wunden müssen heilen, weißt du?«

Sie wurden unterbrochen, weil Suzies Handy klingelte. Es war Rafe, der sich nach dem Befinden ihres Vaters erkundigte. Sie berichtete gut gelaunt, was sie wusste.

»Das sind ausgezeichnete Neuigkeiten. Ich werde es Vater erzählen. Übrigens, Suzie, er lässt fragen, ob du morgen Vormittag für ihn Zeit hättest. Ich könnte dich abholen, wenn du willst.«

Sie versicherte ihm, dass sie problemlos mit dem Wagen ihrer Eltern zum Herrenhaus fahren könne, und versprach, um zehn Uhr dort zu sein. Mit solch einem Besuch hatte sie im Grunde gerechnet. In welcher Laune Alex' Vater wohl sein würde?

Als sie am nächsten Morgen sein Arbeitszimmer betrat,

fand sie Lord Tedburn schon nicht mehr so einschüchternd wie beim vorigen Mal. Er kam sogar hinter seinem Schreibtisch hervor, schüttelte ihr die Hand und küsste sie auf die Wangen, woraufhin sie – man brauchte es kaum zu erwähnen – sofort errötete.

»Sehr freundlich von Ihnen, dass Sie kommen, meine Liebe. Darf ich Ihnen etwas anbieten? Kaffee? Tee? Sherry?«

Suzie lehnte dankend ab und setzte sich in einen der Sessel, während er ihr gegenüber Platz nahm. Er fragte als Erstes nach ihrem Vater. Dass sie Gutes berichten konnte, freute ihn offensichtlich, und er bat sie, seine Genesungswünsche auszurichten. Nachdem die Höflichkeiten ausgetauscht waren, kam er auf sein eigentliches Anliegen zu sprechen.

»Suzie … Sie haben doch nichts dagegen, wenn ich Sie so nenne, nicht wahr?« Suzie schüttelte den Kopf, ziemlich verwundert, weil er ihr gegenüber plötzlich auftaute. »Ich habe Sie hergebeten, um Ihnen meinen herzlichen Dank auszusprechen, weil Sie bei Alexandra in Verona bleiben.«

»Nicht der Rede wert. Ich habe nämlich eine fantastische Stelle mit freier Unterkunft bekommen. Also ist kein Dank nötig. Die Wohnung ist groß genug für uns beide.« Auf seine eindringliche Bitte erzählte sie ihm mehr über das neue Forschungszentrum, für das er beträchtliches Interesse zeigte.

»Ich freue mich sehr für Sie, Suzie. Das scheint eine anspruchsvolle Aufgabe zu sein, die Ihnen Spaß macht. Ich wünsche Ihnen und der Stiftung alles Gutes. Aber Alexandra hat klar zum Ausdruck gebracht, dass Sie schon früher bereit waren, bei ihr zu bleiben, bevor Sie von der neuen Stelle wussten. Ich werde nicht vergessen, was Sie für uns getan haben.«

Suzie war froh und dankbar, dass er von »uns« sprach. Offenbar war von seiner Seite kein Vater-Tochter-Zerwürfnis à la Shakespeare mehr zu befürchten. Hoffentlich würde er auch

Milde walten lassen, wenn Rafe den Stier bei den Hörnern packte und ihn über seine Absichten im Hinblick auf Melanie informierte. Auf dem Weg zum Krankenhaus hatte sie Rafe nicht danach fragen wollen, doch sie war sich ziemlich sicher, dass er noch nicht den Mut gefunden hatte.

Lord Tedburn wollte von ihr hören, was es Neues von Alex gäbe, und Suzie erzählte, wie gut sie sich machte. Sie erwähnte auch, dass Alexandra stundenweise jobbte und ihre teuren Kleider verkaufte, um ihre Ausgaben zu bestreiten. Er wirkte angetan, besonders als sie ihm Fotos von den beiden Gemälden zeigte, die in der regionalen Ausstellung zu sehen sein würden. Die war prestigeträchtig und würde Mitte Dezember in dem herrlichen Castelvecchio in Verona stattfinden.

Am Ende ihres Gesprächs hatte Suzie den Eindruck, dass Lord Tedburn nicht nur erleichtert, sondern auch stolz auf seine Tochter war. Nach Suzies Ansicht verhieß das eine baldige Wiederannäherung. Als sie sich voneinander verabschiedeten, nahm er aus der obersten Schreibtischschublade einen Umschlag und gab ihn ihr.

»Bitte, ich möchte, dass Sie das annehmen. Es ist nicht richtig, dass meine Tochter unentgeltlich bei Ihnen logiert.«

Suzie schaute in den Umschlag. Beim Anblick des Bündels grüner Hundert-Euro-Scheine fällte sie eine rasche Entscheidung. Sie gab ihm den Umschlag zurück und lehnte höflich ab.

»Vielen Dank, Lord Tedburn, aber das ist nicht nötig. Alex und ich sind Freundinnen, und ich helfe ihr gern. Wenn ich Miete benötigte, würde Alex das Geld irgendwie zusammenkratzen, ganz sicher. Sie möchte unabhängig sein, und das gelingt ihr auch. Also, ganz herzlichen Dank, doch das ist keine Frage des Geldes.«

Sie lächelte ihn an und ging mit dem Wissen, das Richtige

getan zu haben. Das Geld wäre unbestreitbar nützlich gewesen. Aber hätte sie es angenommen, hätte sie gegen Alex' ausdrücklichen Wunsch verstoßen, auf eigenen Füßen zu stehen und ohne die Hilfe ihres Vaters zurechtzukommen. Hoffentlich hatte er die Botschaft verstanden.

23

Am nächsten Morgen konnte Suzies Vater die Klinik ohne fremde Hilfe verlassen, und sie flog einen Tag später zurück nach Italien, erleichtert und zufrieden, weil er wieder auf den Beinen war. Sie hatte zwar geplant, mit dem Bus zum Flughafen zu fahren, doch das erwies sich als unnötig, da Rafe ohnehin nach Bristol wollte, um Melanie abzuholen, und Suzie wieder mitnehmen konnte.

Als sie auf die Autobahn in Richtung Norden fuhren, ließ Suzie noch eine Weile verstreichen und fragte ihn dann, was er im Hinblick auf seine Zukunft mit Melanie beschlossen hatte. Seine Antwort bestätigte, was Alex und sie bereits vermutet hatten.

»Bisher habe ich es immer wieder aufgeschoben, aber ich werde mit Vater darüber sprechen. Genauer gesagt, will ich das diese Woche noch hinter mich bringen. Ich möchte es nur vorher mit Melanie besprechen.« Er lächelte grimmig. »Also wünsch mir Glück.«

»Das wünsche ich dir. Doch ich bin mir sicher, dass er dich glücklich sehen will.« Sie wollte ihm keine Gelegenheit geben zu widersprechen und fragte ihn deshalb hastig nach Tommy. Das brachte ihr ein Lächeln ein.

»Ich soll dich herzlich grüßen und dir ausrichten, dass sein Angebot noch steht.«

Suzie erwiderte das Lächeln. »Grüß ihn bitte zurück und sag ihm Danke, aber meine Antwort bleibt dieselbe. Und du kannst ihm auch ausrichten, dass das Forschungszentrum Mitte Februar seine Arbeit aufnimmt, falls er oder einer seiner

Kommilitonen daran interessiert ist. Sobald das genaue Datum feststeht, gebe ich ihm Bescheid.«

»Er bedauert wirklich, dass er James und mich am Wochenende nicht begleiten kann, um dich wiederzusehen. Das ist allein die Schuld eines Kumpels von der Armee, der heiratet und ihn zum Trauzeugen bestimmt hat.« Er drehte den Kopf und zwinkerte Suzie zu. »Ich weiß, er wäre viel lieber mit dir zusammen.«

Es kam für beide nicht überraschend, dass ihre Wangen aufleuchteten wie das Rotlicht einer Ampel.

Bevor Suzie am Flughafen Bristol aus dem Auto stieg, wünschte sie Rafe noch mal viel Glück für die Konfrontation mit seinem Vater. Im Stillen drückte sie ihm die Daumen. Sie wollte nicht in seiner Haut stecken.

Am Abend kam sie in ihrer Wohnung in Verona an. Sie teilte sich mit Alex eine Pizza und eine Flasche Roten aus dem Supermarkt und erzählte ihr haarklein von der Reise.

Wie gebannt hörte Alex zu, als sie ihren Besuch bei Lord Tedburn schilderte, und lobte sie, weil sie das Geld zurückgewiesen hatte. Sie war sichtlich erleichtert zu hören, dass ihr Vater nicht mehr vor Wut schäumte und vielleicht allmählich einsah, dass sie diszipliniert arbeiten und auf eigenen Füßen stehen konnte. Alex erkundigte sich nach Rafe und seinem Gespräch mit dem Vater, und Suzie gab wieder, was er auf der Fahrt zum Flughafen gesagt hatte.

»Er fürchtet, dass euer Vater zu drastischen Maßnahmen greift, und hat die Konfrontation deshalb vor sich hergeschoben. Er hat neulich mal erwähnt, dass das Herrenhaus seit 1616 den Tedburns gehört. Ist dir übrigens bewusst, dass das Shakespeares Todesjahr war? Da blickt ihr auf eine lange Familiengeschichte zurück.«

»Eine lange Familiengeschichte ist gut und schön, aber

wenn man dabei nicht glücklich sein darf, bedeutet sie gar nichts.« Alex sprach im Brustton der Überzeugung. »Diese Woche, sagst du? Dann hoffe ich mal, dass Rafe die Nerven behält. Ich fände es schrecklich, wenn er doch noch eine Frau heiraten würde, die er nicht liebt.«

»Wie du und James? Oder kommst du allmählich zu der Ansicht, dass James doch der Richtige sein könnte?« Er war übers Wochenende, während Suzies Aufenthalt in England, zum Gardasee geflogen.

Alex schüttelte den Kopf, doch Suzie hatte den Eindruck, dass sie den Gedanken nicht mehr so entschlossen zurückwies wie zuvor. »Ich mag ihn wirklich sehr, Suzie. Das Problem ist nur der Sex …«

»Habt ihr es noch mal versucht?«

»Ich habe ihn kaum mal geküsst.«

»Aber das hast du?«

»Ja.«

»Und wie war das? Es heißt, an einem simplen Kuss kann man viel ablesen.«

»Tja, ehrlich gesagt war es ziemlich schön.«

Suzie zwinkerte ihr zu. »Na, das ist doch ein Anfang, oder? Und er kommt auch dieses Wochenende wieder her, ja? Man kann nicht behaupten, er würde sich nicht ins Zeug legen. Auf diese Weise kannst du mehr Erfahrungen mit ihm sammeln.«

Nach dem Abendessen fuhr sie ihren Dienstcomputer hoch und stellte überrascht fest, dass eine E-Mail von Michael eingegangen war. Sie war an den Professor gerichtet und nachrichtlich auch an sie gegangen, eine förmliche Antwort auf die Anfrage, ob er dem Kuratorium der Stiftung beitreten wolle. Er werde die Aufgabe mit Freuden übernehmen, schrieb er, und sei jederzeit gern bereit, zur Eröffnung nach Verona zu kommen.

Suzie schickte ihm sofort eine Antwort, in der sie ihm dankte und beiläufig bemerkte, dass sie sich auf das Wiedersehen freue. Da es sich um eine dienstliche E-Mail handelte, setzte sie kein X vor ihren Namen.

Am nächsten Tag fuhr sie mit dem Bus zum See und besuchte den Professor. Sie erzählte, dass es ihrem Vater wieder gut ging. Er äußerte sich erfreut über die gute Neuigkeit. Der Labrador schien die Empfindungen zu teilen, denn er versuchte, auf Suzies Schoß zu klettern, als Mack aus dem Zimmer gegangen war. Sie brachte Dogberry sanft davon ab, sodass er wieder brav auf dem Boden lag, als sein Herr zurückkam. Von da an beobachtete der Labrador mit einem Auge Suzies Regungen, weil er wohl hoffte, sie würde aufstehen und mit ihm spazieren gehen.

Seit Mitte November war es jeden Tag kälter geworden, und an diesem Nachmittag lag Frost in der Luft. Trotzdem unternahm Suzie mit Dogberry einen schönen Spaziergang. Es herrschten trockenes Wetter und klare Sicht. Auf den Bergen war viel frischer Schnee gefallen, sodass die Gipfel weiß waren. Zum ersten Mal kam Suzie der Gedanke, dass sie diesen Winter Ski oder Snowboard fahren könnte. Mit Rob war sie zweimal in Skiurlaub gefahren und hatte viel Spaß dabei gehabt.

Das erinnerte sie an die Skier, die sie unter Michaels Atelier zwischen Bauwerkzeugen und Fahrrädern hatte stehen sehen. Nachdem ihr der Maler in den Sinn gekommen war, fand sie es schwierig, an etwas anderes zu denken. Inzwischen waren sie zu der Stelle gelangt, wo die schmale Straße zu seinem Haus abzweigte, und spontan folgte Suzie ihr bergauf und fand auch bald den Fußweg durch die Weinfelder.

Bis sie bei Michaels Haus ankamen, war sie durchgeschwitzt, und der Hund schnaufte wie eine Dampflok. Am Tor blieb Suzie stehen und schaute in den Hof. Dort parkte ein schicker Mercedes mit Schweizer Kennzeichen. Offenbar hatte die Touristikfirma das Haus bereits vermietet. Sie spähte zum Atelier hinüber. Die Holztür im Erdgeschoss war verschlossen. Dieser Teil des Gebäudes war für die Mieter nicht zugänglich. Hoffentlich würden Einbrecher nicht Wind davon bekommen, denn da oben lagerten sicher wertvolle Gemälde.

Eine Weile schaute sie über den Hof zu den Weinstöcken, die jetzt zwischen Bergen von buntem Weinlaub in kahlen Reihen dastanden, und musste daran denken, wie sehr sie den Tag hier oben genossen hatte. Schließlich drehte sie sich seufzend um und ging den Hügel wieder hinunter, mit dem traurigen Gedanken, dass sie vielleicht zum letzten Mal vor seinem Haus gestanden hatte.

Am Seeufer angekommen, legte sie eine Rast ein und setzte sich auf eine Bank. Da die Bäume und Büsche ihr Laub verloren hatten, hatte sie überall auf dem Weg freien Blick über das Wasser bis zu den Bergen, und sie genoss das Panorama, obwohl sie das inzwischen vertraute Gefühl des Bedauerns nicht abschütteln konnte. Ein schwerer pelziger Kopf landete auf ihrem Oberschenkel. Sie sah zu ihm hinunter und blickte in zwei seelenvolle braune Augen.

»*Ciao*, Dogberry. Ist es nicht schön hier am See?«

Sein Kopf bewegte sich nicht vom Fleck, und seine Augen blieben auf sie gerichtet.

»Ich wünschte, er wäre jetzt auch hier, Hund.« Sie streichelte ihn sanft zwischen den Ohren. »Das wünschte ich wirklich.«

Am Samstagmorgen kam James sie beide abholen, damit sie das Wochenende in der Villa verbrachten. Seine Augen leuchteten auf, sowie er Alex sah, und er küsste sie herzlich auf den Mund. Alexandra schien den Kuss zu erwidern. Von Übelkeit war ihr nichts mehr anzumerken. Ob das eine signifikante Entwicklung in der Beziehung bedeutete, blieb abzuwarten.

Es war ein sehr kalter Tag, und auf dem Gras an den Straßenrändern lag Raureif, aber der schwere Wagen hatte einen guten Grip. Suzie schaute zum Kloster Santuario della Madonna di Lourdes hinauf, das rechter Hand auf dem Hügel zu sehen war. Die Kuppel war von einer dünnen Schneeschicht überzogen. Es war Ende November, und hier unten in der Stadt würde es bald Winter werden. In den Bergen hatte er sich schon festgesetzt. Suzie war froh, als James bemerkte, dass es auf dem See windstill war und er deshalb nicht surfen gehen würde. Sie fror schon, wenn sie nur ans Windsurfen dachte.

Als sie die Villa betraten, wartete Rafe mit einer Überraschung auf sie. Neben ihm saß eine sehr hübsche dunkelhaarige Frau, die ihnen entgegenlächelte. Alex ging hin und umarmte sie beide, und Rafe begrüßte Suzie und machte sie miteinander bekannt.

»Suzie, das ist Melanie, meine Verlobte.«

Alex und Suzie rissen die Augen auf, und James lächelte, als das Geheimnis gelüftet wurde.

»Ihr werdet heiraten?« Alex fand als Erste die Sprache wieder. »Das ist fantastisch! Ich freue mich total für euch.« Und sie umarmte sie gleich noch einmal. Danach gratulierte Suzie den beiden.

»Wie aufregend! Habt ihr schon ein Datum festgelegt?«

Melanie schüttelte den Kopf. »Das hängt ganz davon ab …«

Suzie und Alex wechselten einen Blick. Es war nicht schwer zu erraten, wer der potenzielle Stolperstein war.

»Also hast du mit Vater gesprochen?« Alex schaute ihren Bruder halb ängstlich, halb neugierig an. »Wie hat er es aufgenommen?«

Rafe seufzte. »Was glaubst du denn? Ich bin der schlimmste

Sohn seit Menschengedenken, ich bin verantwortungslos – was bisher immer dein Privileg gewesen sei, meinte er. Na ja, jetzt bin ich es, auf den er nicht gut zu sprechen ist. Er kann nicht fassen, dass mir unsere Familientradition so wenig bedeutet.« Rafe grinste ironisch. »Aber dann kam ich mit dem einen Argument, das er nicht entkräften konnte.« Er schaute lächelnd zu Melanie. »Mel und ich bekommen nämlich ein Baby.«

»Ein Baby?« Alex war verblüfft und entzückt zugleich. »Das ist ja wunderbar! Wann kommt es?«

»Ende Mai.« Melanie nahm Rafes Hand und sah ihn zärtlich an. »Rafe hat mich vergangenes Wochenende zu meinen Eltern nach Bristol gefahren, und ich war am Montag bei meiner Frauenärztin. Ich bin im dritten Monat, und es ist alles in Ordnung.«

»Und dein Vater, Rafe? Wie hat er reagiert? Wurde er noch wütender?« Suzie glaubte die Antwort zu kennen, aber sie irrte sich.

»Nein, überraschenderweise nicht. Er hat nicht viel gesagt, die Neuigkeit hat ihm den Wind aus den Segeln genommen. Als ich ging, war er immer noch sprachlos, doch auf gute Art, wenn du verstehst, was ich meine.«

»Glaubst du, er ist froh, wenn die Hochzeit möglichst bald stattfindet?«

Rafe zuckte lächelnd mit den Schultern. »Von ›froh‹ würde ich nicht sprechen, eher von ›resigniert‹. Er hat nicht mehr versucht, es mir auszureden. Wenn wir am Montag wieder in England sind, werden wir uns mit ihm zusammensetzen und alles besprechen. Das wird schon, da bin ich mir sicher. Er musste nur erst mal Dampf ablassen.«

»Gut gemacht, Rafe.« Alex war definitiv stolz auf ihren großen Bruder. »Du hast es geschafft.«

»Das war das Schwerste, was ich je tun musste. Zuerst war

er wirklich auf hundertachtzig. Gott sei Dank hat er sich beruhigt. Einen Moment lang dachte ich, er explodiert.«

Suzie nickte im Stillen. Es war nicht zu bezweifeln: Shakespeare hätte an Lord Tedburn seine helle Freude gehabt.

Sie verbrachten miteinander einen schönen Vormittag. Suzie war zwischen den beiden Pärchen zwar das fünfte Rad am Wagen, doch Rafe und Melanie unterhielten sich mit ihr, solange James Alex vereinnahmte. Suzie erfuhr von Melanies Arbeit in der Klinik und erzählte ihr kurz von dem Forschungszentrum und den Fortschritten, die sie bei der Gründung machten. Inzwischen lagen alle Genehmigungen vor, sodass sie es vermutlich im Februar eröffnen würden.

Kurz vor dem Mittagessen schaute Suzie nebenan bei Mack vorbei und berichtete ihm, dass der letzte noch offene Antrag vom Rathaus genehmigt worden war. Er lud sie für den nächsten Tag mittags zum Essen ein, und sie sagte spontan zu. James würde ganz sicher nichts dagegen haben.

Als sie in die Villa zurückkehrte, hatte Rosa einen feudalen Braten mit allem Drum und Dran auf den Tisch gebracht, und Suzie ging eigens zu ihr in die Küche, um ihr ein Kompliment zu machen. Zu Beginn tranken sie Champagner, dann einen ausgezeichneten Nebbiolo aus dem Piemont. Da Rafe endlich den Mut aufgebracht hatte, seinem Vater die Stirn zu bieten, herrschte eine lebhafte Stimmung. Suzie war guter Dinge, weil die Gründung des Forschungszentrums so gut voranging und sie allmählich weniger an Michael dachte.

Am Nachmittag verschwanden die beiden Paare in verschiedene Richtungen. Suzie holte nebenan Dogberry ab und nahm ihn auf einen Spaziergang mit. Diesmal kehrte sie Bardolino den Rücken und lief am See entlang zu der Kaffeebude, zu der Tommy und sie Anfang Oktober gepaddelt waren. Natürlich war sie an einem so kalten Herbsttag geschlossen, und im Vergleich zu damals waren nur wenige Leute an der frischen Luft unterwegs.

Die Aussicht auf die verschneiten Gipfel war herrlich, und deshalb setzte Suzie sich auf eine Bank. Der Himmel war hellblau und wolkenlos, die Luft klar. Da kein Wind wehte, war der See spiegelglatt und das auf dem Kopf stehende Bergpanorama in allen Einzelheiten darauf zu erkennen. Die vereinzelten Häuser und Höfe am Berghang gegenüber waren in dem Spiegelbild leicht auszumachen. Gerade als sie sich vorstellte, ihre Uferseite gespiegelt zu sehen, klingelte ihr Handy. Sie zog es aus der Tasche und sah Tommys Nummer auf dem Display.

»Tommy, hi. Du wirst nicht erraten, wo ich gerade bin.«

»Auf dem Wasser kannst du nicht sein, da du mit mir telefonierst, also bist du vermutlich irgendwo in Verona.«

»Ich sitze am Gardasee auf einer Bank bei der Kaffeebude, zu der wir gepaddelt sind, und Dogberry ist bei mir.«

»Wie kommt es, dass du nicht surfst?«

»Ganz einfach: Es ist windstill.«

»Und wie läuft es sonst so?«

Fünf, sechs Minuten lang tauschten sie Neuigkeiten aus, und als sie vom Forschungszentrum erzählte, bekräftigte er seinen Entschluss, zur Eröffnung zu kommen.

»Die ist für Februar geplant. Ich freue mich schon darauf, dich dann wiederzusehen.«

»Du wirst mich schon vorher wiedersehen … das heißt, wenn du das willst.«

»Natürlich will ich das. Wann denn?«

»Nächstes Wochenende. Ich komme zu dem Ice Race am übernächsten Samstag. James wird auch teilnehmen. Hat er dir schon davon erzählt?«

»Bisher waren Rafe und Melanie das große Thema. Es gibt

also einen Windsurfwettbewerb? Das ist großartig. Allerdings klingt ›Ice Race‹ ziemlich abschreckend.«

»Das wird toll, ganz bestimmt. Der Wettbewerb findet jedes Jahr am ersten Dezemberwochenende in Malcesine statt, weiter oben am See. James hat daran schon mal teilgenommen, für mich ist es das erste Mal. Komm doch auch hin. Vielleicht willst du ja sogar mitmachen?«

Suzie starrte auf die Nebelwolken, die der Hund in die kalte Luft hechelte. Ihr neuer Neoprenanzug sollte eigentlich warm genug sein, und sie könnte auch in Stiefel, Handschuhe und eine Kapuze investieren. Ja, vielleicht würde sie teilnehmen.

»Wenn ich meinen Winteranzug bis dahin noch ergänzen kann, denke ich ernsthaft darüber nach. Aber ich komme auf jeden Fall zu dem Wettkampf.«

»Toll. Wir haben alle im selben Hotel gebucht. James wird dir alles Nähere erklären. Und, Suzie, ich freue mich wahnsinnig auf dich.«

Nachdem er aufgelegt hatte, lehnte sie sich zurück und analysierte, was sie für ihn empfand.

Sie hatte sich gefreut, seine Stimme zu hören, und hatte es ehrlich gemeint, als sie gesagt hatte, dass sie ihn gern wiedersehen würde. Das Traurige war nur, dass sie noch lieber eine andere Stimme gehört hätte, nämlich die ihres gewissen trauernden Malers. Der hatte seit etlichen Wochen nichts von sich hören lassen. War es vielleicht an der Zeit, ihn zu vergessen und nach vorn zu blicken?

24

Malcesine war ganz anders als die Orte am südlichen Gardasee. Hier oben ragten die Berge steil aus dem Wasser, und schon oberhalb von zweihundert Metern lag Schnee. Obwohl nur eine halbe Stunde von Bardolino entfernt, lag Malcesine praktisch im Hochgebirge.

Als Suzie am späten Freitagnachmittag in den Ort hineinfuhr, sah sie Leute mit Skiern und Snowboards von der Seilbahnstation kommen, die das Städtchen mit den Schneepisten verband. Es dämmerte, und es war bitterkalt. Jeder trug einen dicken Anorak, Mütze und Handschuhe. Vorhin, als sie sich den Mini des Professors ausgeliehen hatte, hatte sie eine dicke Eisschicht von den Scheiben kratzen müssen und noch mal reiflich darüber nachgedacht, ob es so klug war, sich bei Minustemperaturen aufs Wasser zu wagen.

Bis sie das Auto auf dem gut besetzten Hotelparkplatz in eine Lücke gezwängt hatte, war es dunkel geworden. Sie ließ das von James geborgte Board und Rigg auf dem Wagendach. Am vergangenen Sonntag nach Tommys Anruf hatte James mit ihr eine halbe Stunde lang die Wettkampfregeln und das abzufahrende Dreieck durchgesprochen, das zu dem schicken Urlaubsort Limone am anderen Ufer und wieder zurück führte. Er hatte sie gewarnt, dass der Wind plötzlich drehen könnte und dass es tückische Strömungen gab.

Suzie war ihm dafür dankbar gewesen, besonders da ihn die Erklärungen davon abgehalten hatten, sich Alex zu widmen. Suzie hatte ihrer Freundin nicht ansehen können, ob das für sie eine willkommene Auszeit war oder ob sie sich zurückgesetzt fühlte. Aber beim Abschied hatte Alexandra sich von James erheblich länger umarmen lassen als bisher und hatte später, als sie wieder zu Hause waren, gestanden, dass es zwischen ihnen wirklich gut lief.

Als Suzie das Hotel betrat, erblickte sie als Erstes Beppe. Sowie er sie bemerkte, eilte er auf sie zu und umarmte sie.

»*Ciao*, Suzie. Ich hörte, dass du morgen am Wettkampf teilnimmst. Ist das wahr?«

Sie küsste ihn auf die Wangen. »*Ciao*, Beppe. Kann gut sein. Ich entscheide das erst morgen. Das hängt davon ab, wie sich das Wetter bis dahin entwickelt. Ich stehe nicht darauf, im Schneesturm zu surfen.«

»Es ist gutes Wetter angesagt. Am Vormittag ein kräftiger Wind von Norden und am Nachmittag von Süden – ganz wie immer. Es könnte allerdings ein bisschen kühl sein.«

»Ein bisschen kühl? Es ist eiskalt!«

»Ach was, dir wird schnell warm werden. Ich nehme Jahr für Jahr an dem Winterwettkampf teil und verliere jedes Mal drei Kilo Gewicht, weil ich so stark schwitze.«

Suzie überlegte, ob sie ihm glauben sollte, sagte aber nichts dazu. Stattdessen schnitt sie ein anderes Thema an. »Hast du kürzlich mal mit Michael gesprochen? Ich habe schon eine ganze Weile nichts von ihm gehört.«

Sie schaute in sein freundliches Gesicht. Beppe nickte. »Er hat mich Anfang der Woche angerufen. Er ist dieses Wochenende auch in Italien und will sich beim Wettkampf blicken lassen. Michael nimmt nicht teil, weil er etwas anderes vorhat, und wird wahrscheinlich auch nicht allzu früh hier sein können.« Darauf grinste er breit. »Das ist eine gute Nachricht für jeden, der Aussichten auf den Sieg hat. Michael hat das Rennen so oft gewonnen, es wird allmählich schon langweilig.«

Suzie fühlte sich hin- und hergerissen. Einerseits war sie

froh, ihn wiederzusehen, andererseits etwas verschnupft, weil er ihr das nicht geschrieben hatte. Sie versuchte, sich nichts anmerken zu lassen, und lächelte Beppe an. »Also gibt es noch Hoffnung für uns.«

Sie schleppte ihre Tasche nach oben in ihr Zimmer und ließ sie zusammen mit ihrer Jacke auf den Boden fallen. Das Hotelzimmer war klein und viel einfacher als die, in denen sie bisher mit Alex übernachtet hatte, doch es erfüllte seinen Zweck. Sie hatte um ein Einzelzimmer gebeten, und das war es unbestreitbar. In dem Bett hatte wirklich nur eine Person Platz, und die durfte auch nicht allzu groß sein. Bei diesem Gedanken kam ihr ein Bild in den Sinn, das sie nur mit Mühe verdrängen konnte: Michael und sie eng umschlungen auf der schmalen Matratze. Dazu würde es nicht kommen, und es wäre besser, wenn sie nicht noch mehr solcher Fantasien heraufbeschwor.

Sie ging ins Bad und wusch sich Hände und Gesicht. Das kalte Wasser brachte ihre Gedanken auf das Ice Race, und sie fragte sich erneut, ob sie mutig – oder dumm – genug war, daran teilzunehmen. Suzie trocknete sich gerade das Gesicht ab, als es an der Tür klopfte.

Es war Tommy, und er lächelte sie breit an.

Sie küsste ihn auf die Wangen. »Hi, Tommy. Wie schön, dich wiederzusehen.«

»Und dich erst mal. Du siehst toll aus. Heute mal ohne Brille?«

Sie schüttelte den Kopf. »Alex hat auf mich eingeredet, dass ich häufiger Kontaktlinsen trage, also versuche ich es, obwohl ich mich mit Brille wohler fühle. Wann bist du angekommen?«

»Eben erst. Kommst du auf ein Glas nach unten?«

Im Erdgeschoss ging er mit ihr in die große Bar, wo sie sofort von einer fröhlichen Menge verschluckt wurden. Suzie hielt sich an seinem Arm fest, während sie sich bis zur Theke durchdrängten. Aber bevor sie dort ankamen, tauchte James mit einer Flasche Prosecco neben ihnen auf, und eine Handvoll Gläser hing zwischen seinen Fingern. Er küsste Suzie auf die Wangen und verteilte den Prosecco.

»Trinkt, so viel ihr könnt. Je mehr ich euch zum Trinken animieren kann, desto unfitter seid ihr morgen.«

Suzie lachte ihn an. »Heißt das, du hast Angst, dass wir dich besiegen?« Sie wusste, dass sie darauf nicht zu hoffen brauchte.

Er grinste. »Schreckliche Angst. Aber ich zähle darauf, dass das Wasser für ein zierliches Persönchen wie dich viel zu kalt ist. Du wirst die gefährlichen Dinge hoffentlich uns Männern überlassen und vom Rand aus zusehen.«

»Es war noch nie mein Ding, nur vom Rand aus zuzuschauen. Du tust gut daran, morgen auf dem Wasser über die Schulter zu sehen, James.«

Er zwinkerte ihr zu. »Wenn ich über die Schulter gucke und dich erblicke, heißt das immerhin, dass du hinter mir liegst.«

Tommy schaltete sich in die Diskussion ein. »Und ich werde weit hinter ihr liegen. Suzie wird schon wieder hier sein und Schampus schlürfen, wenn ich noch mitten auf dem See bin. Wartet's nur ab.« Er hob sein Glas und stieß mit ihnen an. »Möge der Beste oder die Beste gewinnen!«

An dem Abend hatten sie jede Menge Spaß. Tommy wich nicht von ihrer Seite und trank sehr wenig. Ob wegen des Wettkampfs am nächsten Tag oder um ihr zu zeigen, wie manierlich er sich benehmen konnte, wusste sie nicht, doch sie fand ihn sehr angenehm, geistreich und aufmerksam. Nach den Blicken zu urteilen, die ihm andere Frauen zuwarfen, war sie nicht die Einzige, der er gefiel. Im Laufe des Abends kam ihr durchaus der Gedanke, dass sie es schlechter treffen könnte.

Gegen elf zog sie sich auf ihr Zimmer zurück. Für die Wettkampffans ging die Party noch weiter, aber die antretenden

Teilnehmer waren bestrebt, am nächsten Morgen gut ausgeschlafen zu sein. Die Route auf dem See würde zehn Kilometer lang sein, und bei dem starken Wind, den Wellen und den arktischen Temperaturen würde die Surfregatta mörderisch werden.

Suzie ging mit Tommy und James die Treppe hinauf zu ihrem Flur und wünschte ihnen, ohne sich noch länger aufzuhalten, eine gute Nacht. Jetzt kam es darauf an, sich auf das morgige Rennen zu konzentrieren. Danach war noch Zeit genug für andere Dinge – wie zum Beispiel Männer.

Als Suzie am nächsten Morgen aufwachte, schaute sie als Erstes aus dem Fenster zum See. Es war ein wolkenloser Tag, also kein Schneesturm in Sicht, doch es schien draußen bitterkalt zu sein. Sie zweifelte ernsthaft an der geistigen Gesundheit eines jeden Surfers, der sich unter diesen Bedingungen freiwillig mit dem Board rauswagte. Doch nach einer heißen Dusche verließ sie ihr Zimmer, entschlossen, an dem Wettkampf teilzunehmen, und sei es nur, um James zu beweisen, dass sie keine schwache kleine Frau war. Im Speiseraum fand sie Tommy und ihn an einem Tisch mit zwei anderen Surfern und sagte ihnen Bescheid.

»Ich habe mich entschieden. Ich werde mitmachen.«

James schaute sie anerkennend an. »Alle Achtung, Suzie. Zieh dich nur warm an.«

»Exzellent, Suzie. Ich bin sicher, du wirst es genießen. Wir alle.« Tommy lächelte, als sie sich neben ihn setzte, und James schenkte ihr schwarzen Kaffee ein. Normalerweise trank sie zum Frühstück Tee, doch sie lehnte nicht ab. Wenn sie die Surfregatta überstehen wollte, würde sie jedes bisschen Adrenalin gebrauchen können.

Das Ice Race begann am Kiesstrand mit einem Le-Mans-Start, bei dem die Surfer ins Wasser sprinten müssen. Als sie sich mit ungefähr fünfzig anderen Verrückten, Board und Segel über dem Kopf haltend, in einer Reihe aufstellte, tat sie ihr Bestes, um nicht mit den Zähnen zu klappern. Obwohl sie ihren dicken Anzug, Stiefel, Kapuze und Handschuhe trug, fror sie erbärmlich. Schon den ganzen Morgen hatte sie nach Michael Ausschau gehalten und blickte sich auch jetzt noch einmal um, leider ohne Erfolg. Laut Beppe hoffte er, kommen zu können. Vielleicht musste sie sich damit abfinden, dass er es nicht schaffte.

Beim Countdown prüfte sie, ob ihre Nummer sicher befestigt war. Hoffentlich würde sie nicht auf Platz fünfzig landen, denn das war ihre Startnummer. Hinter dem Strand hatten sich viele Zuschauer versammelt. Alle, dick in Wintermäntel eingepackt, schrien im Chor mit: *»Cinque … quattro … tre … due … uno … Via!«*

Als die Startglocke bimmelte, rannte Suzie mit den anderen ins Wasser und warf ihr Board vor sich. Der Kälteschock war enorm. Da der Strand durch die Landzunge geschützt war, wehte in Ufernähe nur ein leichter Wind, und sie musste mit dem Segel kräftig pumpen, um das Board in Bewegung zu bringen. Zu ihrer Linken fiel ein großer Mann von seinem Brett und ein anderer vor ihr ebenfalls, weil der Wind abrupt nachließ.

Suzie schaffte es gerade so, einen Zusammenstoß zu vermeiden und an ihm vorbeizusurfen. Zum Glück gelangte sie nach wenigen Minuten aus der windgeschützten Zone heraus in den starken Wind. Das Segel wurde ihr fast aus den Händen gerissen, als eine Bö es erfasste und blähte. Sie hakte ihr Trapez ein und warf sich mit ganzer Kraft nach hinten, um nicht abgeworfen zu werden. Vor ihr hatten zwei Konkurrenten nicht so viel Glück, und sie hörte beide mit einem Aufschrei in das eisige Wasser stürzen.

Sie surfte, so schnell sie konnte, gefolgt von einem Dutzend anderer. Vor sich erkannte sie die Segel von Beppe und James, die Kopf an Kopf mit einer Handvoll anderer Surfer in Führung lagen. Sie riskierte einen Blick über die Schulter und sah die übrigen Teilnehmer, die schon ziemlich erschöpft wirkten, und mehrere, die sich aus dem Wasser auf ihr Board zogen. Sie selbst fing an, das Rennen zu genießen. Durch die Aufregung beim Start und das kräftige Pumpen war ihr tatsächlich warm geworden, und vielleicht stimmte es ja, dass Beppe bei dem Wettkampf einige Kilo Wasser ausschwitzte. Jedenfalls fror sie überhaupt nicht mehr.

Auf der diagonalen Strecke über den See zum anderen Ufer überholte sie drei Surfer und lag weit vorn, als sie die erste Boje erreichte, eine Halse fuhr und mit dem Wind auf die zweite zuhielt.

Auf dem letzten Streckenabschnitt, als das Ziel schon in Sicht war und ihre Arme brannten und sich die Schultern wie Stein anfühlten, passierte das Unglück. Eben raste sie noch übers Wasser, dicht am Wind, mit nur zwei Konkurrenten vor sich, und plötzlich stieß ihr Board gegen ein Hindernis unter der Wasseroberfläche. Sie wurde nach vorn geschleudert, als der Aufprall das Board in die Luft katapultierte und ihr die Schlaufen von den Füßen riss. Sie knallte mit der Stirn gegen etwas Hartes, und vor ihren Augen wurde alles schwarz.

25

»Suzie, Suzie, kannst du mich hören?«

Zuerst verstand sie nicht, was los war. Jemand schüttelte sie, und ein anderer kippte eimerweise Eiswasser über sie. Sie öffnete den Mund, um zu antworten, schluckte Wasser und fing an zu würgen. Sie spürte starke Arme, die sie noch fester hielten, während dieselbe Stimme sie ansprach.

»Suzie, hörst du mich?«

Es war verblüffend schwer, die Augen zu öffnen, aber sie schaffte es, die Lider ein wenig zu heben, und dabei erinnerte sie sich. Sie schaukelte auf dem Wasser bei chaotischem Wellengang, zur Hälfte getragen von einem Surfboard und einem Surfer im Neoprenanzug mit Kapuze. Als sie wieder klar sehen konnte, erkannte sie Tommy, und er strahlte von einem Ohr zum anderen.

»Gott sei Dank, Suzie, du lebst!«

Sie hustete und musste mehrmals ansetzen, bevor sie ein Wort herausbekam. Als es ihr gelang, hatte sie das Gefühl, gar nicht selbst zu sprechen. »War ich tot?«

Er grinste selig. »Nein, natürlich nicht. Nur für ein paar Augenblicke bewusstlos.«

Suzie gab sich Mühe zu lächeln, und wieder klatschte eine Welle auf sie, und sie würgte und schluckte, doch Tommy hielt sie sicher in den Armen. Kurz darauf hörte sie glücklicherweise ein anderes Geräusch als das unaufhörliche Rauschen des Windes und Schwappen des Wassers, nämlich einen starken Motor, und Augenblicke später zog ein Schlauchboot längsseits. Hände griffen nach ihr und zogen sie aus dem Wasser ins Boot.

Ihr Verstand arbeitete zu langsam, sodass sie nicht mithalf. Verschwommen hörte sie Stimmen und spürte fremde Arme, die sie festhielten, während jemand sie in eine Rettungsdecke hüllte. Dann heulte der Motor auf, und das Boot raste durch die Wellen hüpfend in Richtung Strand. Wer immer sie da festhielt, machte seine Sache gut, denn die ganze Fahrt über schwankte sie kein bisschen hin und her.

Fünf Minuten später lag sie auf einem schmalen Bett in einem weißen Raum. Zum ersten Mal konnte sie die Augen ganz öffnen und blinzelte in die Helligkeit. Allmählich klärte sich ihr Verstand, und sie konnte scharf sehen. Erst jetzt merkte sie den Blutgeschmack im Mund. Sie fasste sich ins Gesicht und spürte Nässe, dann sah sie das Blut an ihren Fingerspitzen.

»Keine Sorge, das ist nur eine kleine Platzwunde.«

Sie drehte den Kopf zu dem Sprecher und blickte in ein fremdes Gesicht. Ein junger Mann im weißen Kittel redete auf Italienisch mit ihr. Hinter ihm stand eine Rettungssanitäterin.

Als der Mann sah, dass sie den Blick auf ihn richtete, lächelte er. »Ich bin der Arzt. Mein Name ist Dario. Sie sind durch einen Schlag auf den Kopf bewusstlos geworden, aber Sie werden bald wieder auf den Beinen sein.«

»Was ist passiert …?« Sie klang noch kraftlos, doch wenigstens erkannte sie ihre Stimme wieder. »Ich bin auf das Ufer zugefahren und wurde ins Wasser geschleudert.«

»Gut, gut, Sie erinnern sich. Soweit ich weiß, ist Ihr Board gegen einen Baumstamm geprallt, der unterhalb der Wasseroberfläche trieb. Sie werden ein paar Tage lang ein blaues Auge haben. Glauben Sie, Sie können sich den Neoprenanzug ausziehen, damit ich Sie untersuchen kann? Carla wird Ihnen helfen. Einer Ihrer Freunde ist zum Hotel gelaufen, um Ihnen trockene Kleidung zu holen.«

Es war mühsam, aber Suzie schälte sich aus dem Anzug

und wurde in ein Handtuch gewickelt. Außerdem legte ihr Carla eine dicke Decke um die Schultern, damit sie nicht weiter auskühlte. Der Arzt untersuchte sie gründlich und schloss die Platzwunde über dem rechten Auge mit einem Klammerpflaster. In dem Moment klopfte es an der Tür. Erst als die geöffnet wurde, erkannte sie, dass sie sich in einem Fahrzeug befand, nicht in einem Gebäude. Jemand brachte einen Schwall kalter Luft mit herein. Es war Tommy, und er lächelte noch immer.

»Hi, Suzie. Ich hoffe, es macht dir nichts aus, dass ich an deine Sachen gegangen bin. Der Hotelmanager hat mich in dein Zimmer gelassen. Ich soll dir von ihm gute Besserung ausrichten.«

Suzie lächelte auch. »Hi, Tommy. Danke für deine Hilfe. Ich dachte schon, ich müsste in einer Decke zum Hotel laufen.«

Er legte den Kleiderstapel neben sie auf die Pritsche und trat einen Schritt zurück. »Dann lasse ich dich jetzt besser allein. Ich bin heilfroh, dass es dir gut geht.«

»Bleib bitte noch, Tommy. Warte, ich will dich etwas fragen. Ich fürchte, meine Erinnerung ist noch verschwommen. Aber hast du mir gerade das Leben gerettet?«

Er wurde tatsächlich rot. »Eigentlich nicht. Ich habe dich nur mit dem Kopf über Wasser gehalten, bis du zu dir gekommen bist.«

»Das klingt ganz danach, als hättest du mich vor dem Ertrinken bewahrt.« Sie blickte fragend zu dem Arzt und merkte dabei, dass Tommy und sie Englisch gesprochen hatten. Der Arzt nickte jedoch und antwortete mit leichtem italienischem Akzent, aber flüssig.

»Für mich klingt das auch nach einer lebensrettenden Maßnahme. Ich schätze, Sie schulden dem Gentleman Ihren Dank.«

Suzie strahlte Tommy an und streckte die Arme nach ihm aus. »Du hast es gehört. Würdest du bitte mal herkommen?«

Zögernd trat er zu ihr, und weil sie darauf beharrte, beugte er sich zu ihr herunter. Sie legte die Arme um seinen Hals und zog ihn noch weiter herab, dann küsste sie ihn auf den Mund. Ein paar Augenblicke drückte er sich an sie, dann kam erneut ein kalter Schwall Luft herein, weil die Hecktür geöffnet wurde. Ein Mann in dicker Jacke trat in ihr Blickfeld und starrte mit großen Augen auf die Szene.

»Suzie, wie geht es dir?«

Sie ließ Tommy los, und das Blut schoss ihr in die Wangen. »Michael, du bist da!«

»Tut mir leid, ich war spät dran. Bin gerade angekommen und habe deinen Unfall noch gesehen. Wie schlimm war es? Sag mir, ist alles in Ordnung mit dir?«

Er starrte Tommy an, der sich aufgerichtet hatte und ihn seinerseits durchdringend ansah. Die Atmosphäre war plötzlich gespannt.

»Ich bin gegen einen Baumstamm geprallt, und Tommy hat mir das Leben gerettet. Ich habe mich gerade bei ihm bedankt.«

Verblüfft beobachtete sie, wie er mit drei Schritten zu ihnen kam und den sichtlich bestürzten Tommy in eine herzliche Umarmung zog.

»Tommy, du bist ein Held. Gut gemacht!«

Anstatt sich danach Suzie zuzuwenden, drehte er sich um, eilte zur Hecktür und warf noch einen Blick über die Schulter. Sie sah ihm an, dass er nach den passenden Worten suchte. Er wirkte nicht verärgert oder eifersüchtig, sondern verwirrt. Verwirrt war sie allerdings auch. Schließlich sagte er: »Ich bin so froh, dass dir nichts Schlimmes passiert ist, Suzie. Gute Besserung!«

Und damit war er fort.

Suzie ließ den Kopf aufs Kissen sinken und wischte sich Tränen weg. Zu ihrer Überraschung quollen sofort neue hervor und liefen ihr über die Wangen. Sie schniefte und sah Tommy an. »Entschuldige die Tränen. Das ist wahrscheinlich noch der Schock.« Sie blickte zu dem Arzt, der das lächelnd bestätigte. Als sie sich Tommy wieder zuwandte, verlor sie kein Wort über Michaels hastigen Abgang, sondern bedankte sich noch einmal bei ihm. »Ich danke dir von ganzem Herzen, dass du im entscheidenden Moment bei mir warst. Das klingt bestimmt jämmerlich, denn das war keine Kleinigkeit. Ich weiß nicht, wie ich dir angemessen danken kann. Es tut mir leid, dass du meinetwegen nicht gewinnen konntest. Wärst du Erster geworden?«

Sein betroffener Gesichtsausdruck löste sich in Lächeln auf. »Das soll wohl ein Scherz sein! Beppe hat mit Abstand gesiegt, James ist auf dem zweiten Platz gelandet. Du hast ein ziemlich gutes Rennen gemacht. Es sah so aus, als würdest du sie einholen, als dir der Baumstamm in die Quere kam, und ich lag ein gutes Stück hinter dir. Die Hauptsache ist, dass dir nichts weiter passiert ist.«

Der Arzt riet ihr, sich den Rest des Tages auszuruhen und vierundzwanzig Stunden keinen Alkohol zu trinken.

Sie hielt sich daran. Tommy blieb verlässlich an ihrer Seite. Sie setzten sich in den leeren Speiseraum, um eine Kleinigkeit zu essen, doch sie merkte, dass sie eigentlich keinen Appetit hatte. Obwohl sie es als beruhigend empfand, wenn Tommy ihre Hand hielt oder einen Arm um ihre Schultern legte, galten ihre Gedanken einem anderen Mann. Sie hielt ständig nach ihm Ausschau, aber vergeblich.

Nachdem Michael gesehen hatte, wie sie Tommy küsste, musste er glauben, sie wären nun doch ein Paar. Sein unerwarteter Anblick hatte ihr aber gezeigt – als hätte es eines Beweises noch bedurft –, dass ihr Herz ihm gehörte. Dass er gegangen war, ohne ihr einen Kuss auf die Wange zu hauchen, konnte sie nicht verstehen, und sie weinte erneut ein wenig, während sie an ihrem halben Sandwich knabberte. Hoffentlich würde Tommy das noch auf den Schock schieben!

Ein wenig später brachte er sie zu ihrem Zimmer und sorgte dafür, dass sie den Rat des Arztes befolgte und sich hinlegte. Er war fürsorglich und aufmerksam. Bevor sie ihn gehen ließ, streckte sie noch einmal die Arme nach ihm aus.

»Danke für alles, Tommy.«

Er gab ihr einen flüchtigen Kuss auf die Lippen und richtete sich sofort auf. »Du bist wunderbar, Suzie. Ich wünschte, du würdest dasselbe für mich empfinden wie ich für dich.«

Sie war zu müde, um ihre Antwort mit schönen Worten zu bemänteln. »Ist das so offensichtlich?«

Er lächelte sie freundlich an. »Ich hoffe nur, dein Freund Michael begreift, was für ein Glück er hat. Du verdienst es, glücklich zu sein.«

»Du bist auch wunderbar, Tommy. Ein ganz wunderbarer Mensch.«

Sie schlief sofort ein und wurde erst wieder wach, als es längst dunkel war. Sie fand Tommy unten in der Bar. Er wirkte besorgt. Als er sie hereinkommen sah, huschte ein Ausdruck der Erleichterung über sein Gesicht. Er kam ihr entgegen und führte sie zwischen den dicht stehenden Leuten hindurch. Dabei wurde sie von allen Seiten gegrüßt und umarmt, man klopfte ihr auf die Schulter und wünschte ihr alles Gute. Damit hatte sie nicht gerechnet.

Als sie an Tommys Tisch ankamen, saßen dort auch Beppe und James und strahlten sie an, und hinter ihnen stand jemand, den sie nicht kannte.

Beppe sprang auf und machte sie miteinander bekannt. »Suzie, großartig, dass du wieder auf den Beinen bist. Das ist Alessandro. Er gehört zu den Veranstaltern der Surfregatta. Er hat hier auf dich gewartet.«

»Suzie, ich bin ungeheuer froh, dass Ihnen bei dem Unfall nichts Schlimmes passiert ist.« Er gab ihr die Hand. »Wie geht es Ihnen jetzt?«

»Schon viel besser, danke. Ich habe noch leichte Kopfschmerzen, aber ich habe gerade eine Tablette genommen, die wird sicher gleich helfen.«

»Sehr gut, sehr gut. Und im Namen des Veranstaltungskomitees möchte ich Ihnen etwas überreichen. Ihnen wird die *Medaglia della Combattività* verliehen. Die vergeben wir an den Teilnehmer, der nach Meinung der Jury den größten Mut bewiesen hat. Dieses Jahr gebührt diese Ehrung zwei Teilnehmern, nämlich Ihnen und Tommy, dem tapferen jungen Mann, der von seinem Board gesprungen ist und Sie gerettet hat. Sie sind beide Helden. Herzliche Glückwünsche und alles Gute für Sie beide!«

Ringsherum wurde gejubelt und geklatscht, als er ihnen eine Schachtel mit einer silbernen Medaille überreichte, und Beppe bestand darauf, dass Suzie sie sich ansteckte. Natürlich glühten ihre Wangen wieder einmal. Sie bedankte sich herzlich, umarmte Tommy noch mal vor allen, und dann musste sie sich wieder setzen.

Sie aß ein wenig zu Abend und fühlte sich schon entschieden besser, als die von den Veranstaltern arrangierte Siegerparty begann. Es wäre ihr noch besser gegangen, wenn Michael sich hätte blicken lassen. Die wummernden elektronischen Beats bohrten sich in ihren Kopf, und sie fand, dass es nicht die beste Idee wäre zu tanzen, auch wenn sie darauf Lust hatte.

Obwohl es erst neun Uhr war, wünschte sie allen noch einen schönen Abend und kehrte auf ihr Zimmer zurück. Der stets aufmerksame Tommy begleitete sie die Treppe hinauf und hielt sie schützend am Ellbogen. An der Zimmertür drückte sie die Klinke hinunter und zögerte.

»Danke noch mal für alles, Tommy, nicht nur dafür, dass du mir das Leben gerettet hast. Es tut mir leid, dass ich dich so sehr in Anspruch genommen habe.«

»Keine Ursache. Gern geschehen. Und jetzt sieh zu, dass du gut schläfst.«

Ehe sie darauf etwas sagen konnte, verschwand er den Flur hinunter.

Am nächsten Morgen stand sie spät auf. Sie fühlte sich wieder so fit wie immer, obwohl sie gruselig aussah, wie ein Blick in den Spiegel ihr gezeigt hatte. Im Frühstücksraum traf sie Beppe an.

»Hi, Suzie. Wie geht's dir? Du siehst ziemlich mitgenommen aus.«

»Es geht mir aber schon viel besser. Abgesehen von leichten Kopfschmerzen und einer Beule fast wieder normal.« Sie setzte sich ihm gegenüber und brachte ein Lächeln zustande. »Konntest du gestern noch mit Michael sprechen?« Sie schaute sich nach allen Seiten um. »Er ist gestern gleich gegangen, nachdem er mich gesehen hatte.«

»Ja. Meinte, er muss über einiges nachdenken.«

»Zum Beispiel darüber, dass ich Tommy geküsst habe, als er in den Notarztwagen kam.«

»Das hat er nicht erwähnt.« Beppe sah wohl ihre Skepsis und beeilte sich, das noch einmal zu bekräftigen. »Nein, wirklich nicht. Heißt das also, du bist mit Tommy zusammen?«

»Er ist ein netter Mann und hat mir das Leben gerettet, und

das werde ich ihm nie vergessen, aber wir sind kein Paar. Er wäre gern mit mir zusammen, doch ich fürchte, es gibt einen anderen, den ich mir nicht aus dem Kopf schlagen kann.«

»Michael?«

»Ja. Aber je mehr Zeit vergeht, desto unsinniger kommt es mir vor.«

»Du magst ihn sehr, hm?« Sein Ton wurde ungewohnt weich. Er wartete ihre Antwort nicht ab. »Die letzten drei Jahre waren für ihn schlimm, Suzie. Er und Grazia haben sich sehr geliebt. Mit ihr hat er auch einen Teil von sich verloren. Was er durchgemacht hat, ist unvorstellbar. Aber ich sehe auch, wie sehr er dich mag. Wirklich. Er braucht noch Zeit.«

Suzie lächelte bedrückt. »Das hat meine Mutter auch gesagt.« Sie machte eine Kellnerin auf sich aufmerksam und bestellte eine Kanne Tee. »Ich kann es ihm nachfühlen. Es muss schrecklich gewesen sein. Ich wünschte nur, ich könnte ihm helfen.«

»Weißt du, warum er dieses Wochenende nach Italien gekommen ist?«

»Nicht nur, um das Ice Race zu sehen?«

Er schüttelte den Kopf. »Er ist schon am Freitag angekommen. Das war der dritte Jahrestag von Grazias Unfall. Er hat sich mit ihrer Familie zu einem Gedenkgottesdienst in ihrer Kirche in Brescia getroffen. Dort ist er über Nacht geblieben und gestern Nachmittag hierhergekommen. Das waren zwei sehr emotionale Tage für ihn, sagt er, und deshalb ist er gestern so spät angekommen. Er versteht sich gut mit Grazias Eltern und ist länger geblieben, weil das für sie tröstlich ist.«

Beppe sprach in ausdruckslosem Ton. »Es war vor drei Jahren, kurz vor dem Ice Race, dass ihn die Autobahnpolizei anrief. Du kannst dir vorstellen, welche Erinnerungen in ihm hochgekommen sind. Ich soll dir ausrichten, dass er wegmusste, um einen klaren Kopf zu bekommen, und dass es ihm leidtut. Ja, so hat er sich ausgedrückt – er will ›einen klaren Kopf bekommen‹.«

»Ich hoffe, er schafft das.«

Als es Zeit wurde, aufzubrechen und nach Bardolino zurückzufahren, wo sie mit dem Professor verabredet war, stellte Suzie fest, dass ihre Surfausrüstung, die ein paar freundliche Leute auf dem See geborgen und an Land gebracht hatten, schon auf dem Dach von Tommys Mietwagen festgeschnallt war, zusammen mit seiner eigenen und James' Ausrüstung. Tommy fragte, ob sie sicher sei, schon Auto fahren zu können. Andernfalls würde einer von ihnen sehr gern den Mini des Professors zurückbringen und sie dann in Verona absetzen.

»Das ist nicht nötig, mir geht es gut«, antwortete sie. »Nochmals vielen Dank, Tommy, dass du mir das Leben gerettet hast und dass du mir so ein verständnisvoller Freund bist.«

Er küsste sie auf die Wangen. »Ich werde immer dein Freund sein, Suzie.«

Als sie in ihr Auto steigen wollte, hörte sie jemanden ihren Namen rufen. Es war Beppe. Er schloss sie herzlich in die Arme, und als er sie losließ, zwinkerte er vielsagend.

»Wenn du das nächste Mal ins Restaurant kommst, geht das Essen auf mich.«

»Das ist sehr nett. Aber womit habe ich das verdient?«

»Ich weiß nicht, wie gut du dich an den Wettkampf erinnerst, doch du warst dabei, James und mich einzuholen, als du den Baumstamm gerammt hast. Wie ich die Sache sehe, hättest du einen oder uns beide noch überholen können. Aber so sind wir als Erster und Zweiter durchs Ziel gegangen, ohne zu ahnen, welches Drama sich hinter uns abspielte. Dein Freund

Tommy hat dich gerettet, ich habe den ersten Preis gewonnen, du bist unverletzt, und er ist ein Held. Wenn das keine kostenlose Mahlzeit wert ist, dann weiß ich es nicht.«

Suzie dankte ihm mit einem dicken Kuss auf die Wange, und als er sich abwandte, zog sie verstohlen ein Taschentuch hervor. Seltsamerweise liefen ihr schon wieder die Tränen übers Gesicht, obwohl sie lächelte.

Sie fuhr langsam und vorsichtig nach Bardolino zurück, nur für alle Fälle, doch sie fühlte sich wieder ganz normal. Als sie bei Mack ankam, schaute er bestürzt auf ihr blaues Auge. Suzie erklärte schnell, das sei nur oberflächlich und schon bald wieder verschwunden. Der Hund begrüßte sie schwanzwedelnd und achtete geschickt darauf, immer zwischen ihr und dem Kuchen zu bleiben, wobei er diesen herzerweichenden »Nur ich bekomme mal wieder nichts«-Blick aufsetzte.

Suzie kannte diesen Blick schon und ignorierte ihn mühelos. Während sie Tee trank und Kuchen aß, hörte sie ihn hoffnungsvoll mit dem Schwanz auf den Boden klopfen. Der Professor jedoch hatte ganz andere Dinge als Kuchen im Sinn.

»Ich habe mir einiges durch den Kopf gehen lassen. Nachdem die Stiftung in trockenen Tüchern ist, frage ich mich, ob Sie glauben, wir könnten die Eröffnung vielleicht vorziehen, es schon im Januar schaffen.« Die war inzwischen für Mitte Februar geplant. »Ich bedaure, Ihnen zusätzliche Arbeit aufzubürden, doch ich möchte die Sache so weit wie möglich beschleunigen. Es wäre wunderbar, wenn das klappen würde.« Er schaute sie an und schmunzelte. »Ich werde schließlich nicht jünger. Meinen Sie, das wäre machbar?«

Suzie hatte auch schon daran gedacht. »Ich werde einfach dafür sorgen.« Sie lächelte ihn zuversichtlich an. »Wir schaffen das. Ich werde mich dahinterklemmen, damit wir vor Ende Januar eröffnen können, versprochen. Und wenn ich dafür die

Wände selbst streichen muss.« Ihr kam der Gedanke, dass die Planänderung einen Vorteil hatte: Sie gab ihr einen triftigen Grund, mit Michael Kontakt aufzunehmen. Und hoffentlich würde sie ihn eher wiedersehen als geplant.

Später fuhr sie mit dem Bus nach Verona und kehrte in die Wohnung zurück. Als sie ins Wohnzimmer kam, blickte Alex auf und bekam einen Riesenschreck.

»Du lieber Himmel, Suzie, du siehst aus, als hättest du mit dem Kopf durch die Wand gewollt. Was ist denn passiert?«

Suzie lächelte sie aufmunternd an und erzählte ihr alles. Dabei schaute sie einmal in den Spiegel an der Küchenwand und musste zugeben, dass man sich wirklich vor ihr fürchten konnte. Da waren nicht nur die frische Narbe über der Augenbraue und das blutunterlaufene violette Auge. An ihrer Stirn prangte auch eine dicke Beule, und einige Kratzer zogen sich über die linke Wange. Aber es hätte schlimmer kommen können. Viel schlimmer.

»Tommy hat mir das Leben gerettet.«

Alex grinste breit. »Natürlich. Und hat dir das die Erleuchtung beschert, dass du in Wirklichkeit ihn liebst? Hast du seitdem ununterbrochen in seinen Armen gelegen?«

Suzie lächelte wehmütig. »Ich fürchte, nein. Weißt du, gerade als ich Tommy zum Dank geküsst habe, ist jemand anders aufgekreuzt.«

»Michael?«

»Genau der.« Und sie schilderte seinen plötzlichen Auftritt und den überstürzten Abgang. Danach goss sie sich ein Glas Wasser ein und berichtete von dem Grund, den Beppe genannt hatte.

Alex schaute sie mitfühlend an. »Wahrscheinlich schwirrte ihm der Kopf vor lauter Erinnerungen. Kein Wunder, dass er gegangen ist. Jedenfalls bin ich am Mittwoch wieder bei Beppe zum Konversationsaustausch. Ich werde sehen, was ich von ihm in Erfahrung bringen kann.«

»Tu das. Aber die Sache ist die: Michael hat mir weder einen Wangenkuss gegeben noch mir die Hand geschüttelt. Er ist einfach weggegangen.«

»Bedenke, was Beppe und was deine Mum gesagt haben und was ich ständig predige: Lass ihm Zeit.«

Suzie setzte sich zu ihr an den Küchentisch. »Ich weiß, dass ihr recht habt. Aber das ist furchtbar frustrierend. Irgendwie glaube ich nicht, dass daraus noch was wird. Die Sterne stehen für uns nicht günstig.« Sie unterdrückte einen Seufzer. »Apropos, wie läuft's bei dir? Alles in Ordnung?«

Alex war am Freitagnachmittag in Verona geblieben, weil sie ihre beiden Bilder vom Rahmen abholen wollte. Am Samstagnachmittag hatte sie sie für die Ausstellungseröffnung am kommenden Freitag zum Castelvecchio gebracht.

»Ja, ich habe sie abgegeben. Am Abend habe ich gearbeitet, und gestern Abend war ich auf einer Party.«

»War's schön?«

Alex schüttelte den Kopf. »Es war echt komisch. Es gab reichlich zu trinken, die ganze Bude stank nach Marihuana. Die Musik war laut, und da waren viele Jungs, aber ich habe mich gefühlt wie ein Fisch auf dem Trockenen.« Sie schnaubte. »Es klingt verrückt, doch im reifen Alter von sechsundzwanzig habe ich mich alt gefühlt, richtig alt.«

Suzie lachte. »Dann stell dir nur mal vor, wie eine alte Frau wie ich sich gefühlt hätte. Hast du trotzdem Spaß gehabt?«

»Ja, schon. Ich habe getanzt und ein paar Bier getrunken, aber Begeisterung kam bei mir nicht auf. Selbst als ein absolut umwerfender Typ vor mir stand und mich mit zu sich nehmen wollte, um mir die beste Nacht meines Lebens zu bescheren, dachte ich so: Ach, nö, lass mal.«

Suzie kicherte. »Das ist das Erwachsenenalter. Tja, dein Vater wäre sehr erfreut, und ich bin stolz auf dich.«

»Apropos Vater, das hätte ich fast vergessen. Hier das Neueste: Er kommt nächsten Freitag zur Ausstellungseröffnung. Fliegt aber am nächsten Morgen gleich wieder zurück. Ich habe ihm in unserem alten Hotel ein Zimmer gebucht.«

»Wow, das ist toll!« Je mehr Suzie darüber nachdachte, desto besser fand sie das. »Und wie hat er geklungen?«

»Ehrlich gesagt gut. Er und Rafe haben viel miteinander geredet. Die Hochzeit ist jetzt für Anfang Februar geplant. Und natürlich bekommst du eine Einladung. Rafe hat mich gestern Abend angerufen. Es läuft wohl bemerkenswert gut mit Vater. Seit er Melanie etwas besser kennt, hat er sich beruhigt. Und obwohl sie eine Bürgerliche ist, schien er sich zu freuen, dass sie und Rafe miteinander glücklich sind.«

»Fantastisch! Meinst du, das heißt, er lässt dich vom Haken, was James angeht? Er kann doch seinen Sohn keine Bürgerliche heiraten lassen und dann darauf bestehen, dass seine Tochter wegen des Familienstammbaums in einer unglücklichen Ehe lebt.«

Alex schaute ziemlich verlegen. »Um ehrlich zu sein, Suzie, fange ich gerade an, James mit anderen Augen zu sehen. Seit ich zur Akademie gehe, habe ich allerhand Männer kennengelernt … und dann noch diesen Typen auf der Party gestern Abend. Und für keinen könnte ich so empfinden wie für James, das habe ich immer wieder festgestellt.«

»Ich habe ja gesagt, er ist der Richtige für dich.« Suzie freute sich.

»Und noch etwas: Seit ich Vater – und mir selbst – beweise, dass ich unabhängig sein kann, bin ich auch nicht mehr krampfhaft abgeneigt, am Ende mit James zusammenzukommen. Ich bin jetzt mein eigener Herr und kann mich zusammentun, mit wem ich will. Wenn es zufällig einer ist, den Vater billigt, dann gut, aber die Entscheidung fälle ich.«

»Das sind sagenhafte Neuigkeiten. Und was wird jetzt? Besteht da nicht noch das Problem, dass ihr wie Bruder und Schwester seid?«

Offensichtlich ja, denn diesmal war es nicht Suzie, die errötete. Alex' Wangen glühten.

»Also, das ist vielleicht doch kein so großes Problem. Irgendwie habe ich allmählich gemerkt, dass ich doch auf ihn stehe. Stell dir vor, ich habe von ihm geträumt.«

»Wie schön ... und ...?«

»Na ja, ich will es mal so ausdrücken: So würde eine Schwester nicht von ihrem Bruder träumen.«

Suzie griff über den Tisch nach Alex' Händen und drückte sie. »Das ist die schönste Neuigkeit seit Wochen. Man sieht euch an, wie gut ihr zusammenpasst, und er ist eindeutig verrückt nach dir. Wann wirst du ihn wiedersehen? Zu Weihnachten?«

»Am Wochenende. Er kommt auch zur Ausstellung.«

»Wirst du ihm von deinem Traum erzählen?« Suzie grinste sie an. »Oder ihn Wirklichkeit werden lassen?«

Alex hatte noch immer rote Wangen, und sie war ungewohnt verlegen, daher ließ Suzie sie in Ruhe und freute sich im Stillen, weil es für die beiden nun doch noch gut ausging. Und nicht nur für sie. Es sah ganz danach aus, dass Alex auch mit ihrem Vater ein harmonisches Verhältnis entwickelte, und Rafe und Melanie hatten sich ebenfalls mit ihm versöhnt. Die Tedburns hatten es endlich geschafft, ihre Familienbeziehungen in Ordnung zu bringen.

Suzie war darüber glücklich, doch da sie ein Mensch und keine Heilige war, empfand sie auch etwas wie leisen Neid. Michael und sie waren hoffentlich noch Freunde, aber mehr ganz sicher nicht.

26

Die Woche ging schnell vorbei. Um ihr Versprechen an den Professor zu halten, rief Suzie am Montagmorgen die Klempnerfirma an und setzte all ihre Überredungskünste ein, um von der Mitarbeiterin eine feste Zusage zu erhalten, dass in Kürze die neuen Toiletten installiert würden. Zum Glück kannte der Chef der Firma den Professor schon seit Jahren, und so kam es, dass schon am Mittwoch ein Transporter vorfuhr und die Handwerker mit der Arbeit anfingen.

Suzie ging sogleich zum Bäcker und kaufte Donuts für die beiden. Danach blieb sie immer in der Nähe und versorgte sie mit Getränken, entschlossen, sie um jeden Preis bei der Stange zu halten.

Während britische Handwerker normalerweise am besten arbeiteten, wenn man ihnen Tee in rauen Mengen zur Verfügung stellte, fand sie heraus, dass Italiener stattdessen Kaffee brauchten. Einer der beiden kippte pausenlos starken Espresso in sich hinein. Suzie hätte bei diesen Mengen eine Woche lang nachts wach gelegen, doch ihn schien der Espresso nicht zu beeinträchtigen, und vielleicht half er ja sogar. Sie würde tun, was immer nötig war, um die Klempner zu halten.

Am Montagmorgen hatte sie von Michael eine Nachricht bekommen, in der er sich für sein rasches Verschwinden entschuldigte. Eine Erklärung bot er jedoch nicht. Sie schickte ihm ein Foto von ihrem Gesicht, damit er sah, dass der Bluterguss abheilte, und er antwortete kurz darauf, sie sähe schon viel besser aus. Mehr schrieb er nicht. Danach herrschte wieder Funkstille, sodass sie von Neuem enttäuscht war.

Sobald die Klempner im Parterre fertig waren und in den ersten Stock wechselten, machte Suzie sich daran, die unteren großen Räume auf Vordermann zu bringen. Sie schuftete, wienerte die Böden und putzte alle Ecken von oben bis unten. Anschließend borgte sie sich den Wagen und klapperte die Möbelhäuser in der Umgebung ab – es gab erstaunlich viele –, bis sie eines gefunden hatte, das einen schönen Konferenztisch mit Stühlen vor Jahresende liefern würde.

Die neuen Computer würden in der ersten Januarwoche installiert werden, und die Bücher, die kistenweise eintrafen, füllten allmählich die Regale. Das Forschungszentrum nahm Gestalt an. Und je emsiger sie arbeitete, desto weniger Zeit blieb ihr, um an Michael zu denken und der verlorenen Beziehung nachzutrauern.

James und Lord Tedburn trafen am Freitagnachmittag zusammen ein. Bis dahin hatte sich Alex in ihre Nervosität hineingesteigert und war hin- und hergerissen bei ihren Überlegungen, ob sie sich zur Ausstellungseröffnung förmlich kleiden sollte – und ihrem Vater zuliebe konservativ – oder ob sie lieber etwas Verführerisches anzog, um James zu gefallen. Gegen Ende wurde sie panisch, weil sie ihre Designerkleider alle verkauft hatte.

Suzie bot an, ihr das schicke Kleid zu leihen, das Alexandra ihr seinerzeit gekauft hatte, doch die Freundin lehnte dankend ab und entschied sich für einen Rock und das beste Top, das ihre enorm geschrumpfte Garderobe noch hergab. Dass es einen tiefen Ausschnitt hatte, würde ihrem Freund bestimmt gefallen, bei ihrem Vater aber vielleicht keinen wünschenswerten Effekt erzielen.

Als die beiden Männer in der Wohnung ankamen, sah

Alex wirklich gut aus. Bei ihrem Vater war keinerlei Missbilligung und bei James große Begeisterung zu spüren. Suzie trug ihr schickes Kleid und hatte sich die Haare hochgesteckt. Da keine noch so dicke Make-up-Schicht ihre Blessuren kaschieren könnte, hatte sie beschlossen, sich nicht weiter darum zu kümmern.

Sie machten es sich im Wohnzimmer bequem – das Suzie und Alex penibel aufgeräumt und geputzt hatten –, und allmählich stellte sich eine entspannte Stimmung ein. Alex setzte sich neben ihren Vater, und es dauerte nicht lange, bis sie unbefangen mit ihm plauderte. Was ihn betraf, so wirkte er viel entspannter, als Suzie erwartet hätte. Sie bekam sogar den Eindruck, dass er ihre neue Unterkunft für gut befand, obwohl sie mit dem Fünf-Sterne-Hotel, in dem er übernachtete, nichts gemein hatte.

Nachdem sie die Flasche Champagner, ein Mitbringsel von James, geleert hatten, brachen sie gegen sechs Uhr auf und gingen durch die stillen Straßen zum Castelvecchio.

Jedes Mal, wenn Suzie die Burg sah, die auch ein Museum beherbergte, war sie von Neuem beeindruckt. An diesem Abend wurde sie sogar von außen angestrahlt, und eine unerwartet große Zahl von Leuten war gekommen, die alle festlich gekleidet im Innenhof und auf den Gängen zusammenstanden oder umherschlenderten. Das vermittelte Suzie ein Bild davon, wie es zu der Zeit des Mannes gewesen sein musste, der die Burg hatte bauen lassen. Cangrande della Scala, der berühmteste Herrscher Veronas, war für seine militärischen Errungenschaften und sein Interesse an der Kunst bekannt, besonders für seine Unterstützung des größten italienischen Dichters, Dante Alighieri. Nicht dass ihn das vor einem frühen Tod durch Vergiftung bewahrt hätte. Zur damaligen Zeit war Verona ein gefährliches Pflaster gewesen.

An diesem Abend war die Atmosphäre in der Burg für niemanden giftig. Dies war für Suzie und Alex die erste Eröffnung einer großen Kunstausstellung, und wie Alexandra in gedämpftem Ton ehrfürchtig bemerkte, war sie viel beeindruckender als die jährliche Eröffnung des örtlichen Kunstvereins in ihrem Dorf in Devon.

Für Alex wurde der Abend ein Triumph. An ihren beiden Gemälden klebte schon früh ein roter Punkt, der anzeigte, dass sie einen Käufer gefunden hatten. Sie flüsterte Suzie händereibend ins Ohr, dass der Erlös aus dem Verkauf ihnen beiden zu Weihnachten die Flüge nach England sichern und auch noch für Geschenke reichen würde. Und dann, gerade als es aussah, als könnte es nicht mehr besser werden, wurde einem der beiden Bilder von der Jury besonderer künstlerischer Wert bescheinigt. Suzie war glücklich, weil Alex im siebten Himmel war und weil auch Lord Tedburn zufrieden und stolz auf seine Tochter zu sein schien.

Suzie wanderte mit einem Glas Prosecco in der Hand durch die Ausstellung, in der ihr sehr wenige Werke so gut gefielen wie Alex' Bilder. Sie begegnete mehreren Bekannten und blieb bei ihnen stehen, um ein paar Worte zu wechseln. Inzwischen hatte sie in der Veroneser Gesellschaft etliche Kontakte geknüpft und fühlte sich selbst schon fast als Veroneserin. Während sie vor dem größeren von Alex' Bildern stand – einer atmosphärischen Waldlandschaft mit ineinander verschlungenen Baumstämmen und Ästen –, trat Lord Tedburn zu ihr und lächelte sie herzlich an.

»Suzie, ich liebe die Bilder meiner Tochter. In all den Jahren habe ich nie erkannt, wie groß ihre Begabung ist.«

»Ich glaube, der Kurs an der Akademie hat sie weitergebracht. Und natürlich ist sie anfangs sehr gefördert worden von einem guten Freund.«

»Meinen Sie den Porträtmaler, von dem sie mir erzählt hat?«

»Ja, Michael Turner.«

»Ich muss unbedingt zu ihm gehen und ihm danken.«

Suzie war verwirrt. »Sie wissen, wo er wohnt?«

Lord Tedburn schüttelte den Kopf. »Das nicht, doch soweit ich weiß, ist er heute Abend hier. Alexandra hat ihn mit den Juroren sprechen sehen.«

Wenn noch mehr als ein Schlückchen Prosecco in ihrem Glas gewesen wäre, hätte Suzie ihn sicher verschüttet, so sehr erschrak sie bei der Neuigkeit.

»Er ist hier? Michael ist hier?« Sie drehte sich um und spähte nach allen Seiten.

»Ich glaube, ja.«

Suzie überlegte bereits, wie sie sich auf möglichst höfliche Art entschuldigen könnte, um sich auf die Suche nach Michael zu machen, doch Lord Tedburn wechselte das Thema, und sie musste bleiben. Ungeduldig trat sie von einem Bein aufs andere, während sie ihr Bestes gab, um weiter höflich zuzuhören.

»Ich bin fasziniert von dem neuen Forschungszentrum, das Sie derzeit aufbauen. Sagen Sie, haben Sie genügend Mittel für alles?«

»Zurzeit kommen wir gut aus, obwohl die Renovierungen und Anschaffungen viel Geld verschlungen haben. Wir wollen nun abwarten, bis der Laden läuft, und uns dann nach Sponsoren umsehen.« Sie schmunzelte. »Ich habe überlegt, einige große Grappa-Produzenten anzusprechen.« Erneut schaute sie sich suchend um.

»Ich frage mich gerade, ob ich Ihnen die Mühe ersparen kann. Vielleicht erlauben Sie mir auszuhelfen?« Plötzlich hatte er Suzies ganze Aufmerksamkeit. Als er ihren Gesichtsausdruck sah, führte er das näher aus. »Wie ich wohl schon mal erwähnte, bin ich ein großer Freund der englischen Literatur und Shakespeares im Besonderen. Ich würde mich geehrt fühlen, wenn Sie mich als Sponsor der neuen Stiftung akzeptieren könnten.«

»Sie möchten uns unterstützen?« Hatte sie richtig gehört?

»Ja, ich möchte gern zum Erfolg dieses bemerkenswerten Unternehmens beitragen. Meinen Sie, Professor Macgregor-Brown wäre bereit, über mein Angebot nachzudenken? Ich erwarte keine Gegenleistung.« Er lächelte. »Ich werde nicht verlangen, dass das Haus nach mir benannt wird oder dergleichen. Ich meine nur, das wäre eine sinnvolle Nutzung der Gelder, die mir zur Verfügung stehen. Und nach Ansicht meiner Berater könnte sich das steuerlich günstig auswirken. Wäre Ihnen damit gedient?«

»Lord Tedburn, das ist ungeheuer großzügig von Ihnen.« Suzie war wirklich überwältigt – Steuervorteil hin oder her. »Ich bin tief beeindruckt. Wenn Sie einverstanden sind, würde ich das mit Professor Macgregor-Brown besprechen und auf Sie zukommen. Vielen Dank erst mal für Ihr großzügiges Angebot.« Sie ließ den Blick durch den Raum schweifen und legte sich schon eine Entschuldigung zurecht, um von Lord Tedburn wegzukommen. Der war jedoch noch nicht fertig.

»Nicht der Rede wert. Bitte besprechen Sie das in Ruhe und lassen Sie mich wissen, was der Professor denkt. Und, Suzie, da wäre noch etwas. Bitte, ich möchte Sie keinesfalls verärgern, aber ich habe ein Geschenk für sie.«

Suzie setzte schon zum Widerspruch an, doch er sprach sogleich weiter.

»Bitte, lassen Sie mich erklären. Ich kann gar nicht ausdrücken, wie beeindruckt ich bin, dass meine Tochter erwachsen geworden und aufgeblüht ist, und das hat sie vor allem Ihnen zu verdanken. Ich weiß, Sie haben das nicht des Geldes wegen getan, doch ich wäre Ihnen sehr verbunden, wenn Sie ein Geschenk von mir annähmen, mit dem ich meinen Dank ausdrücken möchte. Und außerdem ist schließlich bald Weihnachten.«

In dem Moment kam eine Kellnerin mit einer Magnumflasche Prosecco und füllte ihre Gläser auf. Nachdem sie weitergegangen war, bewies Lord Tedburn, dass er seine Hausaufgaben gemacht hatte.

»Ich habe mit Rafe darüber gesprochen, und er sagte, Sie würden sich eventuell über ein neues Surfboard samt Rigg freuen. Bisher hat James Ihnen wohl seine Ausrüstung geliehen. Aber es wäre gut, wenn Sie Ihre eigene hätten, nicht wahr? Bitte tun Sie mir den Gefallen. Es würde mir viel bedeuten, wenn ich Ihnen zeigen könnte, wie dankbar ich Ihnen bin.«

Nach einem kurzen Scheinwiderstand nahm Suzie sein Geschenk an. Denn es war tatsächlich von Vorteil, eine eigene Ausrüstung zu besitzen. Obwohl sie darauf erpicht war, sich auf die Suche nach Michael zu begeben, zwang sie sich zur Geduld, und sie unterhielten sich noch ein paar Minuten lang, bis er etwas äußerte, bei dem ihr die Luft wegblieb.

»Sie mögen sich gefragt haben, warum ich ein so unflexibler, man könnte auch sagen ›herrschsüchtiger‹ Vater war.« Sein Blick war nicht mehr auf Suzie oder auf das Gemälde gerichtet, sondern er starrte aus dem Fenster in den schönen Innenhof der Burg.

Draußen war es winterlich kalt, und einige trockene kleine Schneeflocken tanzten durch das Scheinwerferlicht.

»Das kam nur durch das Versprechen, das ich meiner sterbenden Frau gegeben habe. Ein paar Tage vor ihrem Tod bat sie mich, unsere beiden Kinder streng zu behüten und dafür zu sorgen, dass es ihnen gut geht und dass aus ihnen etwas wird. Natürlich habe ich ihr das versprochen – ich hätte so oder so dafür gesorgt. Erst im Lauf der vergangenen Wochen ist mir klar geworden, dass ich bei meiner Sorge um ihr Wohlergehen viel zu stark eingegriffen haben. Rafe und Alexandra sind längst erwachsen, und da ist es nur richtig, sie selbst entscheiden zu lassen.«

Freundlich lächelnd blickte er Suzie wieder an, als er hinzusetzte: »Und ich habe beiden gesagt, dass mir die Entscheidungen, die sie in jüngster Zeit getroffen haben, außerordentlich vernünftig erscheinen. Ich bin stolz auf sie.«

Suzie war zutiefst erstaunt. Also war Lord Tedburn auch durch ein Versprechen an die sterbende Frau verpflichtet gewesen. Ohne es zu wollen, hätte Alex' Mutter beinahe das Gegenteil von dem erreicht, was sie im Sinn gehabt hatte. Anstatt dass ihre Kinder glücklich wurden, war das Verhältnis zwischen den beiden und ihrem Vater derart angespannt gewesen, dass ein Bruch gedroht hatte. Glücklicherweise war die Tragödie à la Shakespeare in diesem Fall noch abgewendet und das Glück wiederhergestellt worden. Suzie erwiderte sein Lächeln.

»Und Sie sind mit Recht stolz. Rafe ist ein anständiger Mann, und seine künftige Frau scheint mir für ihn die Richtige zu sein. Und was Alex betrifft, bin ich mir sicher, dass eine brillante Zukunft vor ihr liegt, die nur umso besser werden kann, da sie nun die volle Unterstützung ihres Vaters genießt.« Sie hob ihr Glas und stieß mit ihm an. »Und nun, Lord Tedburn, wenn Sie mich bitte entschuldigen würden, ich muss nach dem Porträtmaler suchen, von dem wir eben gesprochen haben.«

Michael stand mit Alex vor ihren Bildern und umarmte sie, vermutlich hatte er ihr gerade zu ihrem Erfolg gratuliert. Sowie er Suzie bemerkte, strahlte er sie an, und sie wurde dementsprechend rot. Es tat ungeheuer gut, ihn wiederzusehen.

Alex drehte sich zu ihr um und grinste. »Überraschung! Du wusstest nicht, dass er herkommt, oder?« Ihr Blick war definitiv schelmisch. »Aber ich. Tatsächlich habe ich sogar darauf bestanden, dass er bei meiner ersten Ausstellung dabei ist.« Suzie stand noch immer sprachlos da. »Dass er wirklich herkommt, habe ich erst heute Nachmittag erfahren. Ich hätte es dir sagen sollen, doch ich wollte dich überraschen. Es hat sich gelohnt, dein Gesichtsausdruck ist unbezahlbar.« Alex trank einen großen Schluck Prosecco und löste sich von Michaels Arm. »Aber jetzt lasse ich euch allein. Ich möchte mit meinem Vater sprechen.«

Michael trat auf Suzie zu und blieb nervös lächelnd und sehr dicht vor ihr stehen. Er musterte aufmerksam ihr misshandeltes Gesicht. Der Bluterguss am Auge hatte sich in kleine Flecken aufgelöst, die viel blasser geworden waren. Die Platzwunde über der Braue war verheilt und brauchte kein Pflaster mehr. Sie fand trotzdem, dass sie zum Gruseln aussah, doch definitiv besser als zu Anfang.

Er nickte ein paar Mal, bevor er etwas sagte. »Du siehst atemberaubend aus, Suzie.« Er klang bewegt. »Der Bluterguss heilt gut. Und das Kleid steht dir wirklich ungemein. Ja, du siehst fantastisch aus.«

»Du aber auch, Michael.« Er trug einen sehr eleganten schwarzblauen Abendanzug mit Fliege. Ganz der kultivierte Mann, den sie in Venedig kennengelernt hatte. Sie erinnerte sich an ihren ersten Eindruck, als sie Michael für unerreichbar gehalten hatte, und bei dem Gedanken fühlte sie sich plötzlich unsicher. »Es ist wunderbar, dich zu sehen. Ich habe nicht mehr damit gerechnet.«

»Ich habe mich in letzter Minute dazu entschieden. Ich musste dich einfach wiedersehen.« Er wirkte noch immer nervös, und sie fragte sich, was da auf sie zukommen würde.

Zunächst einmal eine Umarmung. Er neigte sich zu ihr und schloss sie in die Arme. Einen Moment lang schaute er zu ihr hinunter, bevor er sie noch näher an sich zog und sie so fest drückte, dass er sie damit auf die Zehenspitzen hob. Von ihrer Leibesmitte strahlte Wärme in den ganzen Körper aus. Wenn er sie jetzt losgelassen hätte, wäre sie vermutlich in sich zusammengesunken. Irgendwie spürte sie, dass eine große Veränderung in ihm vorgegangen war, und ihr Herz schlug plötzlich schneller.

»Wir müssen reden. Hier stehen sicher irgendwo Bänke. Wollen wir uns setzen?«, bat er.

Sie nickte nur und ließ sich von ihm aus den Ausstellungsräumen in einen anderen Teil des Museums führen. Ein paar Besucher schlenderten dort umher, aber es war still, und niemand würde sie belauschen. Auf einer Holzbank, die von mittelalterlichen Waffen umgeben war, setzten sie sich, und er nahm ihre Hand. Und endlich, nachdem er so lange geschwiegen hatte, fing er an zu erzählen.

»Letzten Samstag kam ich in Malcesine an, kurz nach dem Start der Surfregatta, und habe zugesehen, wie du dich schlägst. Als du gestürzt bist und nicht wieder hochkamst, dachte ich, du wärst tot. Vom Strand aus konnte ich nur das umgedrehte Board und das halb untergetauchte Segel sehen, und natürlich konnte ich nicht helfen. In dem Moment hat es mir gedämmert. Ich dachte, ich hätte dich verloren, genau wie Grazia. Es hat mich fast zerrissen. Das Leben will gelebt werden, und die Zeit ist zu kostbar, um sie zu vergeuden.« Er starrte auf ihre ineinandergeschlungenen Finger. »Und dann im Erste-Hilfe-Wagen, als du zitternd unter der Decke lagst und Tommy umarmt hast, schwirrte mir auf einmal der Kopf, und von da an war ich wie benommen.«

Suzie traute ihren Ohren kaum. Sie hörte endlich, worauf sie so lange gewartet hatte. »Aber warum bist du so schnell verschwunden? Zwischen Tommy und mir ist gar nichts.« Sie brachte ein kleines Lächeln zustande. »Abgesehen davon, dass er mir das Leben gerettet hat.«

Er senkte den Kopf. »Ich weiß. Beppe hat es mir gesagt. Und übrigens auch Alex. Es tut mir leid, dass ich abgehauen bin, ohne mit dir zu sprechen. Doch da spielte sich gerade so viel in mir ab; ich wusste, ich würde keinen verständlichen Satz herausbringen.«

Michael holte tief Luft. »Im Oktober, als ich dir gesagt habe, dass ich Italien verlasse und nach England zurückgehe, da ging es zwar um die Erinnerungen an meine Frau, doch das war nicht die ganze Wahrheit. Was mich zu der Entscheidung trieb, war ein Gespräch mit meinem Schwager, Grazias Bruder. Er und sie hatten ein inniges Verhältnis, und ihr Tod hat ihn schwer getroffen ... so schwer wie mich, könnte man sagen.

Jedenfalls habe ich Anfang Oktober mal mit ihm zu Abend gegessen und ihm erzählt, ich hätte eine Frau kennengelernt – dich – und würde sie sehr mögen. Er bekam fast einen Anfall. Er hat mir mit deutlichen Worten gesagt, ich sei es Grazia schuldig, den größtmöglichen Abstand zu dir zu halten.« Er blickte auf und sah ihr in die Augen. »Da habe ich erst mal auf ihn gehört. Jetzt weiß ich, dass das falsch war.«

Sie drückte seine Hand, doch er schien es nicht wahrzunehmen. Er senkte wieder den Blick und redete weiter.

»Der Oktober und November waren furchtbar für mich. Ich habe ständig an dich gedacht, fühlte mich jedoch wegen Grazia verpflichtet, mich von dir fernzuhalten, nicht mal den geringsten Kontakt zu pflegen. Dabei habe ich mich danach gesehnt, deine Stimme zu hören. Und als mir vergangenes Wochenende klar wurde, dass ich dich fast verloren hätte, wusste ich, so geht es nicht weiter.

Ich habe mich mit Beppe hingesetzt und ihn um Rat gefragt. Er meinte, ich sollte mit Giovanni reden – meinem Schwager – und ihn zur Vernunft bringen. Dann sollte ich mit dir sprechen und sehen, ob du mich haben willst. Ich bin nach

England zurückgeflogen und habe ein paar elende Tage damit verbracht, mir über alles klar zu werden.«

Er sah auf. »Und gestern Abend hat sich der Nebel endlich gelichtet. Von Alex kam noch eine Nachricht. Sie kann verdammt hartnäckig sein, was? Ich habe eingesehen, dass ich mit dir reden und dir alles erklären muss, doch vorher musste ich noch nach Brescia.«

Suzie unterbrach ihn nicht, sondern drückte nur seine Hand. Da erst bemerkte sie den hellen Streifen an seinem Finger. Er hatte den Ehering abgelegt.

»Ich bin heute Morgen ganz früh nach Bergamo geflogen und direkt nach Brescia zum Haus meiner Schwiegereltern gefahren. Ich habe Giovanni angerufen, und er kam auch hin. Wir haben zusammengesessen. Ich habe ihnen alles erzählt, von unserer ersten Begegnung bis zu dem Moment, als ich glaubte, du seiest ertrunken. Grazias Eltern konnten mich verstehen. Ich hatte immer ein gutes Verhältnis zu ihnen, und besonders nach dem Unfall standen wir uns so nahe, als wäre ich ihr leiblicher Sohn. Sie hatten Verständnis und konnten nach und nach Giovanni überzeugen.«

Sie schaute Michael in die Augen. Darin war die Trauer noch zu sehen, nicht aber Tränen. Seine Stimme wurde kräftiger, sein Ton bestimmter, als er fortfuhr:

»Das Leben geht weiter, haben sie gesagt. Und ich weiß das jetzt. Ein Abschnitt meines Lebens ist vorbei, ein neuer beginnt. Der eine entwertet den anderen nicht. Ich denke, im Grunde wusste ich das schon, als ich dich in Venedig gesehen habe, jetzt jedoch bin ich mir endgültig darüber klar geworden. Ich weiß nun, dass ich mit dir zusammen sein will … falls du mich willst.«

Suzie brauchte keinen Augenblick zu überlegen. »Natürlich will ich dich. Aber nur, wenn du wirklich so weit bist. Ich werde auf dich warten. So lange, wie es eben dauert.« Ihr brannten die Augen, und sie drängte die Tränen hartnäckig zurück.

Seltsamerweise wurde sie gar nicht rot. Obwohl allerhand Gefühle auf sie einstürmten, war sie selbstsicher und ruhig. Michael wirkte erleichtert, und ihr fiel auf, dass die dunklen Ringe unter seinen Augen nicht mehr so ausgeprägt waren. Er schien ein neuer Mensch zu sein, und ein glücklicherer. Als sich ihre Blicke trafen, lächelte er.

»Ich bin so weit, Suzie. Das weiß ich genau.« Er sah sich nach allen Seiten um. »Meinst du, im Museum ist Küssen verboten?«

Suzie neigte sich zu ihm. Ihre gewohnte Zurückhaltung fiel von ihr ab, als sie erkannte, dass auch in ihrem Leben ein neues Kapitel aufgeschlagen wurde. »Na, und wenn schon!«

27

Am dreiundzwanzigsten Januar wurde das Macgregor-Brown-Forschungszentrum feierlich eröffnet. Die großen Räume im Erdgeschoss standen voller Gäste, und Suzie hatte sogar die französischen Fenster geöffnet, damit man in den Garten ausweichen konnte, auch wenn es eisig kalt war.

Der Professor hielt eine Rede auf Englisch und Italienisch; nach ihm sprach der Leiter der berühmten Biblioteca Capitolare. Nach den beiden erhabenen Herren musste Suzie ihrerseits eine Begrüßungsrede halten. Davor hatte sie sich gefürchtet, aber Michael hatte sie bestens vorbereitet. Er hatte sie die englische und die italienische Version auswendig lernen lassen, bis sie sie im Schlaf aufsagen konnte.

Ihre Rede fand großen Anklang, und sie hatte selbst den Eindruck, sie gut hinbekommen zu haben. Überraschenderweise wurde sie dabei kein einziges Mal rot, und gegen Ende begegnete sie Michaels Blick. Er strahlte sie an, und sie strahlte zurück. Sieh mal an, dachte sie, ich habe eigentlich ununterbrochen ein Strahlen auf dem Gesicht.

Neben ihm in der ersten Reihe sah sie noch ein strahlendes Gesicht. Auch Alex war glücklich, seit sie vor zwei Wochen zu James in die Villa gezogen war. Er hatte seine geschäftlichen Angelegenheiten so geregelt, dass er ein halbes Jahr lang von dort aus arbeiten konnte. Sie wohnten nun also zusammen am See. Während Alex – mit einem Verlobungsring am Finger – jeden Tag nach Verona zur Akademie fuhr, arbeitete er zu Hause, trainierte seine Surfmanöver auf dem Wasser und lernte bei Roberto und Rosa Italienisch.

Zwischen Alex und Michael sah sie noch ein glückliches Gesicht. Zu ihren Füßen lag Dogberry mit seinem Hundelächeln. Offenbar witterte er die verlockenden Kanapees, die nebenan für die Gäste bereitstanden. Wie Suzie ihn kannte, wusste er aus Erfahrung, dass bei solch einem Gedränge unvermeidlich leckere Happen auf dem Boden landeten. Nach Art der Labradore war Dogberry zu einem effizienten Reinigungsservice nur zu gern bereit.

Nachdem alle Reden gehalten waren, wurden die Gäste eingeladen, auch die oberen Etagen zu betreten und sich anzusehen, welche Ressourcen den Forschern ab sofort zur Verfügung standen. Suzie und Alex waren Anfang Januar aus der Dachwohnung ausgezogen und hatten sie zu Pausenräumen mit einer Teeküche, Zeitschriften und einem großen Fernseher umgestaltet. Aufgrund der großzügigen Finanzspritze Lord Tedburns gab es nun dort oben mehr Sessel und Sofas, und die Dachterrasse, von der man die Burg der Scaliger sehen konnte, war renoviert worden und wieder benutzbar.

Er wartete schon an der Seite auf Suzie, als sie das Rednerpult verließ, und auch er strahlte. »Exzellente Rede, Suzie. Danke, dass Sie meinen Beitrag erwähnt haben, aber wie gesagt, das war nicht nötig. Ich bin überaus froh zu sehen, dass Professor Macgregor-Brown seinen Traum verwirklicht hat.«

Suzie nahm zwei Gläser Prosecco von einem Tablett und gab ihm eines. »Nun, mir war das wichtig. Dank Ihrer Unterstützung ist die Zukunft des Zentrums gesichert.« Sie hob ihr Glas, und er stieß mit ihr an. »Und damit auch meine.«

Er trank einen Schluck und nickte anerkennend. »Ein ausgezeichneter Wein. Übrigens soll ich Ihnen von Rafe und Melanie Grüße ausrichten. Sie bedauern, dass sie nicht kommen konnten. Melanie leidet unter Übelkeit, und er wollte sie nicht allein lassen. Sie wünschen Ihnen und der Stiftung viel Erfolg.

Soweit ich weiß, sind Sie umgezogen, Suzie. Wie gefällt Ihnen Ihr neues Zuhause? Alex sagt, dass es eine fantastische Aussicht hat.«

Suzie nickte lächelnd. Seit drei Wochen lebten Michael und sie offiziell zusammen, und sie hätte nicht glücklicher sein können. Am Morgen nach Alex' triumphaler Ausstellung, als sie noch im Bett gelegen hatten, hatte er ihr seine Pläne eröffnet.

»Ich habe nachgedacht.« Beim Klang seiner Stimme hatte sie sich zu ihm umgedreht und den Kopf auf seine nackte Brust gelegt, um mit den Fingerspitzen sanft über seine Haut zu streichen. »Meine Entscheidung, nach England zurückzukehren, war ein großer Fehler. Hier gibt es so vieles, was ich vermisse. Ich habe viele Freunde zurückgelassen, das wurde mir beim Ice Race vor Augen geführt. Aber der wichtigste Mensch, der mir fehlt, bist du. Und damit soll Schluss sein. Ich habe mich entschieden, ich will nicht länger von dir getrennt sein.«

Das hatte für sie überzeugend geklungen, und daher lebte sie jetzt mit ihm in dem Haus zwischen den Weinfeldern, und sie fühlten sich dort beide wohl. Erinnerungen schienen ihn nicht mehr zu belasten. Cat war gleich am ersten Tag bei ihnen aufgekreuzt und hatte sich besitzergreifend auf Suzies Schoß niedergelassen, und sie selbst hatte sich von Anfang an da oben zu Hause gefühlt.

Sie lächelte Lord Tedburn an. »Es ist herrlich dort, ein gemütliches Haus in fantastischer Lage, und dazu gehört sogar ein Kater. Und fünf Minuten entfernt wohnt ein Hund, mit dem ich jederzeit spazieren gehen kann, wenn ich Lust habe. Ich brauche nur den Hang hinunter zum See zu laufen. Die Skipisten sind auch nur eine Stunde entfernt. Was kann man sich mehr wünschen? Sie müssen uns unbedingt mal besuchen kommen. Bitte grüßen Sie Mel und Rafe von mir. Sagen Sie ihnen, dass ich mich schon auf ihre Hochzeit freue.«

»Hi, Suzie, schön, dich zu sehen.«

Sie drehte sich um und lächelte, als sie sah, wer vor ihr stand. Er war einer der Ersten gewesen, dem sie erzählt hatte, dass sie nun mit Michael zusammen war.

»Hi, Tommy, ich freue mich genauso, dich zu sehen. Wunderbar, dass du kommen konntest.« Sie umarmte ihn herzlich und gleich darauf auch die hübsche junge Frau an seinem Arm. »Hi, ich bin Suzie. Ich habe schon so viel von dir gehört. Wie schön, dass wir uns endlich persönlich kennenlernen!« Nachdem sie Tommy und seine neue Freundin mit Lord Tedburn bekannt gemacht hatte, wandte sich Suzie ihr wieder zu. »Nur falls du es noch nicht weißt, Debbie, er ist ein wunderbarer Mensch. Hat er dir erzählt, dass er mir das Leben gerettet hat? Ohne Tommy wäre ich jetzt nicht hier. Halte ihn gut fest. Er ist es wert.«

Debbie lächelte sie an, und Tommy überspielte seine Verlegenheit, indem er Lord Tedburn ansprach. »Wir absolvieren in Nottingham das Doktorandenstudium, ich in Amerikanistik und Debbie in Geschichte.« Als Lord Tedburn sich mit der jungen Frau unterhielt, stellte sich Tommy neben Suzie. »Ich freue mich sehr für dich, dass du deinen Mann endlich bekommen hast.« Er klang vollkommen aufrichtig, und sie schenkte ihm ein breites Lächeln.

»Danke. Es hat seine Zeit gedauert, aber meine Geduld wurde belohnt. Ich freue mich auch, euch beide zusammen zu sehen. Ich wünsche euch alles Glück der Welt und hoffe, ihr könnt unser Forschungszentrum einmal nutzen.«

Nach ein paar Minuten ließ Suzie sie allein und mischte sich unter die übrigen Gäste. Dabei lief sie Beppe über den Weg, der ein Tablett mit appetitlich duftenden Kanapees herumtrug. Es überraschte sie nicht, dass ihm ein schwarzer Schatten auf Schritt und Tritt folgte.

»Suzie, die musst du probieren. Das sind frittierte Polenta-Scheiben mit Roastbeef, Meerrettich und Steinpilzen. Ein abgewandeltes englisches Rezept, das ich von Alex bekommen habe. Die Steinpilze und die Polenta habe ich hinzugefügt.«

Suzie kostete und leckte sich die Lippen. Es schmeckte himmlisch.

Er lächelte nachsichtig. »Nimm noch eins. Du musst bei Kräften bleiben.« Dabei zwinkerte er übertrieben, doch sie kannte das inzwischen von ihm, und seine Anspielung konnte sie nicht mehr zum Erröten bringen. Stattdessen grinste sie.

»Fürs Windsurfen, meinst du wohl? Denk an den Wettkampf am Valentinstag. Ich brauche die Kraft, damit ich dich diesmal überhole.«

»Ah, das Love Race. Weißt du was? Ich glaube, das hast du schon gewonnen.« Er lächelte sie an. »Und dabei hast du ein gebrochenes Herz geheilt.« Plötzlich ernst, redete er leise weiter. »Er ist mein bester Freund, Suzie. Ich werde dir ewig dankbar sein, dass du ihn ins normale Leben zurückgeholt hast.«

Suzie war tief gerührt und fühlte Tränen aufsteigen. Daher nahm sie sich noch ein Kanapee und beugte sich zu dem Hund hinunter, um ihn damit zu füttern und sich unauffällig die Augen zu wischen. Als sie sich wieder aufrichtete, küsste sie Michaels Freund auf die Wange. »Danke, Beppe. Du bist ein Schatz.« Sie wollte sich gerade abwenden, als er sie noch einmal ansprach.

»Hey, du kannst meine Häppchen nicht einfach an den Hund verfüttern, ohne selbst noch eins zu nehmen, weißt du? Hier, greif zu.«

Schmunzelnd nahm sie noch ein Polenta-Häppchen und ging weiter. Bis sie im obersten Stock ankam, hatte sie sich noch ein paar mehr einverleibt und war bei ihrem zweiten Glas Wein. Sie fühlte sich erleichtert und glücklich.

Jeder, mit dem sie sprach, machte ihr Komplimente, und es motivierte sie, dass ihre Bemühungen nicht umsonst gewesen waren. Ihr neues Leben in Verona schien etwas Dauerhaftes zu sein.

Die Türen zur Dachterrasse standen offen, und sie trat in die kalte Luft hinaus. Es hatte am vergangenen Abend geschneit, und die Dächer ringsherum waren noch weiß. Die Lichter der Stadt funkelten, und in der Ferne läuteten die Glocken einer Kirche. Die Aussicht war zauberhaft, und Suzie genoss die friedliche Stille.

»Ist hier Platz für zwei?«

Sie drehte sich lächelnd zu ihm um. »Mit dir habe ich überall genug Platz, Michael.«

»Deine Rede ist gut gelaufen, finde ich. *Complimenti.*« Er nahm sie in die Arme und zog sie an sich.

»Ich hatte einen guten Lehrer.« Sie schmiegte sich an ihn und küsste seinen Hals.

Dabei flüsterte er ihr ins Ohr: »Soll ich dir was sagen?«

»Mmmm.« Eine Welle des Glücks durchflutete sie. Es war einfach zu schön, in seinen Armen auf der Dachterrasse zu stehen.

»Du weißt doch, dass Verona die ›Stadt der Liebe‹ genannt wird.«

Suzie nickte an seiner Schulter.

»Tja, es ist wahr. Ich liebe dich nämlich. Bin mir nicht sicher, ob ich dir das schon gesagt habe.«

»Erst das dritte Mal heute.« Sie legte die Arme um seinen Hals und grinste ihn aus nächster Nähe an.

Er grinste zurück. »Da zähle ich nicht mit.«

»Und nur damit du es weißt: Ich liebe dich auch.«

»Na, dann ist es ja gut.«

»Gut? Das ist fantastisch.«

Und dann küsste sie ihn.

Zweifle an der Sonne Klarheit,
Zweifle an der Sterne Licht,
Zweifl', ob lügen kann die Wahrheit,
Nur an meiner Liebe nicht.
William Shakespeare

Danksagung

Allerherzlichsten Dank meiner Lektorin Emily Bedford, Michael Bhaskar und all den netten Leuten von Canelo, meinem wunderbaren Verlag.